Vierfache Versuchung

Sarah J. Brooks

ISBN-13: 9781724132970

Dieses Buch ist reine Fiktion. Alle in diesem Buch geschilderten Handlungen und Personen sind frei erfunden. Ähnlichkeiten mit lebenden oder verstorbenen Personen wären zufällig und nicht beabsichtigt.

Vierfache Versuchung

Für meine Leser

INHALT

Prolog

„Isabella, ich mache mich jetzt auf den Weg zur Arbeit. Soll ich dir etwas aus dem Supermarkt für das Abendessen mitbringen?“, fragte Kirk von der anderen Seite meiner Schlafzimmertür.

„Bier, Kirk, bring Bier mit“, sagte Stanley im Bett neben mir. „Du weißt doch, Bier ist immer gut.“

„Ja, natürlich bringe ich Bier mit. Aber ich rede nicht mit dir, Stanley. Ich habe Isabella gefragt, ob wir etwas brauchen.“

„Kannst du Knoblauchbrot mitbringen?“ fragte ich, stieg aus dem Bett und ging zur Tür, um kurz mit Kirk zu reden. „Oh, und ich hätte gern Rotwein. Ich bin nicht wählerisch, wie du weißt, Baby. Kauf einfach, was lecker aussieht.“

Kirk packte mich und zog mich an sich. Seine Hände waren kalt, fühlten sich aber großartig an, als sie meinen Hintern festhielten. Kirk gehörte zu den Typen, die keinen Unterschied machten zwischen dem, was sie dachten, und dem, was sie taten. Wenn er einen Kuss wollte, kam er zu mir und bekam einen. Wenn er mit mir schlafen wollte, machte er das ebenso deutlich. Ich mochte Kirk für diese Offenheit, dafür, dass er sein Herz auf der Zunge trug.

„Mmm, ich kann es kaum abwarten, dich heute Abend zu bekommen. Es ist meine Nacht, oder?“, fragte Kirk und wartete gar nicht erst auf eine Antwort, sondern fing an, mich zu küssen.

„Kirk, mach dich auf den Weg. Du kommst sonst zu spät zur Arbeit und ich verliere die Geduld“, sagte Stanley, der ebenfalls aus dem Bett stieg, nackt und mit steifem Schwanz, und sich zu uns gesellte.

„Na gut. Wir sehen uns nach der Arbeit.“ Kirk gab mir einen letzten Kuss und machte sich auf den Weg zur Arbeit.

Ich schloss die Tür hinter ihm. Noch bevor ich mich umdrehen konnte, hatte Stanley mich gegen die Tür gepresst, bereit, mich zu befriedigen. Stanley war normalerweise ein schüchterner und stiller Typ, aber in meinem Schlafzimmer wurde er zu einem Hengst.

„Mir bleibt nicht mehr viel Zeit, bis ich zum Unterricht muss“, warnte ich.

„Du wirst pünktlich da sein“, stöhnte er. Ich hörte, wie er ein Kondom auspackte und sich überstreifte. „Beug dich über das Bett, Baby. Ich will deinen Hintern präsentiert bekommen.“

„Oh, ich liebe es, wenn du so das Kommando übernimmst“, sagte ich und tat genau das, was er verlangt hatte.

„Mmm, dein Körper macht mich wahnsinnig. Ich kann mich nicht zurückhalten, wenn ich bei dir bin. Ich komme mir vor wie ein Tier, das seine Beute verschlingt.“ Stanleys Stimme klang so animalisch, dass ich vor Erregung erzitterte. „Dein Arsch, mein Gott, ich will mich darin vergraben.“

„Okay, nur zu“, erwiderte ich willig.

Stanley war der Neuzugang in meinem Apartment, aber ich mochte, wie experimentierfreudig er war. Seinetwegen war ich bereit, neue Dinge auszuprobieren. Weil ich wusste, dass er eigentlich schüchtern und still war, machte es unser Sexleben nur noch aufregender.

„Wirklich? Darf ich?“

„Hör auf, zu fragen, ich habe doch zugestimmt. Ich will dich in mir spüren. Jetzt!“, befahl ich.

Er zögerte nicht länger, sondern drängte seinen Körper an meinen Hintern und träufelte Gleitgel auf mich. Er war knüppelhart und schob sich langsam in mich hinein, während ich mich am Bettlaken festkrallte und versuchte, mich zu entspannen.

„Oooh“, stöhnte ich, als ich ihn in mir aufnahm. „Ja.“ Mein Körper akzeptierte schließlich den Eindringling. „Ja, ja, ja.“ Ich drängte mich gegen ihn, erlaubte Stanley, sich in mir zu bewegen.

„Du fühlst dich so gut an“, sagte er.

Er packte meine Hüften und bewegte sich rein und raus, wieder die Führung übernehmend. Ich liebte es, wenn Stanley sich nahm, was er wollte, und sich nicht um andere scherte. Er wollte mich und machte mich glücklich.

Unsere Stöße wurden schneller, Stanleys Erregung nahm noch zu und ich fuhr mit der Hand nach unten, um mit meiner Klitoris zu spielen. Härter und härter stieß er in mich und auch ich wurde immer erregter.

Ich liebte Sex. Keine Frage. Ich mochte das sanfte und zarte Liebesspiel ebenso wie den schnellen, harten Fick. Mir fehlte jegliches Verständnis für Frauen, die nicht ebenfalls alle Spielarten des Sex mochten. Man konnte dabei Dampf ablassen und sich entspannen. Daher hatte ich mehr als nur einen Mann in meinem Leben. Ich wollte alle meine Bedürfnisse befriedigen. Nicht nur auf eine Art und Weise.

Als Stanley und ich uns im Einklang bewegten und schließlich kamen, war das mehr als nur sexuelle Erleichterung. Es war die Ruhe, die meinen Körper anschließend überkam, die ich so liebte. Jetzt war ich bereit für meinen Unterrichtstag.

„Wow, Baby, das war intensiv“, meinte Stanley, als ich duschen ging.

„Ich weiß. Ich liebe es, wenn wir neue Sachen ausprobieren. Das ist heiß.“

„Ich habe heute einen Abgabetermin, der mir echt Stress bereitet hat. Aber jetzt habe ich eine Menge Anspannung abbauen können“, erklärte er, als wüsste ich das nicht.

„Ja, dafür ist Sex ideal. Nächste Woche fangen die Ferien an und ich will mir das Haus meiner Großeltern ansehen. Ich erwäge, da einzuziehen und das ruhige Leben dort zu genießen. Kannst du dir immer noch vorstellen, mitzukommen?“

Von all meinen Männern stand Stanley mir am nächsten und nur ihm hatte ich angeboten, mit mir umzuziehen. Zwar wollte ich keine traditionelle Beziehung mit ihm, aber ich dachte mir, er wäre nette Gesellschaft, während ich mich in meinem Leben als Erwachsene einrichtete.

„Ich denke nicht, dass ich mitkomme“, meinte er mit angespannter Stimme. Also hatte er ausgiebig darüber nachgedacht. „Ich könnte es mir aber für nächsten Sommer vorstellen."

„Komm her", verlangte ich. Ich stand unter der Dusche, das Wasser strömte mir über das blonde Haar. Stanley tat, was ich wollte, und stellte sich an den Rand der Dusche. „Du kannst jederzeit vorbeikommen. Du weißt, wie ich über uns denke. Ich hätte dich gern dabei, aber ich weiß, dass du dir etwas anderes vorstellst."

„Danke, Isabella. Ich liebe dich so sehr." Er gab mir einen schnellen Kuss und machte sich dann auf den Weg.

Mit drei Typen zusammenzuleben, war nicht gerade konventionell. Das war mir bewusst, aber es kümmerte mich nicht. Das Leben war einfach zu kurz, um ständig darüber zu grübeln, was richtig war oder falsch, während man versuchte, sich ein Leben aufzubauen, das einen nicht mal glücklich machte.

Während meiner vier Jahre am College hatte ich es hingekriegt, mir mein Leben so einzurichten, dass ich glücklich war. Ich hatte großartige Männer gefunden, die mein Wohlergehen im Sinn hatten und mir das Gefühl gaben, geliebt und geschätzt zu werden. Mit dem Übergang in eine neue Welt und in ein neues Leben hoffte ich, diese Balance bald wieder für mich zu finden.

„Äh, Isabella, bist du da drin?" Sam stand draußen vor der Schlafzimmertür.

„Ja, Baby, komm rein."

„Ich, äh, wollte nur fragen, ob ich dich mit zum Unterricht nehmen soll."

„Oh, Sam, du bist immer so süß. Natürlich fahre ich gern mit." Ich legte meine Arme um ihn und drückte ihn an mich.

„Isabella, du bist so schön", flüsterte Sam in mein Ohr. „Darf ich dich ein wenig verwöhnen?"

„Sam, ich muss zum Unterricht."

„Nur fünf Minuten. Ich muss dich einfach schmecken, bitte."

Sam war perfekt, wenn es um Oralsex ging. Er genoss es so sehr, mich mit dem Mund zu verwöhnen, dass ich es dadurch auch noch mehr liebte als ohnehin schon. Ich nahm seine Hand und ging mit ihm zum Bett hinüber. Ich legte mich auf die Laken und lehnte mich zurück.

Langsam spreizte ich meine Schenkel, während er mich voller Begierde anschaute. Allein von seinem Blick wurde ich feucht. Sam sah mich gern an. Er mochte es, wenn er alles sehen konnte, nahm sich Zeit, den Anblick meines Körpers zu genießen, wenn ich die Beine für ihn spreizte, bevor er ebenfalls auf das Bett kam, um mich zu befriedigen.

Er begann, meine Zehen zu küssen und bewegte sich langsam meine Schenkel hinauf, während seine Lippen jede Sekunde genossen. Sam stöhnte leise auf und wandte sich meinem anderen Schenkel zu.

Seine Zunge erreichte schließlich leckend und saugend meine Mitte. Er spielte so gekonnt mit mir wie kein anderer Mann zuvor. In weniger als fünf Minuten hatte er mich soweit, dass ich ihm ins Haar griff und ihm meinen Körper entgegendrängte, damit er weitermachte.

„Ja“, stöhnte ich, „ja, verdammt. Genau *so.*“

Sam konnte mich so zum Explodieren bringen, dass ich mich nicht dagegen wehren konnte. Ich konnte es nicht einmal verlangsamen. Ich musste einfach kommen. Meine Klitoris drängte sich gegen seinen Mund, er nahm sie auf und saugte hart daran.

Er hörte nicht mehr auf. Sam hielt mich fest und je mehr ich mich aufbäumte, desto fester hielt er mich. Mein Körper erschauerte vor Lust und ich kam mehrmals in seinen Mund. Als wir mit unserem morgendlichen Vergnügen fertig waren, zitterten mir die Beine und ich musste einen Liter Wasser trinken.

„Wow, Sam, das war stark“, sagte ich, als ich es endlich geschafft hatte, mich anzuziehen. „Ich bin echt froh, dass du dieses Semester hier wohnst.“

„Isabella, du bist der Wahnsinn. Sexuell so freizügig. Ich hätte im Leben nicht nein zu dir sagen können. Ich würde alles tun, was du willst. Das weißt du."

„Ich weiß, Sam. Du bist ein Schatz. Eines Tages wirst du ein wundervoller Ehemann werden."

„Im Ernst?"

„Ja, auf jeden Fall. Ich weiß, irgendwo da draußen ist die perfekte Frau für dich."

Sam und ich waren uns darüber einig, dass wir beide als Paar nicht zusammenpassten. Sam wollte eine konventionelle Ehe. Er wollte eine Frau und Kinder und einen hübschen, weißen Gartenzaun. Aber das war nicht das, was ich mir für mein Leben vorstellte. Das war nicht, was ich wollte.

Da sich mein Studium nun dem Ende näherte, hatte ich erwogen, nur einen Freund zu haben. Allein die Vorstellung machte mich jedoch traurig, denn jeder einzelne meiner Männer hatte einen speziellen Platz in meinem Leben. Ihre Unterschiede machten es so spannend für mich. Warum zur Hölle hätte ich mich auf einen beschränken sollen, wenn sie alle drei zusammen mein Leben komplettierten?

Es war allerdings gar nicht so leicht, Männer zu finden, die das mitmachen wollten. Nach vier Jahren am College hatte ich endlich die perfekte Kombination für mein Leben gefunden. Es war ein bisschen beängstigend, das aufzugeben, um in das alte Haus meiner Großeltern zu ziehen und neu anzufangen. Aber ich hatte durchaus Hoffnung, auch dort wieder Männer zu finden, die es liebten, mich zu verwöhnen, ohne gleichzeitig Monogamie zu verlangen. Es war immerhin auch möglich, dass sich dort sogar noch eine bessere Kombination von Männern fand.

Kapitel 1

„Alles gut, Willow, das Taxi ist gerade in meine Straße eingebogen."

„Ich warte einfach, bis du im Haus bist."

„Im Ernst, Willow, ich werde schon nicht auf den letzten Metern abgemurkst. Das hier ist Bain, Missouri, um Himmels willen!"

Je müder ich war, desto schwerer fiel es mir, Willows Bemuttern zu ertragen. Wir waren fast unser ganzes Leben schon miteinander befreundet, aber sie war immer noch nicht überzeugt, dass ich auf mich selbst achten konnte. Als ich anfing, mit ein paar Männern zusammenzuleben, beruhigte sie sich etwas, aber da ich nun wieder allein lebte, sorgte das für Spannungen. Zwar war Stanley noch in der Nähe, denn er war auch umgezogen, allerdings nicht mit in mein Haus, sondern ein Stück die Straße runter. Er war auf der Suche nach einer Ehefrau. Das war nichts, was mir für mein Leben vorschwebte.

„Bist du schon beim Haus angekommen? Bist du schon drin?"

„Ich bezahle gerade den Taxifahrer", erklärte ich. Dann ging ich den Weg hinauf zur Haustür und suchte in meiner Handtasche nach dem Schlüssel. Dummerweise hatte ich ihn im Haus vergessen.

Kein Grund zur Sorge, ich hatte einen Ersatzschlüssel irgendwo versteckt. Wenn ich mich nur erinnern könnte, wo.

„Auf dem Weg zur Tür ... Schließe jetzt auf ... Gehe rein", log ich.

Willow war die Art Freundin, die mitten in der Nacht vorbeikäme, um mir bei der Suche nach dem Schlüssel zu helfen. So sehr ich sie auch dafür schätzte, ich wollte ihr nicht den Abend ruinieren oder sie von ihrer Familie wegzerren. Eine kleine Notlüge, damit sie ruhig schlafen konnte, war da durchaus erlaubt.

„Na schön. Denk daran, ein paar Tylenol zu nehmen und Wasser zu trinken. Hast du zum Frühstück Orangensaft im Haus?“

Seit ich meine Eltern verloren hatte, bemühte Willow sich, die Leere zu füllen. Sie hatte das Herz am rechten Fleck, aber sie verstand auch nicht, wie es war, so ganz ohne Familie. In das Haus meiner Großeltern zu ziehen und es umzugestalten, war alles, was ich derzeit tun konnte, um damit klarzukommen.

Es gefiel mir, dass Willow sich sorgte und sich um mich kümmerte. Wir hatten eine ganz besondere Beziehung, auch wenn sie meine Art zu leben nicht unbedingt verstand. Sie konnte mein Bedürfnis nach mehr als einem Mann nicht nachvollziehen. Ich gebe zu, das war nicht leicht zu verstehen, selbst für mich manchmal nicht. Vielleicht würde sich das ändern und ich würde sogar einen Mann finden, der alles war, was ich wollte? Oder ich fand die perfekte Kombination von Männern, die ich allesamt behalten wollte. Ich war offen für alles, was das Leben bereithielt. Und ich war froh, dass Willow das nicht verurteilte. Sie hatte mich einfach gern, was genau das war, was ich brauchte.

„Ja, ich trinke Orangensaft, nehme zwei Tabletten und rufe dich morgen an.“ Ich lachte laut - eine Folge der großen Menge Alkohol, die ich getrunken hatte.

„Gut, fein. Ruf mich an, wenn du aufwachst.“

„Ok, Mama Willow. Bis morgen.“

Nachdem ich aufgelegt hatte, machte ich mich daran, den Ersatzschlüssel zu suchen. Ich erinnerte mich daran, irgendwo hier einen deponiert zu haben, als ich meine Eltern besucht hatte und meine Mutter zu krank gewesen war, um aufzustehen. Aber als sie gestorben war, hatte ich den Schlüssel woanders deponiert. Ich erinnerte mich, dass ich einen Platz gewählt hatte, der leichter wiederzufinden war. Aber in meinem betrunkenen Zustand fiel mir diese Stelle partout nicht mehr ein.

Eigentlich sollte es nicht allzu schwer sein, einen Schlüssel wiederzufinden, aber ich vergaß solche Dinge einfach unglaublich schnell. Ich würde ihn niemals finden. Mein Gehirn war nur eine wirre graue Masse, als ich mich auf der Veranda auf die Suche danach machte.

Ich schaute unter die Fußmatte, in den Blumentopf und unter jedem Stein, den meine Großeltern rund um das alte viktorianische Haus platziert hatten, bis mir endlich wieder einfiel, dass ich ihn bei den Steinen auf dem Nachbargrundstück versteckt hatte. Der künstliche Stein, in dem der Ersatzschlüssel versteckt war, passte perfekt zu dem Steinhaufen drüben. Und da das Haus seit mindestens fünf Jahren schon leer stand, fand ich es einen idealen Ort, um meinen Haustürschlüssel dort zu verstecken.

Jetzt musste ich mich nur noch daran erinnern, welcher der vielen Steine der richtige war. Morgens um zwei sahen doch alle Steine gleich aus. Ich wusste die ungefähre Richtung und machte mich auf die Suche nach dem künstlichen Stein.

Ich krabbelte auf allen vieren durch das feuchte Gras, auf der Suche nach dem Schlüssel zum Haus meiner toten Eltern. Nun, eigentlich war es das Haus meiner Großeltern, die es meinen Eltern hinterlassen hatten und diese nun mir. Auf Händen und Füßen im Gras, so hatte ich mir meine Samstagnacht nicht vorgestellt.

Warum konnte ich nicht ein ganz normales Leben haben? So wie die Mädels in der Bar heute Nacht. Voller Freunde und Partys. Aber nein, ich hatte das langweiligste Leben in der Geschichte von Bain. Bis auf mein Sexualleben natürlich.

Für die nächsten drei Wochen hatte ich nichts auf dem Kalender stehen außer das Renovieren des Hauses. Wie sehr ich mich doch nach etwas Aufregung sehnte. Ein bis zwei Männer vielleicht, die mir das Bett wärmten und mich befriedigten? Aber da war niemand in Sicht. Selbst Stanley kam nicht mehr so oft herüber wie früher.

Der Stein, der meinen Schlüssel beinhaltete, war ein Rätsel. Er versteckte sich vor mir. Ich stieß laute Verwünschungen aus und warf einen der Steine in Richtung meines Hauses.

„Kann ich irgendwie behilflich sein?“ Irgendwo aus der Dunkelheit ertönte die Stimme eines Mannes.

Mir blieb die Luft weg, als ich aufsah und an der Hausecke ein überaus muskulöses Exemplar Mann entdeckte. Er sah aus, als sei er gerade aufgewacht, nur mit Trainingshose und nacktem Oberkörper.

Letzteres lenkte mich ziemlich ab. Selbst im Mondlicht konnte ich mehr Muskeln an seinem Oberkörper entdecken, als ich in meinem ganzen Körper besaß. Seine Arme waren ebenfalls ausgezeichnet trainiert. Mein Körper reagierte sofort mit Verlangen und ich presste meine Schenkel zusammen aus Sorge, dass meine Nässe an meinen Beinen herunterlaufen könnte.

„Ähm, also ich ... ich suche meinen Haustürschlüssel."

„Und der befindet sich in meinem Blumenbeet?"

So wie er dastand und mich musterte, schien er mich wohl amüsant zu finden. Er sah zu, wie ich unsicher auf die Beine kam und an meinem Kleid herumzupfte. Zwar bemühte ich mich, meinen betrunkenen Zustand zu verbergen, aber vergeblich. Sein Gesicht zeigte genug Mitleid, dass ich wusste, ich konnte ihm nichts vormachen. Er wusste, dass ich volltrunken war.

„Ich, äh, ja, ich habe ihn mal hier versteckt. Es ist ein Stein. Also, es sieht aus wie ein Stein. Es ist ein künstlicher Stein, mit dem Schlüssel drin. Aber ich kann ihn nicht finden, weil die alle gleich aussehen. Es war eine gute Idee, den falschen Stein zu kaufen, aber das macht es verdammt schwierig, ihn unter all den anderen zu finden", plapperte ich. „Ich weiß, ich weiß. Ich hätte wahrscheinlich etwas anderes aussuchen sollen. Aber so ist es nun mal. Irgendwo hier ist mein Schlüssel und ich habe mich ausgesperrt. Daher muss ich diesen falschen Stein finden."

Ich betrachtete den mysteriösen Mann, wie er näherkam und sich die Steine rund ums Haus ansah. Sein Blick strahlte eine ähnliche Macht aus wie sein Körper und ich fragte mich sofort, wie viel Spaß man wohl mit ihm im Bett haben konnte.

Er war bestimmt ein dominanter Typ. Vielleicht fesselte er seine Frauen gerne? Oder er zögerte es über die ganze Nacht lang hinaus? Mein Hirn schaltete sich ab und ich dachte nur noch daran, dass ich diesen Mann unbedingt in meinem Bett haben wollte.

„Wie heißt du?", fragte er.

„Isabella. Isabella Peterson."

Ich wartete darauf, dass er mir seinen Namen nannte, aber

das tat er nicht. Stattdessen beugte er sich vor und griff nach einem der Steine auf dem Haufen. Er reichte ihn mir und ich erkannte sofort, dass es der richtige war. Er war etwas heller als die anderen und man hörte das Klappern des Schlüssels darin, als er ihn mir gab.

„Hier hast du ihn, Isabella."

Seine Stimme war sanft, verführerisch und sexy, was nicht so recht zu dem Körper passte, den ich vor mir sah. Er wirkte eher wie ein Killer als ein Verführer. Seine Oberarmmuskeln strahlten Macht aus. Selbst sein angespannter Kiefer signalisierte mir eher, dass er etwas verbarg, was ich nicht herausfinden sollte.

„Wow, vielen Dank. Das war beeindruckend. Woher wusstest du, welcher es ist? Du hast kaum hingesehen. Das war wirklich beeindruckend." Ich schob mir eine Haarsträhne aus dem Gesicht und streckte meinen Busen vor, um ihn zu verführen.

Konnte man diesen Typen überhaupt verführen?

„Wahrscheinlich einfach Glück", meinte er und musterte mich von oben bis unten.

Mir fiel der Stein aus der Hand und er zupfte schnell den Schlüssel vom Rasen. Ich wusste nicht, ob er mir half, um schnell wieder in sein Bett zu kommen, oder weil er einfach nett war. Vielleicht war er ein Schuft und wollte mich hier und jetzt auf dem Rasen nehmen? Andererseits hätte ich jeden Augenblick davon genossen.

Er ging mit dem Schlüssel zur Haustür und ich versuchte, mit ihm Schritt zu halten, aber mit meinen kurzen Beinen und den hohen Absätzen ging das nicht. Ich stolperte also hinter ihm her, die Treppen hinauf. Als ich dort ankam, hatte er längst aufgeschlossen und stand da, mit dem Schlüssel in der Hand.

„Gute Nacht, Isabella."

Seine Hand berührte meine, als er mir den Schlüssel reichte, und ein Stoß Energie durchfuhr meinen Körper. Ich wusste nicht, wer er war oder warum er in dem verlassenen Nachbarhaus wohnte, aber ich hätte nichts dagegen gehabt, von seinen Händen weiterhin angefasst zu werden.

„Seit wann wohnst du hier? Ich wusste gar nicht, dass jemand eingezogen ist.“

„Bin ich auch gerade erst.“

„Dann bist du also neu in der Stadt? Wie gefällt es dir bisher hier? Warte, warum bist du überhaupt nach Bain gezogen? Hier ist doch gar nichts los.“

Ich plapperte und plapperte und konnte einfach nicht damit aufhören, obwohl ich mich bemühte. Je länger ich diesen Mann anschaute, desto mehr redete ich. Das Licht auf der Veranda schmeichelte seinen Muskeln und ich war mir sicher, dass mein Hirn längst aufgehört hatte zu funktionieren.

Ich wollte mich nicht zum Affen machen, aber sein Körper war einfach zu viel für mich. Er sah aus wie ein Navy SEAL oder so.

Mein Blick blieb an seiner nackten Brust hängen und ich wollte ihn zu gern anfassen. Ich wusste, dass es falsch war, aber meine Hand handelte von allein.

Der Alkohol in meinem Körper war nicht gerade hilfreich, meine Selbstbeherrschung auf die Probe zu stellen. Ich musste einfach ...

... Ich berührte seine Brust.

Gleich hier, auf der Veranda, mitten in der Nacht, ohne Vorwarnung. Meine betrunkene Hand auf seiner Brust.

Das war eigentlich schon zu viel des Guten. Aber ich konnte es nicht dabei belassen. Mein Mund plapperte weiterhin Blödsinn. Stanley war das letzte Mal vor einem Monat bei mir gewesen und ich lebte ganz ohne Männer derzeit. Anstatt zwei- oder dreimal am Tag Sex zu haben, saß ich auf dem Trockenen. Mein Körper stand unter Strom, ich brauchte einen Mann. Und da dieser fantastische Typ gerade vor mir stand, beschloss mein Körper, dass er es sein sollte.

„Oh mein Gott, du trainierst, richtig? Ja, du trainierst definitiv. Verbringst du deinen ganzen Tag nur mit Training?“

Er hatte noch immer denselben ruhigen und entspannten

Gesichtsausdruck wie zu Anfang, als er mich zwischen den Steinen auf allen vieren vorgefunden hatte. Er war auf jeden Fall der starke, stille Typ. Sein Gesicht war ernst und um seinen Mund zeigte sich nur eine winzige Andeutung eines Schmunzelns, während er mich musterte.

„Um deine erste Frage zu beantworten: Ich bin hierhergezogen, um mich zu entspannen und ein wenig Ruhe zu finden." Er blickte hinunter auf meine betrunkene Hand, die noch immer auf seiner Brust lag. „Und ja, ich trainiere."

Vielleicht ließ die Wirkung des Alkohols doch endlich nach, denn schließlich wurde mir bewusst, dass meine Hand noch immer auf seiner Brust ruhte. Ich zog sie zurück. Ich sah auf in seine Augen, dann wieder auf seine Brust. Was war nur in mich gefahren? Sonst benahm ich mich nicht so. Andererseits stand eben auch nicht jeden Abend so ein scharfer Typ auf meiner Veranda.

Ich spürte, wie ich rot anlief vor Scham. Ich schaute ihm wieder in die Augen, aber das war noch schlimmer, als ihm auf die Brust zu starren. Dieser Mann kannte mich nicht, er wusste nichts von meinem sexuellen Verlangen. Dies war ein Fremder, in dessen Gegenwart ich vorsichtiger sein sollte.

„Oh, ja, dachte ich mir, dass du der Typ bist, der viel trainiert. Ich jogge gern. Aber nicht so oft, wie ich möchte. Und auch keine langen Strecken. Ein paar Häuserblocks und wieder zurück. Höchstens eine Meile. Ich mache Fotos. Das gefällt mir. Kennst du dich mit Fotografieren aus?"

Mein Mund hatte noch immer nicht aufgehört, ein Eigenleben zu führen. Ich wollte aufhören zu plappern. Aber der Befehl vom Hirn kam einfach nicht an.

„Eine angenehme Nacht noch, Isabella."

Er drehte sich um und ging die Treppe hinunter, während ich ihm nachblickte. Ich wartete darauf, dass er sich zu mir umdrehte, wollte ihm zum Abschied zuwinken. Eigentlich wollte ich ihn verführen. Aber er drehte sich nicht einmal um.

„Gute Nacht!", schrie ich, als er um die Ecke des Nachbarhauses verschwand.

Ich ging ins Haus und schloss die Tür hinter mir. Ich fragte mich, wer dieser Mann war und was er in Bain, Missouri, wohl tat. Die stille Ruhe, die ihn umgab, faszinierte mich. Ich war noch nie einem Mann mit so viel Selbstbeherrschung begegnet. Wie ein wachsamer Soldat mit geschärften Sinnen.

Ich schaltete alle Lichter im Haus aus und spähte hinüber zum Nachbarhaus. Ich wollte nur sehen, ob sich da drüben irgendetwas tat. Wahrscheinlich wollte ich auch noch einen letzten Blick auf seine muskulöse Brust erhaschen. Aber ich wurde enttäuscht. Da drüben bewegte sich nicht einmal eine Gardine.

Während ich langsam einnickte, konnte ich nicht anders, als über den heißen Nachbarn zu phantasieren. Seit Michaels Tod hatte ich nie wieder erwogen, nur einen Partner zu haben. Daher erstaunte es mich, wie leicht mir dieser Gedanke nun fiel. Ich begehrte ihn so sehr, dass ich mir vorstellen konnte, nur ihn zu haben.

Normalerweise war die Erinnerung an Michael und unsere gemeinsamen Jahre zu viel für mein Hirn. Er war meine erste Liebe gewesen, damals auf der High-School. Als ich ihn vor einem Jahr verlor, dachte ich, darüber könnte ich niemals hinwegkommen. Eine Gruppe von Lovern zu haben, war meine Art, die Lücke zu füllen. Und mir gefiel dieses neue Leben. Ich mochte es, Männer um mich zu haben, die mich zufriedenstellten. Es war anders als mit Michael, aber es fühlte sich richtig für mich an.

Der Gedanke an den heißen Nachbarn machte mich glücklich, denn das war ein erstes Anzeichen, dass ich eines Tages darüber hinweg sein würde und nach vorn blicken konnte. Und mein Bedürfnis, mehrere Männer gleichzeitig zu haben, war nur eine Phase.

Das Gesicht des Fremden tauchte vor meinem inneren Auge auf, seine ernsten Züge, das kantige Kinn, mit einer Spur Sanftheit. Sein Ausdruck war so entspannt und ruhig gewesen, trotz der späten Stunde. Es war schon etwas seltsam, dass er so leicht erwacht war, mitten in der Nacht, aber andererseits war ich auch sehr froh darüber. Ihn kennenzulernen, war genau das, was ich brauchte, um über die Lücke in meinem Leben hinwegzukommen, die der Verlust meines Verlobten noch immer für mich bedeutete.

Kapitel 2

Noch bevor ich die Augen geöffnet hatte, erkannte ich Stanleys spezielles Anklopfen an der Haustür. Ich musste mich allerdings nicht beeilen, um ihm zu öffnen, denn ich hatte ihm schon vor langer Zeit einen Schlüssel gegeben. Es war schon eine Weile her, seit er zum letzten Mal spielen wollte und ich vermisste es ziemlich.

„Isabella, ist alles in Ordnung?“

„Ja, alles bestens. Liege noch im Bett. Was ist los?“

„Ich habe dir gestern eine Nachricht geschickt. Wir wollten heute zusammen einen Kaffee trinken.“ Stanley stand am Fußende meines Bettes und fing an, sich das Hemd aufzuknöpfen. „Ich habe mir Sorgen gemacht.“

„Oh, Mann. Das habe ich total vergessen.“ Ich nahm mein Handy und sah, dass ich ihm wirklich auf diese Nachricht geantwortet hatte. „Komm her, ich habe dich vermisst.“

Ich warf die Bettdecke zurück und entblößte vor ihm meinen nackten Körper. Wir waren so vertraut miteinander, dass ich wusste, er würde einfach zu mir kommen, und ich konnte es kaum erwarten.

Während er sich auszog, konnte ich sehen, dass sein Körper schon erregt war. Stanley hatte einen fantastischen Körper, den er leider unter schäbiger Kleidung versteckte. Sobald er neben mir lag, streckte ich meine Hand nach ihm aus und begann, ihn zu streicheln.

Ich brauchte ganz dringend einen Orgasmus. Nicht die Art, die man von einem Dildo oder den eigenen Fingern bekam. Nein, ich brauchte einen dicken Schwanz, der tief in mich reinstieß. Stanley schien genau zu wissen, wonach mir war, denn er begann sofort, mit den Fingern an mir herumzuspielen, und ich war schon ganz nass.

Allzu viel Vorspiel brauchte ich heute Morgen nicht. Ich

war umgehend bereit für ihn und holte aus dem Nachtschränkchen ein Kondom für ihn. Normalerweise streifte ich das selber über seinen Schwanz, aber ich kriegte noch immer kaum die Augen auf von dem Gelage der letzten Nacht. Daher musste Stanley heute die Führung übernehmen.

Er legte sich auf mich und drang ohne zu zögern in mich ein. Seine Größe war perfekt. Im ersten Moment war es immer ein bisschen viel, mein Körper musste sich jedes Mal erst an seinen Schwengel anpassen, wenn er in mich eindrang.

Seine Stöße kamen lang und hart. Ich schlang meine Arme und Beine fest um ihn und drängte ihn, härter und schneller einzudringen. Ich wollte nicht mehr nachdenken, sondern nur noch die Lust unserer Körper spüren und dann meine Ekstase finden.

Meine Hüften bäumten sich ihm bei jedem Stoß entgegen und ich rieb meine Klitoris an ihm. Meine Lust steigerte sich sehr schnell und ich wusste, dass Stanley es auch nicht herauszögern würde. Wir hatten uns so lange nicht gesehen, dass wir beide so schnell wie möglich kommen wollten.

„Härter“, verlangte ich.

Er packte meine Schenkel und legte sie sich über die Schultern, während er heftig in mich stieß. Ich liebte jede Sekunde und war von Lust erfüllt. Genau das hatte ich heute Morgen gebraucht.

Stanley stieß tief in mich und gab sich seinem Orgasmus hin, als ich signalisierte, dass ich auch kam. Wir bewegten uns im Gleichklang und kamen fast gleichzeitig.

„Fuck“, grunzte Stanley. „Ich kann einfach nicht von dir lassen.“

„Dann tu es doch einfach nicht“, neckte ich ihn, als er neben mir auf das Bett sank.

Mein Handy klingelte und ich wusste sofort, wer das war. Sie hatte ein hervorragendes Zeitgefühl und schien genau zu spüren, wenn ich mich gerade amüsierte.

„Bist du in Ordnung?“, fragte Willow am anderen Ende der

Leitung. Sie klang sehr laut.

Vielleicht kam es mir auch nur so vor, nach dem ganzen Alkohol und dem Mangel an Flüssigkeit.

„Schsch, nicht so laut", sagte ich, während ich mich bemühte, die Augen aufzumachen und mich normal mit meiner Freundin zu unterhalten.

„Ich rede in normaler Lautstärke. Stehst du jetzt erst auf? Himmel, Isabella, es ist schon fast ein Uhr."

Ich setzte mich auf und blinzelte mit einem Auge, um auf die Uhr zu schauen. Ich konnte mich nicht daran erinnern, wann ich je so lange geschlafen hatte, selbst an einem Sonntag. Normalerweise waren meine Tage immer so voll, dass ich früh aufstand, damit ich alles auf die Reihe kriegte. Ich hatte gedacht, Stanley wäre früher rübergekommen. Mein Zeitplan für den Tag war dahin.

„Sieht so aus", sagte ich lächelnd.

„Du lebst also noch und ich kann dem Suchtrupp Entwarnung geben. Großartig."

„Ja, mir geht es gut. Wir sehen uns morgen zum Kaffee. Heute muss ich meinen Kater bekämpfen."

„Nimm ein paar Aspirin, trink viel Wasser und etwas Orangensaft."

„Ja, ja. Ich muss dann los. Wir sehen uns morgen."

Meine Blase war kurz davor zu platzen. Und wenn Willow nicht umgehend aufgelegt hätte, hätte ich es getan. Sie war eine liebe Seele, die sich um alles und jeden sorgte. Nachdem ich meine Eltern durch eine Krankheit verloren hatte und Michael durch einen Autounfall, war sie es gewesen, auf die ich mich hatte stützen können. Als ich mit drei Männern zusammenlebte, machte sie sich zwar ein wenig Sorgen, aber sie nahm es hin, als sie sah, wie glücklich ich damit war.

Während ich mir die Zähne putzte, fiel mir der heiße Nachbar wieder ein und ich musste einfach aus dem Fenster gucken. Im Nachbarhaus sah alles unverändert aus. Ich starrte eine Weile hinüber, um zu sehen, ob sich etwas bewegte oder ob er vielleicht das Haus verließ.

Leider konnte ich nicht bis in seine Garage schauen, ob da ein Auto stand.

Dann begab ich mich hinunter in die Küche und machte mir einen Kaffee. Der bittersüße Geschmack weckte meine Sinne ebenso wie das Koffein. Das hatte ich dringend nötig.

Stanley kam die Treppe hinunter und trank noch schnell einen Kaffee mit mir, bevor er sich wieder auf den Weg machte. Auch wenn mir sein Besuch sehr viel Vergnügen bereitet hatte, so war ich doch ziemlich auf den Nachbarn fixiert mit der Erwartung, ihn bald wiederzusehen.

„Wann soll ich wieder vorbeikommen?“, fragte Stanley, als ich ihn zur Haustür begleitete.

„Schick mir eine Nachricht. Wir machen dann was aus. Du weißt ja, wie das ist.“

„Ja, ich weiß. Ich schreibe dir heute Abend.“ Er küsste mich auf die Wange und ging.

Die Erinnerung an den scharfen Nachbarn hatte sich in mein Gedächtnis gebrannt. Ich konnte noch immer die Wärme seiner Haut unter meiner Hand spüren. Ich leckte mir über die Lippen bei dem Gedanken an seinen Mund. Er war perfekt, rot und üppig. Ich wollte ihn auf meinem spüren. Ich glaubte beinahe, die Süße seiner Lippen auf meinem Mund zu schmecken, während ich mir ausmalte, wie er mich damit befriedigte.

Mein Blick blieb fest auf sein Haus gerichtet, als würde er jeden Moment mit freiem Oberkörper vor die Tür treten, so wie letzte Nacht. Mein Körper sehnte sich danach, ihn zu sehen. Dabei wusste ich nicht einmal seinen Namen. Aber ich begehrte ihn.

Wie würden sich seine Lippen wohl auf meinem Körper anfühlen? Oh, wie sehr würde ich es genießen, sie überall auf meiner Haut zu spüren. Wie sie langsam herabwandern von meinem Hals, über meine Nippel, weiter hinunter, um mich zum Höhepunkt zu bringen.

Mit der Kaffeetasse in der Hand ging ich zur Hintertür

hinaus, um zu sehen, ob er da irgendwo war. Ich warf einen Blick in seine Garage, aber da stand kein Auto. Die war so leer wie sonst auch immer. Mir kam ein niederschmetternder Gedanke.

War er überhaupt real gewesen? Die Vorstellung, dass ich ihn mir nur eingebildet hatte letzte Nacht, war grauenvoll. Ich war zwar ziemlich betrunken gewesen, aber so sehr, dass ich mir einen Fremden eingebildet hätte?

Während ich in meinem Garten stand und darüber nachdachte, wurde ich von seinem Haus magisch angezogen. Mit jedem Schritt beschleunigte mein Puls. Schritt für Schritt näherte ich mich seinem Garten. Ich legte meine Hand auf den Griff der Gartentür. Sie ließ sich öffnen. Ich spähte um die Ecke. In der Garage war gar nichts. Das kam mir merkwürdig vor. Wenn jemand gerade eingezogen war, standen doch üblicherweise jede Menge Kisten und Kartons mit Kram in der Garage.

Verwirrt ging ich weiter zum Haus. Ich schaute durch eines der Fenster hinein. Dieselben alten Möbel, die schon seit fünf Jahren dastanden.

Die Hendersons waren bei einem Autounfall ums Leben gekommen und hatten keine Kinder gehabt. Fünf Jahre waren seither vergangen und ich erinnerte mich noch daran, als sei es gestern gewesen. Sie hatten sich gestritten vor dem Unfall. Ich vermutete damals, dass er absichtlich das Auto von der Straße gelenkt hatte. Aber das würde niemals jemand genau wissen. Offiziell war es ein Unfall gewesen. Das Haus erbte ein Cousin, der außerhalb lebte. Wir waren alle davon ausgegangen, dass er das Haus verkaufen würde, aber jahrelang hatte es einfach leer gestanden.

Ich ging nach vorn zur Haustür und klopfte einfach an, ohne darüber nachzudenken. Für einen winzigen Moment bereute ich es. Was, wenn er da war? Das musste ihm doch verrückt vorkommen. Ich starrte durch seine Fenster ins Haus, hatte in seine Garage geschaut, klopfte nun einfach an. Alles ohne rechten Grund.

Nun, in meinen Gedanken hatte ich natürlich schon einen guten Grund. Ich wollte ihn wiedersehen. Ich wollte wissen, ob die Anziehungskraft, die ich letzte Nacht empfunden hatte, real war, oder ob ich sie mir nur eingebildet hatte.

Ich stand da und wartete aufgeregt. Ich wollte ihn zwar wiedersehen, war aber auch gleichzeitig ziemlich nervös deswegen.

Meine Gedanken kreisten um die Frage, warum er nach Bain gekommen war. Es gab eigentlich keinen Grund, in dieses kleine Kaff in Missouri zu ziehen, zumindest keinen angenehmen Grund. Er sagte, er hätte Ruhe gebraucht. Das war meiner Ansicht nach kein ausreichender Grund.

Jeder hier in Bain war entweder hier geboren oder hatte das Pech, sich in jemanden verliebt zu haben, der hier lebte. Man zog einfach nicht nach Bain.

Nachdem ich eine Weile vor seiner Tür gestanden hatte, kam ich zu dem Schluss, dass ich ihn mir wohl eingebildet hatte oder er nicht zu Hause war. Ich schlenderte zu meinem Haus zurück und rief Willow an.

„Hey, sag mal, hast du etwas davon gehört, dass jemand in das Haus der Hendersons eingezogen ist?“

„Nein. Wieso?“

Ich zögerte, ihr von dem scharfen Typen letzte Nacht zu erzählen. Was, wenn ich mir den wirklich nur eingebildet hatte? Es wäre in meinem betrunkenen Zustand durchaus möglich gewesen, dass ich mir die ganze Begegnung nur eingebildet hatte.

„Ach, nur so. Ich dachte, ich hätte drüben Licht gesehen.“

„Na ja, ich weiß, dass der Cousin versucht hat, das Haus zu verkaufen oder zu vermieten. Aber mir ist nichts zu Ohren gekommen, dass er jemanden gefunden hätte. Außerdem hätten wir dann doch bestimmt einen Möbelwagen gesehen.“

„Stimmt, da hast du recht. Alles klar, bis dann.“

Ich legte auf und war nun erst recht verwirrt. Willow hatte recht. Ich hätte auf jeden Fall einen Möbelwagen vor dem Haus bemerkt. Ich bin fast immer daheim.

Die ganze Sache wurde mit jeder Minute mysteriöser.

Kapitel 3

Mehrere Tage vergingen und von dem scharfen Nachbarn war nichts zu sehen. Ich schaute morgens hinüber, zum Abendessen noch einmal und sogar nachts wachte ich auf und schaute, ob drüben Licht war.

Natürlich konnte mir der Alkohol einen Streich gespielt haben, aber mein Körper war nicht bereit, das zu akzeptieren. Wenn ich meine Augen schloss, dann konnte ich mich an seinen Körper erinnern, an das Gefühl seiner Haut unter meinen Fingern. Ich fühlte die harten Muskeln seiner Brust und erinnerte mich daran, wie mir die Schamesröte ins Gesicht gestiegen war.

Ich musste mich dringend ablenken. In ein paar Wochen hatte ich meine Fotoausstellung und ich brauchte noch mindestens drei weitere Ausstellungsstücke.

Seit Michaels Tod hatte ich mich mit einem Leben als zurückgezogen lebende Fotografin abgefunden. Meine Tage – und manchmal auch meine Nächte – waren erfüllt von langen Blicken durch die Linse einer Canon EOS. Die Kamera war ein Geschenk von Michael gewesen und einer meiner kostbarsten Schätze.

Ich hatte mein Sexleben mit einem Haus voller Männer aufgepeppt nach Michaels Tod. Aber die waren sorgfältig ausgewählt und kamen meinen Erinnerungen an ihn nicht ins Gehege. Aber die Arbeit konnte man nicht so sorgfältig auswählen, um das immer zu verhindern, daher konzentrierte ich mich auf die Fotografie und vermied es möglichst, unter Leute zu gehen.

Wenn ich nicht gerade die Welt durch die Linse der Kamera betrachtete, verbrachte ich jede freie Minute damit, das alte Haus meiner Großeltern zu restaurieren. Dazu musste ich es praktisch zerlegen, alles ausbessern und wieder zusammenbauen.

Diese Nacht war klar und der Mond schien hell, also nahm ich meine Kamera und ging spazieren. Was viele Menschen nicht verstanden, war, dass man als Fotograf oft viel Zeit damit verbrachte, das richtige Motiv zu finden. Es war ein Balanceakt zwischen dem richtigen Licht, dem Motiv und den eigenen

Fähigkeiten.

Manchmal verbrachte ich Stunden oder sogar Tage damit, das richtige Licht für eines meiner Bilder zu finden. Selbst wenn ich ein gutes Motiv gefunden hatte, war es noch schwierig, die richtige Tageszeit zu finden, um es voll zur Geltung zu bringen.

Ich legte mich hin und blickte durch die Linse, auf der Suche nach dem richtigen Bild. Mein Herz klopfte vor Aufregung, denn ich hatte endlich etwas entdeckt. Darin lag die Faszination der Fotografie: die Erregung, wenn eine Vorstellung zum Leben erweckt wird.

Ich war so in meine Arbeit versunken, dass ich zunächst gar nicht die schweren Schritte hörte, bis jemand plötzlich neben mir stand. Ich schrak auf. Wer würde denn mitten in der Nacht joggen gehen?

„Bist du okay?"

Ich hörte seine sanfte, ruhige Stimme und mein Körper reagierte sofort mit Erkennen. Er war es. Der scharfe Nachbar von neulich Nacht. Ich machte ein paar Fotos und nahm dann die Kamera herunter.

„Ja, ich mache nur ein paar Bilder." Ich blickte auf und tat, als sei es völlig normal, mitten in der Nacht auf der Straße zu liegen und zu knipsen.

„Das sehe ich."

Seine Ruhe machte mich nervös und ich sprang auf. Im Mondlicht erkannte ich seine Statur. Er war nicht nur meiner Fantasie entsprungen, es gab ihn wirklich.

„Wo hast du gesteckt?", platzte es aus mir heraus.

Ich konnte mich nicht zurückhalten. Ich hatte an ihn denken müssen, seit ich ihn das erste Mal gesehen hatte. Ich hatte mir so viele köstliche Dinge mit diesem Typen ausgemalt. Ich hätte ihn am liebsten gleich hier und jetzt vernascht, mein Körper wollte ihn dringend. Und offenbar konnte ich meine Worte nicht kontrollieren, wenn er in der Nähe war.

Ein Lächeln durchbrach seinen gelassenen

Gesichtsausdruck. Es war die erste Gefühlsregung, die ich bei ihm sah.

„Oh, hast du etwa nach mir gesucht?“, fragte er und machte einen Schritt auf mich zu.

Seine Bewegung brachte meinen Puls zum Rasen, ich war nervöser als bei unserer ersten Begegnung. Meine Zunge klebte mir am Gaumen und ich konnte nicht schlucken. Die Macht, die er über meine Gedanken hatte, war beeindruckend. Seine sexuelle Ausstrahlung war immens und zwang mich geradezu, an ihn und mich nackt zu denken. Ich konnte einfach nicht anders. Die Gedanken rasten ungefiltert durch meinen Kopf.

„Ich wollte mich einfach nur bei dir bedanken, dass du mir neulich Nacht geholfen hast, sicher ins Haus zu kommen.“

„Du solltest nicht trinken und dich wie ein Idiot aufführen. Jemand hätte das ausnutzen können.“

Ich wurde knallrot und auch ein wenig wütend. Woher nahm er sich das Recht, mir zu sagen, ich hätte mich wie ein Idiot aufgeführt? Ich bin erwachsen, ich kann mich mit meinen Freundinnen amüsieren. Ich war immerhin vernünftig genug gewesen, mir ein Taxi zu nehmen.

Anstatt sich wie ein Gentleman zu benehmen, verwandelte der Typ sich gerade in jemanden, der mir gar nicht gefiel. Na gut, ich fand ihn immer noch wahnsinnig scharf, aber jemanden, der mir ein schlechtes Gefühl vermittelte, was mein Verhalten anging, den brauchte ich nicht in meinem Leben.

Der Grund, warum der Übergang mit Sam, Stanley und Kirk so gut funktioniert hatte, war, dass sie mir ein gutes Gefühl gegeben hatten. Nicht nur beim Sex. Die drei mochten mich und wollten mir das auch zeigen. Ich brauchte keinen Typen, der der Ansicht war, mich zu beleidigen sei okay.

„Ach, ich bin ein Idiot?“

Die Frage war raus, bevor ich es mir anders überlegen konnte. Ich kannte den Typen zwar nicht, aber es war auf jeden Fall unhöflich, so etwas zu einer Frau zu sagen, die er ebenfalls nicht kannte. Was für ein Mann sagte überhaupt etwas so

Unfreundliches?

„Ja. Du hast einem völlig fremden Mann den Schlüssel zu deinem Haus überlassen und ihn sogar noch die Tür öffnen lassen. Ich hätte dich einfach reinzerren und mit dir machen können, was ich wollte. Das ist für eine Frau sehr gefährlich, sich so zu verhalten."

„Ich hatte keine Angst vor dir."

„Solltest du aber."

„Ich sollte Angst vor dir haben?" Ich lächelte. Ich fragte mich, ob er wirklich so unhöflich war oder einfach nur furchtbar schlecht im Small Talk.

Er tat so, als sei er gefährlich. Nun, vielleicht war er das in anderen Bereichen seines Lebens. Aber die Art, wie er mich anschaute, machte mir sehr deutlich, dass er einer Frau niemals etwas zuleide tun würde. Er mochte seine Worte etwas taktlos gewählt haben, aber je länger er mich ansah, desto sicherer war ich mir, dass er es gesagt hatte, weil er mich in der Tat mit ins Haus hatte nehmen wollen, um mit mir was auch immer zu tun.

„Du solltest Männern gegenüber immer vorsichtig sein. Sie haben stets nur das Eine im Sinn."

Bevor ich antworten konnte, war er direkt vor mir. Sein Arm legte sich um meine Hüfte und ich spürte seine Hand auf meinem Rücken. Er zog mich an seinen verschwitzten Körper. Ich hatte seit Tagen an seine Hände gedacht und würde diese Gelegenheit nicht ungenutzt verstreichen lassen.

Benommen stand ich einfach so da, in einer Hand die Kamera, die andere auf seiner Brust. Oh, das Vergnügen, seine Haut wieder zu spüren. Ich hätte die ganze Nacht so bleiben können. Sein Aroma war eine Mischung aus Schweiß und Deo. Sein Blick war nicht bedrohlich, sondern zeigte Verlangen.

Ich erwartete einen Kuss.

Seine Lippen waren nur wenige Zentimeter von meinen entfernt und ich feuerte ihn im Geiste an, näherzukommen. Ich bog den Rücken durch und näherte mich ihm, damit er mich endlich küsste.

„Was ist denn das Eine?“ Mein Atem ging ruhig und war voller Verlangen.

Meine Brust hob und senkte sich, während ich versuchte, die Ruhe zu bewahren. In seiner Nähe fiel mir das besonders schwer. Erst recht, da nun seine Hand auf meiner Hüfte lag.

„Dich zu schmecken“, sagte er.

Seine unergründlichen braunen Augen blickten mir direkt in die Seele. Ich wand mich ein wenig in seinem Arm und er fasste noch fester zu. Dann spürte ich es. Durch die Jogginghose fühlte ich das Ausmaß seine Erregung. Er wollte mich. So wie er mich ansah, brauchte er mich ganz dringend. Wie ein triebhafter Instinkt, den er nicht hätte unterdrücken können.

Ich lächelte und schob ihn zurück. Dieses Mal ließ er mich los. Angesichts seiner Begierde spürte ich meine Macht wachsen. Genau so wollte ich es am liebsten haben. Ich hatte das Kommando. Er wollte mich so sehr, dass ich wusste, ich konnte ihn wegschieben und er würde trotzdem am Ball bleiben.

„Ich sollte jetzt gehen“, sagte ich und blickte hinunter auf meine Kamera.

Noch nie hatte mir ein Mann so direkt zu verstehen gegeben, dass er mit mir schlafen wollte. Ich war mir nicht sicher, ob ich beeindruckt sein sollte von seiner Direktheit oder empört. Vielleicht hätte ich ihm eine Ohrfeige verpassen sollen? Aber mir gefiel das Machtspielchen zwischen uns. Er faszinierte mich und weckte erst recht das Verlangen in mir.

„Ich begleite dich nach Hause“, sagte er mit einem anzüglichen Grinsen.

Ich versuchte, es ihm auszureden, denn es war offensichtlich, dass er eigentlich joggen wollte. Da es aber mitten in der Nacht war, nahm ich schließlich das Angebot doch an. Außerdem würde ich nicht freiwillig darauf verzichten, Zeit mit dem Mann zu verbringen, an den ich seit Tagen ständig dachte.

Ich musste irgendwie das Gleichgewicht finden, meine sexuellen Gelüste zu befriedigen und ihn etwas länger als nur eine Nacht zu behalten. Er schien der Typ Mann zu sein, der mich länger und intensiver beschäftigte als die meisten.

Wir gingen langsam zurück und er hörte zu, während ich redete. Ich erzählte Geschichten über Bain und wie die kleine Stadt so lange über die Runden kommen konnte. Es war ein total langweiliges Thema, zumal er gerade eben noch gesagt hatte, dass er mich schmecken wollte. Aber ich wollte reden und hoffte, dass er das dann auch tun würde. Ich war hier in der Stadt mit meinen Eltern und Großeltern aufgewachsen und stolz darauf, wieder hier zu sein. Auch wenn es sich anfühlte, als hätte ich das Leben in der Großstadt, das Leben als Künstlerin, aufgegeben. Ein Leben, das zu führen ich mich fürchtete.

Er war ein Gentleman und verließ mich an der Haustür ohne ein weiteres Wort darüber, dass er mich schmecken wollte. Ich betrat mein Haus und freute mich über das aufregende Gefühl, ihn bald als potenziellen Liebhaber zu haben. Bis ich im Bett lag, war es schon fast wieder Morgen. Ich konnte meine Gedanken über diesen wahnsinnig heißen Typen einfach nicht abschalten.

Es machte mich irre, dass ich schon wieder vergessen hatte, ihn nach seinem Namen zu fragen.

Als er mich packte, hatte es mich zu sehr abgelenkt, sodass ich nicht mehr klar denken konnte. Irgendetwas stimmte nicht mit mir. Welche normale Frau hatte so intensive Gefühle für einen Mann, dessen Namen sie nicht einmal kannte?

Ich vermutete, sein Name war irgendwie exotisch. Er hatte dunkelbraunes Haar und ebensolche Augen. Seine Haut war gebräunt und zart. Bei dem Aussehen musste er einfach einen exotischen Namen haben. Vielleicht einen wie Xavier oder Maximus oder noch interessanter.

Während ich langsam einschlief, meinte ich noch immer seinen harten Schaft an meiner Seite zu spüren. Ich schloss die Augen und erinnerte mich daran, wie es sich anfühlte, von so einem scharfen Typen begehrt zu werden.

Am nächsten Morgen war ich fest entschlossen. Ich hatte es satt, von meinem Nachbarn als dem heißen Typen zu schwärmen. Ich wollte endlich seinen Namen wissen. Mit dem Kaffee in der Hand ging ich lässig rüber zu seinem Haus und klopfte an die Tür. Auf einmal fiel mir letzte Nacht wieder ein und ich wollte nicht mehr, dass er öffnete. Langsam machte ich ein paar Schritte zurück. Aber da ging die Tür auf.

„Ja?“ Er grinste.

Auch dieses Mal war sein Oberkörper wieder nackt. Mir kam der Gedanke, dass er keinen Stoff auf der Haut mochte oder vertrug. Mich störte das jedenfalls nicht. Seine Hände waren mit Farbe bekleckert und er wischte sie sich an der Hose ab, während er mich neugierig anschaute.

„Ich möchte gern wissen, wie du heißt“, sagte ich ohne Umschweife.

Sein Blick weitete sich und er machte einen Schritt aus dem Haus raus und auf mich zu. Selbst in dem kurzen Moment spürte ich die sexuelle Energie, die der Mann ausstrahlte. Wie konnte ich bisher gelebt haben ohne dieses Ausmaß an Erregung? Ich begehrte ihn. Ich war nass vor Erregung. Ich konnte es nicht erwarten, ihn in mir zu fühlen. Aber noch immer kannte ich seinen Namen nicht.

„Wozu brauchst du diese Information?“

Er blickte mir tief in die Augen und ich brachte kaum ein Wort hervor, um ihm zu antworten. Ich wollte ihm aber unbedingt antworten, also riss ich mich zusammen.

„Als Nachbarn sollten wir einander doch beim Namen nennen. Ich habe dir meinen bereits gesagt.“

„Ja, Isabella. Das ist ein sehr schöner Name. Ich heiße Marcus“, sagte er trocken.

„Hallo Marcus.“ Ich grinste verschmitzt.

Sofort fühlte ich mich besser. Ich wusste seinen Namen und konnte aufhören, ihn als heißen Nachbarn zu betiteln. Ich erschauerte bei der Vorstellung, wie mir sein Name über die Lippen kommen würde, wenn er auf mir lag. Wie würde ich seinen Namen herausschreien, wenn ich kam? Ich konnte nicht anders, ich musste es wissen.

„Hallo Isabella“, sagte er mit rauer Stimme.

Ich wollte ihn nur noch mehr. Er musste eigentlich gar nichts sagen, ich wollte ihn auf jeden Fall. Der Mann füllte meine Gedanken aus. Ich musste ihn einfach haben, damit ich mal einen klaren Gedanken an etwas anderes fassen konnte. Aber vielleicht sollte ich ihn vorher wenigstens ein bisschen kennenlernen. Ihn einfach nur in mein Bett zu zerren, war vielleicht nicht die klügste Idee, da wir ja immerhin Nachbarn waren.

Ich fand, ich sollte mich mit ihm unterhalten. Ich wusste nach wie vor gar nichts von ihm und so sehr mein Körper ihn auch begehrte und intimer kennenlernen wollte, mein Verstand gebot mir, abzuwarten. Da war etwas an diesem neuen Mitbürger, etwas Geheimnisvolles, Verdächtiges.

„Malst du? Es ist noch ziemlich früh fürs Malen." Ich warf einen vielsagenden Blick auf seine Hände.

Das schien er lustig zu finden. Er kicherte nicht nur, er lachte laut auf. Verstand ich nicht. Ich blickte weg und stand etwas unsicher herum.

„Was denkst du denn, wie spät es ist?", fragte er, als der Lachanfall vorbei war.

„Keine Ahnung, acht Uhr oder so?"

Ich war ohne Handy aus dem Haus gegangen, daher wusste ich es nicht so genau. Aber egal, wie spät es war, das war kein Grund für so einen Heiterkeitsausbruch. Der Typ hatte einen merkwürdigen Humor.

„Schätzchen, es ist gleich vier Uhr nachmittags."

„Was?"

Das war unmöglich. So spät konnte es auf keinen Fall sein. Das wäre mir doch aufgefallen, wenn ich den halben Sonntag verschlafen hätte. Er musste sich einen Scherz mit mir erlauben. Ich hatte auf keinen Fall den Tag verpennt.

Er betrat sein Haus und ließ die Tür offen. Nach einem kurzen Moment war er wieder da und hielt mir sein Handy hin. Er reichte es mir und die Uhr zeigte 15:50 Uhr.

Mir klappte der Kiefer runter und ich starrte sein Handy

an. Wie hatte ich nur schon wieder so lange schlafen können? Was war nur los mit mir? Dann wurde mir bewusst, dass ich sein Handy in der Hand hielt. Noch nie hatte mir ein Mann einfach so sein Handy in die Hand gedrückt. Gerade erst neulich hatte ich mich mit meinen Freundinnen darüber unterhalten.

Männer versuchten ständig, irgendetwas zu verbergen. Heimliche Flirts in einem Chat, Nacktfotos, irgendetwas war immer auf ihren Handys, das sie vor ihren Freundinnen verheimlichen wollten. Aber hier war ich nun und hielt das Telefon eines Fremden in meiner Hand. Das kam mir merkwürdig vor. Er wirkte eigentlich wie ein Mann mit einer ganzen Menge Geheimnisse. Ich nahm also an, dass diese sich nicht auf dem Handy befanden.

„Mann, ich kann nicht fassen, dass es schon so spät ist. Ich muss mich an die Arbeit machen, bevor es wieder dunkel wird. War nett, dich kennenzulernen, Marcus." Ich drehte mich um und ging. Ich war schon fast bei mir drüben angekommen, da rief er hinter mir her.

„Hey, hast du Malerband? Ich saue alles ein."

Ich betrachtete seine bekleckerten Hände. Er saute wirklich alles ein. Keine Frage.

„Ich glaube nicht, dass Malerband da noch hilft", meinte ich lächelnd und ging weiter zu meinem Haus. „Aber ich habe welches da. Komm rein. Aber fass mit deinen bunten Händen ja nichts an."

Das letzte, was ich gebrauchen konnte, waren Farbkleckse auf den Bereichen, die ich gerade restaurierte.

Kapitel 4

Als wir zu mir gingen, überkam mich ein leichtes Schamgefühl. Außer Stanley war noch niemand bei mir zu Hause gewesen und das aus gutem Grund. Es war eine Katastrophe. Ich hatte die komplette Holzverkleidung im Erdgeschoss von den Wänden gerissen und die lag nun überall herum. Es sah aus wie ein Hindernisparcours, den man überwinden musste, um von einem Raum zum anderen zu gelangen.

„Ich muss mich wegen der Unordnung entschuldigen. Ich restauriere das Haus und das ist ein ziemlicher Aufwand."

Er schaute sich in aller Ruhe in dem alten Haus um. Damals waren viktorianische Häuser in Missouri keine Seltenheit gewesen. Ich wollte es in seiner alten Pracht wieder auferstehen lassen, damit man es ins Register der Historischen Gesellschaft aufnahm.

Das Haus war 1910 von meinen Großeltern gebaut worden und meine Eltern hatten es später geerbt. Es gehörte einfach in diese Stadt und ich wollte nicht, dass in ein paar Jahren jemand vorbeikam und es einfach abriss. Außerdem hatte ich gerade nichts anderes zu tun. Man konnte nicht ewig nur herumlaufen und Fotos machen, ich brauchte auch mal andere Beschäftigung.

„Kein Grund, sich zu entschuldigen. Das Haus ist wunderschön."

Etwas an der Art, wie er es sagte, machte mich hellhörig. Es schienen die ersten aufrichtigen Worte zu sein, die von ihm kamen. Er bewunderte das Haus und schaute sich alle Details an. Er zeigte dieselbe Leidenschaft für dessen Geschichte wie ich, als ich das erste Mal nach langer Zeit wieder das Haus betreten hatte.

„Danke, magst du so alte Häuser?"

Sofort war die aufrichtige Haltung wieder verschwunden und er beschränkte sich auf den gewohnten rauen Ton.

„Ich mag deinen Hintern", sagte er im Vorbeigehen und

warf einen extra langen Blick auf mein Gesäß.

„Im Ernst?"

„Oh, ich mache natürlich nur Witze. Ja, ich mag alte Häuser. Mir gefällt der Gedanke, alles auseinanderzunehmen und dann ganz neu wiederaufzubauen, besser und stabiler als zuvor."

Ich ging hinüber zur Treppe. Gerade als ich meinen Fuß auf die zweite Stufe setzen wollte, packte er mich am Arm und zog mich zurück. Als ich mich umdrehte, stand er direkt vor mir am Fuß der Treppe. Ich war immer noch etwas kleiner als er, aber nur noch ein bisschen. Da war etwas in seinen Augen, das ich nicht hätte in Worte fassen können. Heute weiß ich, dass es reine Lust war.

Seine Lippen näherten sich schwungvoll meinen und zum Glück hielt er mich an der Hüfte fest, sonst wäre ich direkt umgekippt, so wackelig waren meine Beine auf einmal. Ich hatte nicht mit einem Kuss gerechnet. Ich hatte mir wohl einen gewünscht, aber das Timing war so merkwürdig, dass ich hier und jetzt keinen erwartet hatte.

Mein Mund öffnete sich, um ihn hineinzulassen. Seine Zunge suchte in mir nach Lust. Anfangs war sein Kuss sanft, aber je mehr ich mich an ihm rieb, desto härter drängte er sich ebenfalls gegen mich. Er würde nicht so bald aufhören mit dem Küssen.

Schließlich gab ich nach.

Meine Arme legten sich um seinen Nacken. Sein Körper war der eines Sexgottes, ja, eines Sexgottes. Anders ließ er sich einfach nicht beschreiben. Er bestand praktisch nur aus harten Muskeln. Seine Zunge zeigte eine Kunstfertigkeit, die ich überall auf meinem Körper genießen wollte. Sein Kuss erregte mich so sehr, dass ich sofort nass wurde.

„Ich musste dich einfach küssen. Es tut mir leid, aber ich konnte nicht anders", sagte Marcus und ließ mich los.

Einen Moment lang stand ich benommen da, noch gefangen von dem Kuss, der mir beinahe die Beine weggezogen hatte. Der Mann konnte küssen, keine Frage. Ich fragte mich, was er wohl sonst noch außergewöhnlich gut konnte mit seiner Zunge.

„Tja, also, wie war das mit dem Malerband?“, fragte ich, als meine Erregung einigermaßen abgeklungen war.

„Ja, richtig. Ist es oben?“ Er grinste verschmitzt. „Vielleicht im Schlafzimmer?“ Er machte ein paar Schritte die Treppe hinauf, dann hielt ich ihn auf.

„Oh, nein, das wirst du nicht tun. Du gehst nicht in mein Schlafzimmer.“

„Warum nicht? Vertraust du mir in der Nähe deines Bettes nicht?“

Sein Blick brannte sich in meinen und ich leckte mir reflexartig über die Lippen. Sie wollten ihn erneut schmecken, aber ich widerstand tapfer. Falls ich die Kontrolle über die Situation behalten wollte, durfte ich jetzt nicht so schnell nachgeben.

„Nein, du wartest hier.“

Ich gab ihm mit einer Handbewegung zu verstehen, unten zu bleiben, während ich mich schnell auf den Weg machte, das Malerband zu suchen. Ich hatte es zuletzt im Schlafzimmer benutzt und fand es recht zügig. Ich wollte nicht, dass Marcus sich in der Nähe meines Bettes aufhielt, bevor ich nicht den richtigen Moment dafür gekommen hielt.

„Hey, ist dir bewusst, dass dieser Kronleuchter herunterfallen könnte?“, fragte Marcus, als ich die Treppe wieder herunterkam. Ich fand, es sah nicht bedrohlich aus. Alles in diesem Haus fiel mehr oder weniger auseinander. Es hätte mich also nicht gewundert, wenn der Kronleuchter herunterfallen würde, aber daran hatte ich bisher keinen Gedanken verschwendet.

„Der hängt da seit gut hundert Jahren und wackelt nicht. Ich bin sicher, der hält noch eine Weile da.“

„Ich kann ihn für dich reparieren, wenn du willst. Soll ich ihn abnehmen, damit du ihn sauber machen kannst, bevor ich ihn richtig festmache?“

„Einverstanden“, sagte ich und reichte ihm das Malerband.

„Wie alt ist das Haus? 1900?“

„Beinahe. 1910. Meine Großeltern haben es gebaut. Es war eines der ersten Häuser in der Stadt.“

„Und du restaurierst es? Was fängst du denn sonst noch so mit dir selbst an? Ich meine, mit deiner Zeit?“

„Ach, nichts. Ich stalke meinen Nachbarn und schleife Hartholz.“

Ich wand mich innerlich bei meinen Worten. Warum war mein Mundwerk nur so schnell? Das klang doch total bescheuert. Ich bin deine Nachbarin und stalke dich. Bah. Das war der Grund, warum ich nicht mit normalen Typen zusammen war, sondern mit verschrobenen Kerlen, die mich anbeteten und ansonsten nicht recht in die Gesellschaft passen wollten.

„Hartholz, was? Ich habe auch etwas Hartes, mit dem du spielen kannst. Stalking ist da unnötig“, witzelte er.

Himmel, was war nur los mit dem Typen? Selbst das klang irgendwie sexy. Ich rollte mit den Augen und lachte über seinen Scherz. Zumal ich denselben schmutzigen Gedanken gehabt hatte.

„Du bist ja ein echter Wortkünstler. Was machst du denn beruflich?“ Ich wollte endlich etwas mehr über Marcus herausfinden.

Bei dieser Frage machte er sofort die Schotten dicht. Das Verlangen in seinen Augen verschwand und er wurde kühl. Da war von Begehren nichts mehr zu sehen. Und ganz sicher wollte er nicht über sein Leben oder seine Arbeit reden.

„Ich gehe dann mal wieder an meine Farbtöpfe. Angenehme Nacht noch“, sagte er und verließ mein Haus. Er hatte nicht einmal versucht, mir eine ausweichende Antwort auf meine Frage zu geben. Marcus hatte eindeutig nicht die Absicht, irgendetwas über sein Leben mit mir zu teilen.

Ich blickte ihm durch das Fenster nach, wie er in sein Haus zurückkehrte und fragte mich, was ihn an meinen Worten wohl gestört hatte. Ich hatte doch bloß wissen wollen, was er beruflich macht. Was war daran so schlimm?

Er war heiß und kalt zugleich. Das machte es mir schwer, ihn zu durchschauen. In einem Moment küsste er mich verführerisch, im nächsten Moment wurde er eiskalt und ging einfach. Ich war noch nie jemandem begegnet, der seine Persönlichkeit so schnell wechseln konnte.

Ich hielt immer die Augen nach ihm auf, wenn ich im Garten zu tun hatte oder das Haus verließ, um Dinge zu erledigen. Aber ich sah ihn einige Tage lang weder kommen noch gehen. Wieder war es so, als wäre er komplett verschwunden. Wie war das überhaupt möglich, dass er sich praktisch in Luft auflöste? Ich sah nie einen Wagen in der Einfahrt, aber natürlich konnte er auch in der Garage stehen. Aber vielleicht hatte er gar kein Auto? Ich war mir fast sicher, dass er gar nicht daheim war, aber beschwören wollte ich das auch nicht. Vielleicht versteckte er sich im Haus.

Die alten Häuser in Bain besaßen alle separate Garagen hinter den Häusern, was das Spionieren schwierig machte. Es war unmöglich, festzustellen, ob jemand zu Hause war. Ich hätte schon hinter das Haus gehen und in die Garage spähen müssen, um zu sehen, ob jemand da war.

Tage vergingen und ich sah nichts von Marcus. Das verwunderte mich ziemlich. Was machte er wohl beruflich, dass er überhaupt in Bain wohnen konnte? Die meisten Menschen hier waren Pensionäre, arbeiteten an der örtlichen Schule oder waren finanziell unabhängig, so wie ich. St. Louis war eine Autostunde entfernt und es hätte nettere Orte näher an der Stadt gegeben.

Ich musste aufhören, ständig an Marcus zu denken. Meine Fotoausstellung rückte immer näher und ich musste noch die endgültige Auswahl der Bilder treffen. Ein einziges Foto fehlte mir noch, von einem Motiv draußen in den Wäldern. Aber dazu musste der Mond sich an einer bestimmten Stelle befinden.

Ich machte mich auf den Weg zur Garage, die ich als Dunkelkammer benutzte. Ganz automatisch warf ich dabei einen Blick hinüber zum Haus von Marcus, um zu checken, ob es bewohnt aussah. Vor der Garage stand kein Auto und im Haus war alles dunkel. Es sah nicht so aus, als wäre er daheim.

Das Entwickeln der Bilder gehörte beim Fotografieren zu meinen Lieblingsbeschäftigungen. Es selber zu machen hatte ein besonderes Flair. Das Papier in die Lösung zu legen, es von einem Becken ins nächste zu tun, das mochte ich. Ich konnte es kaum erwarten, loszulegen und ein paar Bilder für die Ausstellung zu entwickeln.

Natürlich war es schneller und billiger, diese Arbeit jemand anderem zu überlassen. Aber für mich war das Kunst und das Entwickeln gehörte eben dazu. Über- und Unterbelichtungen verschiedener Stärke herzustellen, bis das Bild genau so war, wie ich es mir vorstellte.

Ich verdunkelte den Raum in der Garage und machte mich für eine lange Nacht bereit. Meine Dunkelkammer war nicht perfekt, daher musste ich das nachts erledigen, um möglichst wenig Licht an die Bilder zu lassen.

Langsam und methodisch arbeitete ich mich durch die Bilder. Es war schon beinahe vier Uhr morgens, als ich das nächste Mal auf die Uhr schaute. Mir war nicht bewusst gewesen, wie die Zeit vergangen war, so sehr ging ich in meiner Leidenschaft und Arbeit auf.

Plötzlich schien ein helles Licht von Marcus' Haus herüber. Ich versuchte schnell, es mit einem schwarzen Tuch auszublenden und hoffte, dass meine Bilder keinen Schaden genommen hatten. Ich schloss den schwarzen Vorhang und schlüpfte leise aus meiner Garage.

Ich blieb an der Ecke meiner Garage stehen und bemühte mich, möglichst kein Geräusch zu machen. Es war Marcus. Er war mit einem schwarzen Jeep in die Einfahrt gekommen und lud nun ein paar große Reisetaschen aus. Sie sahen sehr schwer aus, als er sie eine nach der anderen vorsichtig absetzte.

Meine Gedanken rasten, ich fragte mich, was wohl in den Taschen sein mochte. Sie waren etwas über einen Meter lang und enthielten merkwürdig geformte Objekte, die hier und da das Material der Taschen ausbeulten.

Ich huschte etwas näher heran. Das letzte, was ich wollte, war, von ihm tatsächlich beim Stalking erwischt zu werden. Er ließ die Taschen in der Einfahrt stehen und fuhr den Jeep in die

Garage. Dann kehrte er zurück und trug die ersten beiden von insgesamt sechs Taschen ins Haus. Ich musste mich zusammenreißen, um nicht hinüberzulaufen und in eine der Taschen zu schauen. Es war einfach zu riskant. Also wartete ich.

Er brauchte etwa eine Minute, um die ersten beiden Taschen wegzubringen. Als er mit den nächsten beiden verschwunden war, huschte ich hinüber zu den letzten beiden und öffnete eine davon. Es war dunkel und ich konnte nicht erkennen, was sich darin befand, also griff ich hinein. Kaltes Metall. Wie bei einer Waffe. Ich zog mich schnell zurück und eilte zu meiner Garage.

Oh, nein! Ich hatte vergessen, die Tasche wieder zu verschließen! Dafür war es jetzt zu spät, ich würde es auf keinen Fall mehr schaffen, zurückzulaufen und sie zu verschließen, bevor er zurückkam, um sie zu holen. Angespannt beobachtete ich, was als Nächstes geschehen würde.

Zum Glück blieb mein Patzer in der Dunkelheit unentdeckt. Er hob die Taschen mit Leichtigkeit vom Boden auf und ging damit ins Haus.

Waffen! Warum schleppte er Taschen voller Waffen ins Haus? Vielleicht hatte ich mich geirrt und es waren doch keine Waffen gewesen. Ich konnte da nicht wirklich sicher sein. Aber mir wurde dennoch flau im Magen.

Dieser umwerfende Typ kommt in meine kleine Stadt, macht mit mir rum und natürlich entpuppt er sich am Ende als Waffenhändler oder so. Er hatte nicht den Eindruck gemacht, als hätte er mit solchen Geschäften etwas zu tun. Allerdings hatte ich streng genommen auch gar keine Ahnung, was für eine Art Mann er eigentlich war. Er machte einen ehrlicheren Eindruck, als man bei einem Waffenhändler erwarten würde.

Kapitel 5

Mein Kopf schwirrte vor lauter Gedanken über Marcus. Ich hatte keine Angst vor ihm. Sollte man sich nicht vor einem Menschen fürchten, der das Haus voller Waffen hatte? Er hatte etwas an sich, dass mir versicherte, wenn er in meiner Nähe war, dass er kein böses Monster war. Seine Ausstrahlung war positiv und selbst die Tatsache, dass ich gerade mit angesehen hatte, wie er sechs Taschen mit Waffen ins Haus getragen hatte, änderte nichts daran.

Natürlich konnte ich mich irren. Da war mal dieser Mann gewesen, als ich mit ein paar Freundinnen aus war. Ich dachte, er wäre ein total netter Typ. Aber noch am selben Abend sah ich, wie er einen anderen Mann schlug und fast erwürgte, sodass die Polizei ihn mitnahm und verhaftete. Vielleicht war ich also nicht sonderlich gut darin, zu erkennen, ob ein Mann gut oder böse war.

Mein Körper war sich ganz sicher, dass er zu den Guten gehörte. Mein Verstand versuchte mir das auszureden. Aber bisher war ich eigentlich gut darin gewesen, Männer zu durchschauen. Ich war ziemlich stolz darauf. Frauen konnte ich ebenso gut lesen. Man erkannte es an ihrer Haltung, wie sie Blickkontakt hielten, was sie mit den Händen machten. Das alles vermittelte mir ein grundsätzliches Gefühl über eine Person.

Ich blickte aus meinem Schlafzimmerfenster und sah, wie die Lichter drüben im Haus erst ein- und dann wieder ausgeschaltet wurden. Offenbar hatte er die Taschen in das andere Schlafzimmer gebracht und dort das Licht für etwa 20 Minuten angehabt.

Dann ging das Licht in der Küche an und sein Gesicht tauchte über dem Spülbecken auf. Er machte den Abwasch. Ich war ein Stalker, der seinen Nachbarn bei jedem Schritt beobachtete. Es kam mir merkwürdig vor, dass jemand, der gerade sechs Taschen voller Waffen ins Haus getragen hatte, danach in aller Seelenruhe das Geschirr spülte.

Lachend legte ich mich endlich hin. Mein Schlafrhythmus war seit Wochen schon durcheinander. Eigentlich schon, seit ich mit Willow und den anderen ausgegangen war. Meistens blieb ich bis morgens um drei oder vier auf und schlief dann bis mittags. Das störte mich nicht sonderlich, aber es wirkte doch ein wenig faul.

Morgen würde ich auch wieder lange aufbleiben, denn ich wollte in den Wald, um mein letztes Motiv zu fotografieren. Ich hatte den perfekten Platz auf einem steilen Hügel entdeckt. Wenn ich mich da hinlegte, dann hatte ich einen Blick auf die Milchstraße, eine riesige Tanne und einen Halbmond. Ich hoffte, der Mond würde einen roten Ring haben, wie der Wetterbericht vorhergesagt hatte. Aber da konnte man vorher nie sicher sein. Hoffentlich hielt das Wetter, was es versprach.

Ich schlief lange am nächsten Tag und machte mich nach zehn Uhr am Abend auf den Weg in den Wald. Tagsüber hatte ich hin und wieder zu Marcus herübergeschaut, aber er war nirgends zu entdecken gewesen. Ich entschied mich dagegen, bei ihm anzuklopfen. Der Gedanke an all die Waffen im Haus machte mich nervös.

Als Stanley am späten Nachmittag an meine Tür klopfte, war ich geradezu erleichtert, dass er vorbeigekommen war. Ich brauchte dringend Ablenkung. Da waren ein netter Nachmittag und Sex mit Stanley genau das Richtige.

„Stanley, wie gehts denn so?“, fragte ich, als ich ihm geöffnet hatte.

„Ich bin knüppelhart und musste den ganzen Tag bei der Arbeit an dich denken. Ich will mich in dir versenken“, erklärte er direkt.

„Dann ab nach oben“, erwiderte ich und schloss die Tür hinter ihm.

Stanley und ich hatten einen sehr entspannten Umgang miteinander. Es war mir egal, was er über mein Haar oder meinen Körper dachte. Ich musste weder Make-up auflegen noch die Farbkleckse von den Händen abwaschen. Das war einer der Gründe, warum unsere Beziehung so gut funktionierte.

Wir genossen einander, keine Frage. Wann immer wir zusammen waren, hatte ich einen Orgasmus. Ich konnte mich entspannen und er war ein echt netter Typ. Manchmal fragte ich mich, warum wir immer noch diese Affäre hatten, aber dann stellte ich mir vor, er wäre nicht mehr Teil meines Lebens und der Gedanke gefiel mir ganz und gar nicht. Stanley machte mich glücklich. Es war eine andere Art der Anziehung als bei Marcus, aber ich hatte ihn immer gern um mich.

„Ich will auf dir sein", sagte ich, als wir uns auszogen.

„Klingt gut. Ich liebe es, dir zuzuschauen, wie du mich fickst."

„Ich bin schon ganz nass. Leg dich hin, damit ich aufsitzen kann", drängelte ich.

Ich nahm mir ein Kondom, rollte es über seinen steifen Schwanz und setzte mich rittlings auf ihn. Sein tropfender Schwengel drang tief in mich ein und ich brauchte einen Moment, um mich daran zu gewöhnen. Ich mochte es, von ihm ausgefüllt zu sein. Langsam bewegte ich mich auf und ab und rieb dabei meine Klitoris an ihm.

Sex mit einem Freund wie Stanley zu haben, brachte mich super schnell zum Orgasmus. Ich war geradezu süchtig danach. Stanley überließ es mir, auf ihm sitzend das Tempo zu bestimmen. Er hielt mich an den Hüften und stützte mich, aber ich hatte das Kommando.

„Du siehst scharf aus, wie du auf mir reitest", sagte er.

„Ich mag, wie entspannt wir miteinander sind. Ich habe das Gefühl, wir könnten das ewig so machen. Bist du sicher, dass du nicht doch wieder bei mir einziehen möchtest?"

Wir waren mitten beim Sex, aber ich hatte mich schon gefragt, ob er nicht wieder einziehen wollte. Es war für uns beide doch viel einfacher, wenn wir unter einem Dach lebten. Ich wusste, er wollte die ideale Welt und suchte nach einer Ehefrau, aber er kam immer wieder zu mir zurück, also würde er seine Meinung vielleicht doch noch ändern.

„Ich denke drüber nach", stöhnte er und stieß tiefer in mich hinein.

„Hast du meinen neuen Nachbarn gesehen? Ich erwäge,

ihn in mein Bett zu holen“, erwiderte ich keuchend.

„Ja, der ist heiß. Aber ich wette, er wäre mit uns nicht einverstanden.“

Da war etwas dran. Marcus hatte auf mich nicht den Eindruck gemacht, dass er meine Neigung, mehrere Männer gleichzeitig zu haben, gutheißen würde. Falls doch, würde ich ihn gern eine Weile behalten wollen.

Unsere Bewegungen wurden heftiger und wir näherten uns beide dem Höhepunkt. Stanley beobachtete mich, wie mein Rhythmus unkontrollierter wurde. Wir hatten seit Monaten Sex miteinander, er wusste, auf welche Anzeichen er achten musste, um meinen Orgasmus frühzeitig zu erkennen.

Es war ein herrlich entspannter Nachmittag, genau das, was ich gebraucht hatte, bevor ich mich auf den Weg in den Wald machte, um mein Traumfoto zu schießen.

Kapitel 6

Als ich den Wald betrat, musste ich immer wieder in den Himmel schauen und die Sterne bewundern. Sie waren so wunderschön und kein Wölkchen verdeckte sie. Der Mond war ebenfalls perfekt. Er hatte einen roten Ring und ich hätte mir kein perfekteres Motiv wünschen können für einen würdigen Abschluss meiner Ausstellung.

Ich ging langsam und aufmerksam den bewaldeten Hügel hinauf. In der Nacht wirkte er viel steiler als tagsüber. Da ich kaum sah, wohin ich meine Füße setzte, wurde ich zusehends nervöser.

Ich prüfte bei jedem Schritt, ob ich wirklich an der Stelle fest auftreten konnte, bevor ich ihn endgültig machte. Es war nicht zu erkennen, ob etwas rutschig war oder mir ein Ast im Weg hing. Ich hielt die Arme vor mir ausgestreckt, um nicht in irgendetwas hineinzulaufen.

Je höher ich den Hügel hinaufkam, desto mehr Licht vom Mond leuchtete auf den Weg. Bis zur Spitze konnte ich besser sehen.

Endlich erreichte ich mein Ziel und genoss die Aussicht. Ich machte ein paar Fotos im Stehen und legte mich dann an die Stelle, die ich für perfekt hielt. Ich knipste zahllose Bilder, um das richtige Gefühl für das Motiv zu bekommen. Ich war mir sicher, dass ich es spürte, wenn ich das perfekte Bild hatte. Aber das Gefühl blieb aus.

Ich änderte meine Position zu der Seite des Hügels, wo ich heraufgekommen war, in der Hoffnung, dort das perfekte Bild zu finden. Ich fotografierte noch mehr. Aber das Gefühl kam nicht.

Keines der Bilder sah so aus, wie ich es mir vorgestellt hatte. Wieder nahm ich eine andere Position ein, aber plötzlich rutschte mein Fuß auf einem Stein ab, ich stürzte und ich überschlug mich dreimal. Dann schlug mein Bein gegen einen Baum und bremste mich. Der Schmerz ließ mich laut aufschreien.

Meine Schmerzensschreie füllten die Stille der Nacht und ich war mir sicher, dass ich die ganze Stadt damit aufgeweckt hatte. Ich atmete einige Male tief durch, um mich einigermaßen zu beruhigen. Ich hatte noch nie so heftigen Schmerz empfunden wie in diesem Moment.

Als ich mich etwas beruhigt hatte, stellte ich fest, dass der Schmerz vielleicht doch nicht so stark war, sondern die Angst vor dem Schmerz eher das Problem war. Ich machte eine schnelle Bestandsaufnahme von Kopf bis Fuß. Auf der Stirn hatte ich eine Platzwunde, die nicht wenig blutete, aber ansonsten schien alles in Ordnung zu sein. Mein Knöchel war vielleicht gebrochen, denn er tat sehr weh, wenn ich versuchte, ihn zu bewegen. Alles in allem hätte es aber deutlich schlimmer kommen können.

Ich tastete nach meiner Kamera, die mir zum Glück noch immer am Band um den Hals hing. Dann blickte ich hinauf zum Mond. Das war das perfekte Motiv. Ich hob die Kamera ans Auge und machte ein paar Bilder. Ich musste doch tatsächlich erst den halben Berg herunterfallen, damit ich endlich meinen magischen Moment im Bild festhalten konnte. Ich knipste massenhaft Fotos, um ganz sicher zu gehen, dass ich den perfekten Augenblick erwischte.

„Ist alles in Ordnung?“, rief eine Stimme vom Fuß des Hügels.

„Ja!“, rief ich zurück. „Ich mache nur Fotos und bin hingefallen. Ich glaube, ich habe mir den Knöchel gebrochen.“

„Isabella?“

„Ja“, erwiderte ich zögernd.

Binnen einer Minute stand Marcus neben mir. Es war beeindruckend, wie schnell er den Hügel hinaufsteigen konnte. Ich hatte mindestens zwanzig Minuten gebraucht und er kam zügig und sicheren Fußes schnell oben an. Er suchte nicht nach dem sichersten Weg, sondern ging einfach direkt in meine Richtung.

„Was machst du denn hier mitten in der Nacht?“, schimpfte er. „Willst du dich umbringen? Du hättest dich ernsthaft verletzen können. Du blutest ja.“

„Ich musste dieses Foto machen."

„Ich hoffe, das war es wert. Du siehst aus, als hätte es dich beinahe zerlegt."

Er zog sich das Shirt aus und presste es gegen meinen Kopf. Der Anblick seines nackten Oberkörpers lenkte mich sofort ab. Selbst mit diesen Schmerzen nahm ich trotzdem das Spiel seiner Muskeln wahr.

„War es", sagte ich lächelnd.

Dann hob ich die Kamera und machte ein Foto von ihm. Es war ganz harmlos, einfach ein Spaß. Das machte ich mit meinen Freunden auch oft, um sie spontan zu erwischen. Solche Bilder waren tolle Erinnerungen viele Jahre später. Allerdings war sein Gesichtsausdruck gerade alles andere als amüsiert.

„Lösch es", verlangte er.

„Aber wieso? Du siehst so heldenhaft aus, wie du zu meiner Rettung geeilt bist", witzelte ich.

Er fand es nicht so lustig, offensichtlich. Er verzog das Gesicht und blickte mich finster an. Ich hatte keine Wahl, ich musste es löschen. Ich wollte mich nicht mit ihm anlegen. Er meinte es ernst und ich fühlte mich schlecht, dass ich ihn so verärgert hatte.

„Danke."

Sofort wurde sein Ausdruck milder. Ich hatte ein paar Freunde, die auch meckerten, wenn ich sie spontan knipste. Aber niemand wehrte sich so dagegen wie Marcus.

„Ich denke nicht, dass ich laufen können werde. Mein Knöchel tut sehr weh."

„Ich bin sicher, uns fällt etwas ein."

Ohne ein weiteres Wort hob er mich auf seine Arme. Ich klammerte mich an ihm fest, denn er machte sich ohne Zögern an den zügigen Abstieg vom Hügel. Ich hatte nicht erwartet, dass er so stark war, obwohl ich seine Muskeln doch immerhin schon gefühlt und gesehen hatte.

Er bewegte sich sicher und zielstrebig, als müsste er nicht auf irgendwelche Bäume achten. Ohne Probleme gelangten wir an den Fuß des Hügels.

„Ich kann versuchen, von hier aus allein weiterzugehen“, sagte ich, als ich die Schweißperlen auf seiner Stirn bemerkte.

„Das ist doch albern. Wir sind doch gleich schon zu Hause.“

Er nahm meinen Vorschlag nicht mal ernst. Seine Arme hielten mich weiterhin fest an sich gedrückt, während er an der Straße entlang zu unseren Häusern ging.

Ich betrachtete unterdessen sein Gesicht, sah eine Entschlossenheit, wie ich sie noch nie bei jemandem gesehen hatte. Mir war klar, dass ich inzwischen eine ziemlich schwere Last sein musste. Selbst meine zarte Gestalt wurde irgendwann für jeden zu schwer. Marcus wirkte beinahe übermenschlich. Mit großen Schritten ging er einfach weiter. Zehn Minuten später standen wir vor meiner Tür.

„Setz mich ab, den Rest schaffe ich nun wirklich alleine.“

„Wo ist dein Schlüssel?“

„Die Tür ist nicht abgeschlossen.“

„Ist das dein Ernst, Isabella? Du lässt mitten in der Nacht die Tür unverschlossen?“ Wieder erntete ich einen vorwurfsvollen Blick.

Ich lächelte, als er mich hineintrug und mich auf die Couch setzte. Ich wartete, dass er sich neben mich setzte. Das musste doch anstrengend gewesen sein. Aber das tat er nicht. Stattdessen ging er ins Bad und suchte im Schrank nach dem Erste-Hilfe-Kasten.

„Wie schlimm ist es?“, fragte ich, als er meine Kopfwunde genauer betrachtete.

„Du wirst es überleben“, erwiderte er lächelnd.

Ich saß da, meine Lippen nur wenige Zentimeter von seinem Bauch entfernt, während er sich über mich beugte, um die

Wunde an meinem Kopf zu reinigen. Jede Faser meines Körpers verlangte danach, ihn mit den Lippen zu erkunden. Wie wunderbar würde sich das anfühlen. Der salzige Geschmack von seinem Schweiß auf meiner Zunge.

Ich leckte mir über die Lippen und blickte zu ihm auf. Das Verlangen, welches ich nach Marcus verspürte, war jenseits von allem, was ich jemals mit Stanley hatte. Es war unvergleichlich.

„Halt still, ich versuche das hier zu säubern."

„Tut mir leid." Ich lächelte und blickte ihn noch immer an.

„Hör auf zu grinsen. Du hättest dir ernsthaft wehtun können."

„Tut mir leid."

Nachdem er mit meinem Kopf fertig war, wandte er sich meinem Knöchel zu. Als er daran herumdrückte und ihn bewegte, schmerzte er nicht mehr so sehr, wie ich anfangs befürchtet hatte.

„Ziemlich angeschlagen, wahrscheinlich verstaucht. Aber ich glaube nicht, dass er gebrochen ist."

„Danke." Wieder leckte ich mir über die Lippen.

Anfangs war es eine unbewusste Geste gewesen. Aber dann fiel mir auf, wie intensiv er mir auf den Mund schaute, wenn ich es tat. Er wollte meinen Mund. Wir schauten einander in die Augen. Da war ein Hunger in seinem Blick, den ich kaum in Worte fassen konnte. Er sah beinahe aus wie ein Verdurstender. Als ob er nach langer Zeit endlich wieder Wasser gefunden hätte.

Mein Atem ging schneller, als er sich auf mich zu bewegte. Er setzte sich auf den Hocker und legte seine Hände locker auf meine Knie. Bei seiner Berührung durchfuhr es mich wie ein elektrischer Schlag.

„Gern geschehen, Isabella." Seine Augen wanderten hinunter zu meinen Schenkeln.

Ich trug eine kurze Wanderhose und ein weißes T-Shirt. Beides war nun mit Blutflecken und Dreck von meinem Sturz versehen. Ich sah aus wie eine Wilde, die nicht zu zähmen war.

Ohne Vorwarnung schob Marcus meine Schenkel auseinander und kniete sich zwischen meine Beine. Seine Hände blieben auf meinen Oberschenkeln liegen, als er sich vorbeugte und mich küsste. Dieser Kuss hatte von Anfang an nichts Sanftes. Er war voller Leidenschaft und Verlangen. Er benahm sich, als könnte er sich nicht eine einzige Sekunde länger beherrschen und müsste mich sofort schmecken.

Marcus schob seine Hände auf meinen Hintern und zog mich eng an sich. Sein Mund umschloss meinen und seine Zunge erkundete meinen Mund. Er packte den Saum meines Shirts und zog es mir langsam über den Kopf. Mein weißer Spitzen-BH hielt ihn nicht lange auf und er zog mir auch den aus.

Ich drehte den Kopf zur Seite, um ihm mehr Platz zu machen, als sein Mund von meinen Lippen an meinem Hals herunterwanderte. Er gelangte zur Brustwarze und saugte sie in seinen Mund. Schmerz und Begehren durchfuhren mich gleichermaßen, so heftig lutschte er daran. Ich bog meinen Rücken durch, um mich ihm noch mehr anzubieten. Je stärker er saugte, desto mehr drängte ich mich an ihn. Ich hätte allein davon schon kommen können, wenn er nicht aufgehört hätte.

Stattdessen wanderten seine Lippen nun weiter über meinen Bauch und er drückte mich sanft zurück auf die Couch. Am Bund der Shorts hielt er kurz inne, dann glitten seine Hände nach vorn und öffneten den Knopf.

„Hintern hoch", befahl er.

Ich tat, was er verlangte, und hob meinen Hintern von der Couch. Er zog mir die Shorts und den Slip in einer geschmeidigen Bewegung aus.

Seine Hände schoben meine Schenkel wieder auseinander und er küsste an der Innenseite entlang bis zu meiner nassen Mitte. Ich schnappte aufgeregt nach Luft. Ich wollte ihn so dringend, wollte seine Lippen auf jedem Zentimeter meines Körpers spüren.

Seine Küsse waren schon fantastisch gewesen, aber das war nichts im Vergleich zu seinen anderen Talenten mit dem Mund. Ich klammerte mich an der Couch fest, während mein Körper sich seiner Zunge entgegenstreckte. Er bewegte sich schnell und hart, dann langsam und zärtlich. Ich wusste nicht, was ich von einem Moment zum nächsten zu erwarten hatte. Mein Körper wusste es ebenfalls nicht. Ich spürte, wie ich mich rasend schnell dem Höhepunkt näherte. Daher presste ich meine Beine zusammen, um ihn ein wenig zu bremsen.

Alles an Marcus war neu und geheimnisvoll, das machte den Sex so aufregend. Aber er ließ sich nicht ausbremsen. Er packte meinen Hintern und presste mich fest gegen seine Zunge. Ich versuchte, mich ihm ein wenig zu entziehen, aber das machte ihn nur noch entschlossener.

Schließlich hielt ich es nicht länger aus, ich gab auf und überließ mich dem Orgasmus, der sich in mir aufgestaut hatte. Mein Körper erzitterte in Ekstase. Jetzt, da ich mich seinem Vergnügen hingegeben hatte, würde er sicher aufhören.

Er stand schnell auf und ich sah die Beule in seiner Hose. Sein Verlangen nach mir war stark. Ich empfand genauso. Ich wollte ihn. Selbst nach diesem heftigen Orgasmus wollte ich ihn ganz dringend in mir spüren.

Ohne zu zögern warf er mich über seine Schulter wie einen Sack Kartoffeln und machte sich auf den Weg nach oben in mein Schlafzimmer. Er trug mich mit Leichtigkeit, nahm sogar zwei Stufen auf einmal auf den letzten Schritten.

„Was hast du vor?“, kicherte ich, den nackten Hintern in die Luft gestreckt.

„Beruhig dich“, erwiderte er lachend und tätschelte meinen Hintern.

Er legte mich sanft auf dem Bett ab und stand dann einen Moment da, um mich zu betrachten. Das intensive Begehren in seinem Blick war zu viel für mich und ich musste wegschauen. Dann hörte ich den Reißverschluss seiner Hose und wie sie zu Boden fiel. Neugierig blickte ich wieder hin.

Ich wollte eigentlich nur einen schnellen Blick riskieren, aber der Anblick seines harten, nackten Körpers ließ mich ihn anstarren. Er war wie gemeißelt, es war unglaublich. Muskeln überall. Sein harter Schwanz streckte sich mir gierig entgegen und erneut leckte ich mir über die Lippen.

„Hier“, sagte ich und warf ihm ein Kondom zu.

Er fing es auf, ohne genau hinzuschauen. Mit ein paar schnellen Bewegungen hatte er es ausgepackt und sich übergestreift, während ich ihn immer noch voller Erwartung anstarrte.

Mein ständiges Lippenlecken machte ihn offenbar an, denn er hatte es nun eilig, sich auf mich zu legen. Sofort drang er tief in mich ein und raubte mir damit fast den Atem.

Er packte mein Kinn und drehte mein Gesicht so, dass ich ihm in die Augen sehen musste, während er mich mit jedem Stoß zum Aufstöhnen brachte. Seine braunen Augen beobachteten mich intensiv, während er mich härter und härter vögelte.

Als sich mein nächster Höhepunkt näherte, wollte ich wegsehen, aber er ließ es nicht zu. Es gefiel ihm, mich dabei zu beobachten und das Verlangen in seinen Augen war so stark, dass meine Erregung noch mehr zunahm allein bei diesem Anblick.

Marcus hielt mein Kinn fest und zwang mich, ihn anzuschauen, während er immer heftiger in mich eindrang. Mein Stöhnen wurde lauter und ich schloss die Augen. Ich konnte seinem intensiven Blick einfach nicht länger standhalten.

Als mein Höhepunkt sich näherte, hörte ich auf, mich mit ihm gemeinsam zu bewegen. Von meinen Schenkeln ging ein Zittern aus und stieg bis zu meinem Bauch auf.

„Mach die Augen auf“, verlangte er.

Ich tat es. Unsere Blicke hielten einander fest, während ich zum zweiten Mal in dieser Nacht kam. Mein Körper wurde erschüttert von Lust, als er ein letztes Mal tief in mich stieß.

Meine Beine fühlten sich an wie Gummi, als er sich auf mich senkte und wir uns sanft küssten. Ich konnte mich kaum bewegen, als er von mir herunterglitt und sich neben mich legte. Ich hob meinen Kopf und legte ihn auf seinen Arm.

Kein einziges Wort sprachen wir mehr und ich schlief bald darauf ein. Mein Körper war erschöpft von den Ereignissen der Nacht. Der Sturz, die blutende Kopfwunde, mein schmerzender Knöchel und seine süße Folter, das alles hatte meinen Körper mehr erschöpft, als ich mich je erinnern konnte.

Kapitel 7

Als die Sonne ins Zimmer schien, tastete ich das Bett nach Marcus ab. Auch mit geschlossenen Augen konnte ich schnell feststellen, dass er nicht da war. Enttäuscht seufzte ich auf.

Dann ertasteten meine Finger ein Stück Papier auf dem leeren Platz neben mir.

Schönes Mädchen, ich wollte dich nicht wecken.

Er war weg.

Nach einer so fantastischen Nacht hatte ich nicht erwartet, dass er komplett verschwinden würde. Aber genau das hatte Marcus getan. Ich fand diese Nachricht neben mir, nachdem wir Sex gehabt hatten. Und er war weg.

Ich ging am nächsten Morgen zu seinem Haus hinüber und klopfte an. Ich hielt in den folgenden Tagen die Augen auf, ob er vielleicht zu ungewöhnlichen Zeiten nach Hause kam. Aber er war verschwunden. Kein Wort des Abschieds. Keine Erklärung. Er war einfach weg.

Mir wurde das Herz schwer, wenn ich an unsere gemeinsame Nacht dachte und wie wundervoll es mit ihm gewesen war. Seine kräftigen Hände auf meinem Körper, seine Lippen auf meiner Haut. Es war perfekt gewesen. Ich hatte keine Ahnung, was los war oder warum er so spurlos verschwunden war.

So etwas war mir noch nie passiert und ich konnte nicht gut damit umgehen. Natürlich kannte ich Marcus nicht sonderlich gut, wir waren erst kurze Zeit Nachbarn, aber ich mochte ihn. Ich musste oft an unsere gemeinsame Nacht denken.

Mehrere Tage hintereinander wandte ich meine Aufmerksamkeit daher auf Stanley. Er war ein Schatz und sorgte für Ablenkung. Das war das Gute an meiner Beziehung zu ihm. Er wusste, wie sehr ich es liebte, mehrere Männer gleichzeitig in meinem Leben zu haben und sie zu genießen. Daher war Stanley auch nicht eifersüchtig, sondern ermutigte mich. Er mochte es, wenn ich glücklich war, das war einer der Gründe, warum wir so gut miteinander auskamen.

Ich erinnerte mich an die starken Arme von Marcus, die mich hielten, als er mich vom Hügel herunter bis nach Hause trug. Ich konnte mich noch sehr lebhaft an seinen Geruch erinnern in jener Nacht, die verführerische Mischung aus Schweiß und Duschgel. Ich verlor mich sehr gern in der Erinnerung daran, wie er mir die Kleidung vom Leib gerissen und mich ins Schlafzimmer getragen hatte. Marcus unterschied sich in allem von Stanley. Ich wollte sie beide und ich schämte mich nicht, das zuzugeben.

Ich trug noch immer die Narbe am Kopf von meinem Sturz, als ich das perfekte Bild für meine Ausstellung gemacht hatte. Mein Knöchel war auch noch nicht ganz verheilt. Jedes Mal, wenn ich beide Verletzungen anschaute, erinnerte ich mich an diese Nacht.

Ich erinnerte mich auch an das Gefühl seiner Lippen auf meinen. Der süße Geschmack seiner Zunge, als er in meinen Mund eindrang. Es fiel mir schwer, überhaupt an irgendetwas anderes als jene Nacht mit Marcus zu denken. Wie sollte eine Frau denn nach vorn schauen, wenn ein Typ sich so einfach aus dem Staub machte ohne ein Wort?

Ich wusste gar nichts über Marcus. Weder seinen Nachnamen noch was er beruflich machte. Und erst recht nicht, wohin er verschwunden war. Als Teenager hatte ich mich so gefühlt, wenn der Junge nicht anrief. Es verzehrte mich innerlich.

Als ich eines Nachmittags Bilder entwickelte, beschloss ich, dass es an der Zeit war, ein wenig mehr bei ihm herumzuschnüffeln. Seit mindestens einer Woche war er nicht zu sehen gewesen und ich ging nicht davon aus, dass er gerade jetzt auf einmal wieder da war. Ich hatte zu den unterschiedlichsten Tages- und Nachtzeiten zu ihm herübergeschaut, da hatte sich aber nichts getan.

Ich malte mir die merkwürdigsten Dinge aus, was wohl geschehen sein mochte. Wie konnte sich jemand so richtig anfühlen, wenn er da war, und so falsch, wenn er fort war? Ich mochte es jedenfalls nicht, wenn er nicht da war.

Als ich zu seinem Haus hinüberging, blickte ich durch das

vordere Fenster. Noch immer dieselben Möbel. Es sah überhaupt nicht bewohnt aus. Das ganze Haus wirkte leer. Oder zumindest so leer wie bei seinem ersten Erscheinen.

Der Gedanke traf mich wie ein Blitz: Was, wenn er nie mehr wiederkam?

Das bekümmerte mich. Mir drehte sich der Magen um, als ich daran dachte, dass ich Marcus vielleicht nie wiedersehen würde. Ich verstand nicht, warum er mir so schnell so wichtig geworden war, normalerweise ging das bei mir nicht so schnell. Aber normalerweise schlief ich auch nicht mit Typen, die ich gerade erst kennengelernt hatte.

Ich verstand nun endlich, warum meine Freundinnen so wütend wurden, wenn ihre Typen sie nicht anriefen. Ich hatte jahrelang eine feste Beziehung mit einem Mann gehabt und es war wunderbar gewesen. Nach seinem Tod hatte ich mehrere Männer in meinem Leben und das hatte sich alles auf eine sehr natürliche Weise ergeben. Aber die Sache mit Marcus war verwirrend und nicht vergleichbar mit irgendetwas, was ich zuvor erlebt hatte. Auf einmal stellte ich mein Aussehen und meine Intelligenz infrage, und das wegen eines Typen, der sich nach einer heißen Nacht nicht mehr meldete. Es war absolut lächerlich.

Ich umrundete das Haus und spähte durch alle Fenster, ob sich darin irgendetwas tat. Immerhin war es ja auch denkbar, dass er seit einer Woche tot irgendwo da drin lag, während ich mich darüber aufregte, dass er sich nicht meldete. Ich wusste ja nicht einmal, ob er das Haus verlassen hatte. Das sollte ich wenigstens mal überprüfen. Also ging ich nachsehen, ob der Jeep da war.

Die Garage bot sich dafür an. Beim letzten Mal war die komplett leer gewesen, obwohl Marcus gerade frisch eingezogen war.

Ich drückte vorsichtig die Klinke der Garagentür runter und öffnete sie, ohne einzutreten. Es war dunkel darin und ich musste das Licht einschalten. Ich tastete mit der Hand nach dem Lichtschalter.

Die Garage sah immer noch ziemlich leer aus, nur eine einzige Kiste stand im Regal in der Ecke.

Ich ging hinüber und atmete einmal tief durch. Falls Marcus ausgerechnet jetzt heimkam, würde das ziemlich übel aussehen, was ich im Begriff war zu tun. Ich lief zur Tür und blickte mich noch einmal um. Kein Auto in der Nähe des Hauses.

Der Karton war nicht zugeklebt oder anderweitig verschlossen. Ich hätte ihn sicher nicht aufgeschnitten, soweit wäre ich dann doch nicht gegangen. Zumindest redete ich mir das ein, während ich den Deckel aufklappte.

Eigentlich war ich gar kein so neugieriger Mensch. Normalerweise konnte ich Rätsel gut ignorieren. Wenn irgendetwas wichtig war, würde ich es schon erfahren. Aber das betraf in erster Linie die üblichen Geheimnisse in einer Kleinstadt. Das hier erschien mir bedeutungsvoller und ich musste es einfach ergründen.

Ich wusste nicht, was ich eigentlich erwartet hatte, aber der Inhalt des Kartons war eine Enttäuschung. Er enthielt einfach nur Kleidung. Ein Shirt und eine Hose, beide schwarz. Fast alle Sachen in dem Karton waren schwarz. Das kam mir merkwürdig vor, denn seit ich ihn kennengelernt hatte, hatte Marcus nie schwarz getragen.

Als ich den Karton gerade wieder zuklappte, hörte ich draußen ein Geräusch.

Mir sank das Herz in die Hose und ich erstarrte. Wie eingefroren stand ich da und lauschte, woher das Geräusch kam. Mein Herz schlug laut in meiner Brust und mein Mund war ganz trocken, als ich versuchte zu schlucken. Ich schloss die Augen und atmete einmal tief durch.

Dann ging ich leise zur Tür und spähte hinaus.

Eine Katze kam aus dem Nichts und huschte an der Garage vorbei. Ich atmete erleichtert aus und schloss die Garagentür hinter mir. Ich musste in meine eigene Garage zurückkehren und meine Arbeit fortsetzen. Die Bilder für die Ausstellung entwickelten sich nicht von allein. Es spielte keine Rolle, ob Marcus je wiederkam, mein Leben ging trotzdem weiter.

Ich musste aufhören, mir Gedanken über einen Mann zu machen, den ich so gut wie gar nicht kannte. Meine Ausstellung stand vor der Tür und ich musste mich langsam mal entscheiden, welche Bilder ich dabeihaben wollte und welche nicht. Ich hatte schon mehrmals meine Meinung darüber geändert in den letzten Wochen, aber irgendwann musste es eine abschließende Entscheidung geben, damit die Galerie die Ausstellung vorbereiten konnte.

***

Die Tage vergingen und ich hörte auf, über Marcus nachzudenken. Er war ein netter Typ gewesen und ich hatte Gefühle für ihn entwickelt, aber jemand, der einfach so ohne ein Wort verschwand, war definitiv nicht der Richtige für mich. Ich wollte mehr als das.

Eines der Dinge, die meine Freunde an meiner Lebenssituation immer irritierte, war die Frage, wie die Typen damit nur klarkamen. Aber eigentlich war es ganz einfach. Wenn man aufhörte, egoistisch zu sein, dann war es gar nicht so weit hergeholt. Die meisten Männer lebten für ihre Arbeit. Heim und Familie kamen fast immer an zweiter Stelle. Die meisten Beziehungen litten darunter.

Aber in meiner Welt stellte sich dieses Problem eben gar nicht erst. Jeder meiner Männer konnte arbeiten so viel er wollte, es war mir egal. Es war immer jemand da, der meine Bedürfnisse befriedigte, mit dem ich essen gehen konnte oder einen Spaziergang machen. Es war perfekt für mich.

Das wichtigste dabei war, dass diese Männer nett und anständig waren. Genau das schien bei Marcus nicht der Fall zu sein. Wir hatten nie über meine bevorzugte Art zu leben gesprochen, aber ich wusste, er würde damit nichts anfangen können. Daher war es vielleicht besser, dass er fort war.

Ich war eine unabhängige Frau und es konnte einfach nicht angehen, dass ich darauf wartete, dass ein Typ sich bei mir meldete. Ich war schon ganz verzweifelt seinetwegen und das war ein absolutes Unding. Daher beschloss ich, dass ich nicht mehr an Marcus denken würde.

Natürlich war das Blödsinn. Wenn man versuchte, nicht an jemanden zu denken, dachte man ja automatisch an ihn. Und so war ich wieder ganz am Anfang angelangt und dachte die ganze Zeit an ihn.

Die Auswahl der Bilder für die Ausstellung gestaltete sich ebenfalls schwierig. Jedes Mal, wenn ich mich entschieden hatte, dachte ich, das war es nun. Aber dann änderte ich wieder meine Meinung und ging noch mehr Fotos durch. Dies war meine erste große Ausstellung und ich wollte, dass sie perfekt war. Ein gebrochenes Herz wegen eines One-Night-Stands kam als Ablenkung da einfach nicht infrage.

Etwa eine Woche später, so gegen Mitternacht, entwickelte ich gerade weitere Fotos in meiner Garage, als ich draußen ein Auto hörte. Ich lief zum Garagenfenster und schaute nach, wer das sein konnte. Natürlich war es Marcus.

Er parkte den Jeep in der Einfahrt, stieg aus und ging ins Haus. Er war ganz in schwarz gekleidet. In der Dunkelheit war er nur schwer zu erkennen, aber er sah irgendwie anders aus. Er lächelte nicht und wirkte unfreundlich. Er trug einen mehrere Tage alten Bart, war ungekämmt und machte mir beinahe ein wenig Angst.

Obwohl ich noch immer wütend war, weil er mich ohne ein einziges Wort hatte sitzen lassen, raste mein Herz dennoch bei seinem Anblick. Er hatte eine solche Macht über meinen Körper, die ich aber nicht recht verstand.

Etwa eine halbe Stunde später kehrte ich in mein Haus zurück. Da er nun wieder da war, würde er sich sicherlich bei mir melden. Vielleicht würde er ja am Vormittag vorbeikommen, um mir zu erklären, warum er sich nie gemeldet hatte?

Warte! Ich versuchte schon, Ausreden für ihn zu erfinden, warum er nicht angerufen hatte. Wie armselig war das denn bitte? Ich schüttelte den Kopf und bemühte mich, an andere Dinge zu denken. Wann hatte ich angefangen, mir nur noch Gedanken darüber zu machen, was ein Typ von mir dachte?

Bevor ich Marcus kennenlernte, war ich auf einem guten Weg, eine unabhängige Frau zu werden. Aber dann fand ich mich auf einmal in meiner Küche wieder, wie ich in der Dunkelheit saß und darauf wartete, dass Marcus zu mir rüberkam. Offenbar erwartete ich, dass er mitten in der Nacht angelaufen kam, um Hallo zu sagen und sich zu entschuldigen.

Zwanzig Minuten saß ich so da, dann entschloss ich mich, ins Bett zu gehen, denn das war wichtiger, als aus dem Fenster in die Nacht zu starren.

Mein erster Gedanke nach dem Aufwachen galt Marcus und ich fragte mich, was er wohl machte. Ich beeilte mich mit dem Anziehen und ging in den Garten, um dort zu arbeiten, was aber eigentlich gar nicht nötig war.

Ganz ehrlich, ich hatte keine Ahnung, was mit mir los war. Ich verstand nicht, warum es so wichtig für mich war, dass er zu mir kam. Aber so war es eben. Ich wollte dringend, dass er rüberkam und mir irgendeine Geschichte auftischte, warum er sich nicht hatte bei mir melden können.

Nach etwa einer Stunde überflüssiger Gartenarbeit hörte ich, wie Marcus das Haus verließ und zu mir herüberkam.

„Warst du auch schön brav?“, fragte er und klatschte mir auf den Hintern.

Ich drehte mich langsam um und da stand er, in all seiner Pracht. Unter dem blauen Shirt konnte ich das Spiel seiner Muskeln erahnen und die graue Hose saß perfekt an seinem Wahnsinnskörper.

Ich bemühte mich, ihn nicht von Kopf bis Fuß anzustarren, aber ich konnte einfach nicht anders.

Er lächelte mich an, schenkte mir dieses verschmitzte Grinsen, und mein Körper reagierte sofort mit Erregung bis in die Haarspitzen.

„Ja, das weißt du doch.“

Ich wandte mich wieder dem Unkraut in meinem Garten zu. Keineswegs sollte er die Genugtuung bekommen, mich beim Starren zu erwischen.

„Ich werde eine Runde joggen. Einen schönen Tag noch.“

Und damit war er verschwunden. Joggte einfach die Straße runter, als hätte es die letzten zwei Wochen gar nicht gegeben. Aber da war eine gewisse Anspannung zwischen uns gewesen. Er musste das doch auch gespürt haben.

Wie konnte er es wagen, so zu tun, als wäre alles in Butter? Was für ein arroganter Arsch! Er wusste nur zu gut, dass man nicht einfach Sex mit jemandem hatte und dann einfach verschwand. Das musste er doch wissen, oder nicht?

Er hatte mir tatsächlich auf den Hintern geklatscht, als wäre alles in Ordnung. Es war erstaunlich, dass er einfach so mit mir plaudern konnte, ohne ein einziges Wort darüber zu verlieren, wo er die letzten zwei Wochen gesteckt hatte. Es spielte keine Rolle, wie heiß er war. Wenn er es nicht einmal für nötig hielt, eine Erklärung für sein Verhalten zu finden, dann war er es nicht wert, auch nur einen einzigen Gedanken an ihn zu verschwenden.

Ich kehrte ins Haus zurück und versuchte, meinen Ärger loszuwerden. Aber je mehr ich putzte und aufräumte, desto wütender wurde ich. Wie konnte heutzutage ein Typ nur so ein Arschloch sein?

Ich musste einfach Willow anrufen.

„Hey, Mädel, was geht ab?“, fragte Willow, als sie den Anruf annahm.

„Männerprobleme. Ich bräuchte dich ganz dringend.“

Es spielte keine Rolle, welcher Tag es war oder welche Tageszeit. Die Tatsache, dass es da einen Mann gab und ich Probleme mit ihm hatte, war so faszinierend für Willow, dass sie binnen zehn Minuten bei mir auf der Matte stand.

Sie stürmte geradezu aus ihrem Auto zu meiner Haustür. Sie hatte sich schon vor langer Zeit abgewöhnt zu klopften und platzte aufgeregt ins Haus.

„Wer ist er? Wie lange kennst du ihn schon? Hattet ihr bereits Sex?“, fragte sie atemlos und ließ sich auf meine Couch plumpsen.

„Sein Name ist Marcus, er ist der Nachbar, der nebenan eingezogen ist, ich kenne ihn seit drei Wochen, wobei er die letzten beiden Wochen verschwunden war und ja, wir haben es getan. Genau da, wo du gerade sitzt."

„Isabella! Iiiihh!", rief Willow und sprang von der Couch auf, um sich lieber auf einen Stuhl zu setzen.

Kapitel 8

„Nur um das noch mal richtig zu verstehen: Du bist vom Berg gefallen, er hat dich gerettet, ihr hattet Sex, er ist verschwunden und jetzt ist er wieder da."

„Genau."

„Wo liegt also das Problem?"

„Er ist zwei Wochen lang weg gewesen, ohne anzurufen. Findest du das nicht etwas merkwürdig?"

„Meine liebe Isabella, ich finde die Gesamtsituation merkwürdig. Aber ich denke, du solltest mal durchschnaufen und dir weniger Gedanken machen. Was ist denn das Schlimmste, was passieren könnte? Erwägst du ihn etwa als einen Typ, der bei dir einziehen soll?"

Ich dachte darüber nach. Da war nichts Schlimmes. Ich meine, das Schlimmste, was passieren konnte, war, dass wir nie wieder Sex haben würden. Trotzdem würde ich versuchen, mich mit ihm anzufreunden, immerhin waren Marcus und ich Nachbarn.

„Es würde mich nicht stören, mit ihm befreundet zu sein. Was mich aber ziemlich stört, ist die Tatsache, dass er so tut, als sei es vollkommen normal, mit einer Frau zu schlafen und dann für zwei Wochen einfach abzutauchen. Es ist ja nicht so, dass er mir vorher angekündigt hätte, dann mal weg zu sein. Und wieso konnte er nicht wenigstens mal anrufen und Bescheid geben, dass er geschäftlich wegmusste oder sonst was? Das ist, was mich wirklich stört. Er hat nicht mal angerufen."

Willow dachte einen Moment darüber nach und machte dann einen Lösungsvorschlag.

„Rob. Der ist die Lösung. Rob."

Ich saß da und starrte sie fragend an. Ich hatte nicht die geringste Ahnung, wovon sie redete, aber das war nicht ungewöhnlich. Viele unserer Gespräche endeten so.

„Du weißt doch. Rob, der Typ aus meiner Firma, von dem ich dir erzählt habe. Der wäre perfekt für dich."

Willow erzählte mir pausenlos, dass sie jemanden kennengelernt hatte, der perfekt für mich wäre. Es war nicht ungewöhnlich, dass ich mich an diesen nicht erinnerte. Sie hatte eben ein großes Herz und wollte nur, dass ich wieder so glücklich werde wie dereinst. Sie und Marv waren so großartig zusammen, dass ich die Hoffnung hatte, auch eines Tages jemanden zu finden, der mir in allem ebenbürtig war. Irgendwann würde ich auch so jemanden an meiner Seite haben, der mich zu Höchstleistungen anspornte.

„Was genau schlägst du denn vor, was ich mit deinem Rob anstellen soll?", fragte ich lachend.

„Treib es mit ihm." Willow fiel vor Lachen fast vom Stuhl.

„Ich werde nicht einfach mit einem Wildfremden schlafen."

In derselben Sekunde, als diese Worte heraus waren, wurde mir bewusst, dass ich genau das aber mit Marcus getan hatte. Ich kannte ihn nicht. Gut, wir hatten uns ein wenig unterhalten, aber ich konnte nicht wirklich behaupten, ihn zu kennen. Ich wusste nicht das Geringste über ihn. Außer natürlich, dass er den Körper eines griechischen Gottes besaß.

Während wir uns in meinem Wohnzimmer unterhielten, stand Willow langsam auf und ging zum Fenster. Ihr stand der Mund leicht offen, als sie Marcus bei seinen Dehnübungen auf dem Rasen vor dem Haus beobachtete. Ich verstand das nur allzu gut. Er hatte diese Wirkung auf Frauen.

Ich beobachtete, wie Willow Marcus mit ihren Blicken verschlang. Es war offensichtlich, dass sie dieselbe körperliche Reaktion auf ihn zeigte wie ich. Ich bezweifelte, dass es eine Frau geben könnte, die ihn nicht attraktiv fand. Er sah aus wie ein Filmstar und war eine wahre Augenweide.

„Siehst du nun, was ich meine?", fragte ich und setzte mich wieder hin.

„Oh, absolut. Ich verstehe, dass du da nicht nein sagen

konntest. Ich bin verheiratet und dennoch sagt mir mein Körper, ich sollte ihn vernaschen."

Willow starrte weiterhin aus dem Fenster und beobachtete Marcus. Sie leckte sich unbewusst mehrfach über die Lippen dabei. Ich musste darüber lachen, sie so aufgeregt zu erleben. Sie hatte nur selten so viel Aufregung in ihrem Leben, manchmal brauchte auch sie ein wenig was zum Träumen.

„Also, wer war doch gleich dieser Rob?", fragte ich und wand mich innerlich bei dem Gedanken an ein Blind Date.

„Denk dran, ich arbeite mit ihm zusammen. Er ist ungefähr in deinem Alter und total nett. Du solltest wirklich mit ihm ausgehen. Man kann nie wissen. Er erinnert mich an diesen Sam, den du mal bei dir wohnen hattest. Er ist nett und es könnte durchaus sein, dass deine Art zu leben ihm zusagt." Willow lächelte.

Ich habe nie verstanden, wen Willow denn nun für den passenden Mann für mich hielt. Ihre Auswahl schien keinerlei Regeln zu folgen. Manchmal schien es schon zu reichen, dass der Typ einfach Single war. Oder sie hatte das Gefühl, der Typ hätte kein Problem damit, die Frau mit einem anderen Mann zu teilen. Ihr Gedankengang war nicht nachvollziehbar.

„Na gut, gib ihm meine Nummer. Ich gehe mal mit ihm aus. Ich brauche dringend Ablenkung von Marcus."

Willows Gesicht leuchtete auf wie bei einem Kind im Süßigkeitenladen. Es war offensichtlich, dass sie mich gern mit diesem Typen verkuppeln wollte. Sie holte ihre Handtasche und zog das Handy heraus.

„Ich schicke ihm schnell deine Nummer. Du wirst ihn lieben."

Ich hob zweifelnd eine Augenbraue und lachte. Dasselbe hatte sie über die anderen zwanzig Typen auch schon gesagt, mit denen sie mich davor verkuppeln wollte. Sie ging immer davon aus, dass ich sie lieben würde. Sie waren aber nie interessant genug, um sie zu behalten.

Ein Langweiler war in Ordnung, wenn er denn irgendetwas

zu bieten hatte. Sam zum Beispiel war so großartig beim Oralsex, dass ich ihn gern um mich hatte. Irgendetwas musste der Kerl also mitbringen, ansonsten war es reine Zeitverschwendung.

„Liebe. Das ist ein starkes Wort“, meinte ich.

„Du weißt schon, was ich meine. Du wirst einen tollen Abend mit ihm verbringen. Er ist super nett. Ehe du dich versiehst, ist er bei dir eingezogen.“

„Das ist schon das zweite Mal, dass du betonst, wie super nett er ist. Heißt das, er ist total hässlich und du willst davon nur ablenken?“, fragte ich lachend.

„Nein, er ist süß. Und eine Augenweide. Warte es nur ab. Das wird großartig.“

Ich atmete tief durch und versuchte zu verdrängen, wer da vorher schon als perfekt und großartig von Willow und Marv angepriesen wurde, um mich zu verkuppeln. Sie meinten es ja gut, aber ihre Vorstellung von perfekt entsprach eben nicht meiner.

Ich umarmte Willow zum Abschied und versprach ihr, sie auf dem Laufenden zu halten, was meine Verabredungen betraf. Nun gab es kein Zurück mehr, sie würde alles über mein Date mit Rob wissen wollen.

Sie war gerade erst ein paar Minuten weg, da erhielt ich schon eine Nachricht von Rob. Er schickte ein Bild und einen netten Gruß. Er war wirklich süß mit seinem blonden Haar und den blauen Augen. Seine gebräunte Haut sah aus wie bei einem Surfer, obwohl Willow ja gesagt hatte, dass er bei ihr in der Versicherungsagentur arbeitete. Er wirkte viel zu jung dafür. Das war Willow eigentlich auch, aber ihre Seele war irgendwie älter und Versicherungen passten irgendwie zu ihr und ihrem Bedürfnis, sich ständig über alles Sorgen zu machen.

Wir verabredeten uns für den nächsten Abend zum Essen. Er bot an, mich abzuholen, was ich eigentlich ablehnen wollte. Aber dann schickte er mir ein Bild mit Fred Feuerstein und dessen Steinauto und dem Hinweis, dass ich es verdient hätte, in dem Wagen zu fahren. Das brachte mich zum Lachen und das konnte ich jetzt wirklich gut gebrauchen. Also gab ich nach.

***

Erste Verabredungen waren quasi Routine für mich. In den vergangenen Monaten hatte ich davon reichlich gehabt. Bedauerlicherweise folgten darauf nie ein zweites oder drittes Date. Die Chemie stimmte nie. Die Männer, mit denen ich zusammengelebt hatte, waren ohne klassische Dates in mein Leben gekommen, einfach als Freunde.

Rob und ich hatten ein tolles erstes Date. Er war witzig und brachte mich zum Lachen. Außerdem sah er gut aus, dieser Surfer-Look stand ihm wirklich ausgezeichnet. Er war ein Hingucker für die Frauen. Aber auch in seinem Fall stimmte die Chemie zwischen uns nicht. Rob schien das nicht zu bemerken. Er flirtete den ganzen Abend und legte seine Hand immer mal wieder irgendwo auf meinen Körper. Ich fragte mich ernsthaft, ob meine Fixierung auf Marcus mich blind machte für ein Date mit diesem netten Mann.

Als er ankam und mich zum Auto begleitete, legte er seine Hand auf meinen Steiß. Als er mir im Restaurant den Stuhl zurechtrückte, legte er mir anschließend eine Hand auf die Schulter. Auf dem Weg nach Hause lachte er laut über einen meiner Witze und seine Hand landete dabei wie zufällig auf meinem Schenkel.

Es störte mich nicht. Er war süß und humorvoll. Ich würde ihn probehalber mit ins Bett nehmen. Manchmal musste man eben erst einmal jemanden nackt neben sich im Bett haben, bevor man eine endgültige Entscheidung treffen konnte.

Alles in allem war es ein angenehmes Date. Wir kamen gut miteinander aus und brachten uns gegenseitig zum Lachen. Das war mehr als bei vielen meiner anderen Verabredungen. Ich konnte mir durchaus vorstellen, mit ihm befreundet zu sein. Es dürfte allerdings schwierig werden, ihm zu sagen, dass es kein zweites Date geben würde. Wahrscheinlich musste ich erst einmal zusagen und ihm dann später einen Korb geben, wenn er wieder weg war. Es sei denn, er entpuppte sich als Kanone im Bett. Dann würde ich meine Meinung über ihn auf jeden Fall überdenken.

Als wir bei mir daheim ankamen, sprang Rob aus seinem Sportwagen und eilte ums Auto herum. Der Wagen war heiß und ich war froh, dass er keine alte Rostlaube fuhr, wie er vorher gewitzelt hatte. Der schwarze Chevy Camaro war ein echter Hingucker.

Seine Hand wanderte sofort wieder auf meinen Steiß, als er mich zur Haustür geleitete. Es störte mich nicht, von ihm berührt zu werden. Es war ein Ausdruck seines Begehrens.

„Ich hatte einen schönen Abend", sagte ich, während ich einen Blick auf das Nachbarhaus warf.

Aus dem Augenwinkel glaubte ich zu sehen, wie im Wohnzimmer das Licht ausgeschaltet wurde und sich hinter einem der Fenster etwas bewegte. Ich stellte mir vor, wie Marcus dort stand und mich beobachtete.

„Ich auch. Ich bin echt froh, dass Willow uns zusammengebracht hat. Es ist hier draußen gar nicht so leicht, eine nette Frau kennenzulernen. Die meisten sind entweder zu jung, zu alt oder verheiratet", sagte Rob lachend.

Ich war mir wirklich nicht sicher, aber ich bildete mir ein, dass Marcus mich aus der Dunkelheit heraus beobachtete und konnte an nichts anderes mehr denken. Ich wurde nervös und obwohl ich es eigentlich nicht vorgehabt hatte, entschied ich mich, Rob zum Abschied zu küssen, nur für den Fall, dass Marcus zusah.

Keine Ahnung, warum mir das so wichtig war, dass er mich einen anderen Typen küssen sah, aber ich wollte nicht, dass er diese Schlacht gewann. Ich wusste nicht einmal, ob er wirklich zusah. Aber falls ja, sollte er ruhig wissen, dass es mir egal war, ob er wochenlang verschwand. Ich bekam auch anderweitig ein Date und musste mich nicht mit seiner Arroganz abfinden.

„Ja, das finde ich auch", sagte ich und lehnte mich an meine Haustür.

Ich schaute Rob verführerisch an: ein winziges Blinzeln und ein dezentes Beißen auf die Unterlippe. Er konnte mir nicht widerstehen. Sofort kam er zu mir für einen Kuss. Es war angenehm, jemanden wie Rob zu haben, der auf normales Flirten richtig reagierte.

Ein Abschiedskuss war eigentlich nichts, womit man sich lange aufhalten musste, und nicht unbedingt voller Leidenschaft. Es ging eigentlich eher darum, ein wenig zu testen, ob die Chemie stimmte. Nicht, dass der Typ ganz aufgeregt wurde und erwartete, dass es noch mehr gab als nur einen Kuss.

Aber in diesem Fall musste ich zur Sache gehen. Marcus sollte sehen, dass ich ihn nicht nötig hatte. Ich musste Rob richtig küssen.

Ich schlang meine Arme um seinen Hals und fuhr mit meinen Fingern in sein blondes Haar. Es war weich und fühlte sich angenehm an. Ich genoss den Moment. Rob war ein ausgezeichneter Küsser. Seine Lippen bewegten sich in perfekter Harmonie mit meinen und ich konnte spüren, wie er seine Position veränderte, um den höflichen Abstand zu wahren, damit ich nicht merkte, wie erregt er war.

Ich ließ meine Hand langsam über seinen Rücken gleiten, dann wieder hinauf. Er war sehr gut gebaut, muskulös und gut trainiert. Nicht so sehr wie Marcus, aber gut in Form.

Während wir uns küssten, stellte ich mir vor, wie Marcus uns beobachtete und eifersüchtig wurde. Das geschah ihm nur recht, angesichts seines Verhaltens. Ich wusste noch immer nicht, ob er uns wirklich beobachtete, aber ich vermutete es. Ich hatte dieses unbestimmte Gefühl und ich wollte sicherstellen, dass er sah, wie wenig ich ihn brauchte.

Ich war eine unabhängige Frau, ich hatte es nicht nötig, auf seinen Anruf zu warten. Ich wollte ihn zwar besser kennenlernen, aber da er es offenbar nicht für nötig gehalten hatte, sich zu melden, würde ich stattdessen jetzt eben Rob näher kennenlernen.

„Das war das beste erste Date, das ich je hatte“, sagte Rob, als wir endlich den Kuss beendeten.

Ich lächelte einfach und spähte an ihm vorbei zum Haus von Marcus, ob sich da drüben etwas rührte. Aber es wirkte alles still.

„Das war sehr schön. Ruf mich doch demnächst mal an“, sagte ich und schloss die Haustür auf. „Es sei denn, du möchtest noch auf einen Drink mit reinkommen“, bot ich an.

Rob zögerte nicht und folgte mir ins Haus. Ich nahm ihn mit nach oben in mein Schlafzimmer und schubste ihn auf das Bett. Ich würde heute Nacht das Kommando haben und ich würde es absolut genießen.

Ich neckte und spielte mit Rob für eine kleine Weile, dann streifte ich ihm ein Kondom über und zog ihn auf mich drauf. Er war so erregt, dass er schon nach wenigen Stößen in mich hinein kam. Das war nicht gerade abendfüllend und ließ mich erst recht mit heißem Verlangen zurück. Aber Rob war auch noch nicht fertig.

„Lass mich dich schmecken", knurrte er und glitt nach unten, um mich zu befriedigen.

Das war das Mindeste, was er tun konnte, nachdem er so schnell gekommen war. Rob war verdammt gut mit den Fingern und bewegte sich gekonnt in mir, während seine Zunge mich leckte. Ich schloss die Augen, als er die richtige Stelle fand, und bewegte mich rhythmisch bis zum Höhepunkt. Es war ein süßer Orgasmus, nicht außergewöhnlich, aber ich hatte definitiv den Eindruck, dass Rob demnächst gern mal wieder reinschauen würde.

Ich wollte nicht, dass er die Nacht hier verbrachte. Es lag nicht an ihm. Aber ich wollte einfach nur duschen und dann einschlafen, ohne mir Gedanken machen zu müssen, was er für den nächsten Tag geplant hatte. Ich schlug daher vor, dass er besser ging, bevor Willow früh am nächsten Morgen auftauchte, und er sah das ebenso.

Wir verabschiedeten uns voneinander und er ging zu seinem Auto. Ich hockte mich auf die Treppe und dachte über das Date nach. Er war wirklich ein netter Typ. Hätte ich ihn vor Marcus getroffen, wäre ich wohl aufgeregter gewesen. Ich fand durchaus, dass Rob jemand war, der bleiben durfte, aber in meinem Kopf wimmelte es nur von Gedanken über Marcus.

Das Problem war halt, dass ich Marcus getroffen hatte. Das sexuelle Feuerwerk, das er entfacht hatte, war so viel mehr, als ich je erwartet hatte. Ich konnte nicht einfach zum nächsten Typen übergehen, solange ich nicht wieder so eine Verbindung spürte.

Ich wollte gerade meine Sachen ausziehen und duschen

gehen, als es an der Tür klopfte.

Kapitel 9

„Hey, Rob, hast du etwas vergessen?“, fragte ich, während ich die Tür öffnete.

Es war nicht Rob. Ich stand Marcus Auge in Auge gegenüber. Mir rauschte das Blut in den Adern und ich wurde rot, noch bevor ich einen einzigen klaren Gedanken fassen konnte. Was machte er um diese unmögliche Zeit vor meiner Haustür? Hätte ich nicht längst vermutet, dass Marcus ein wenig anders war als alle anderen, wäre mir spätestens jetzt dieser Gedanke gekommen.

„Du hattest also ein Date?“

„Ja.“

„Na schön. Er sah aus wie ein Vollidiot.“

„Woher willst du das wissen?“ Ich spürte, dass ich mit jedem Wort wütender wurde. „Welcher Typ klopft denn mitten in der Nacht bei seiner Nachbarin an, nur um ihr Date schlechtzumachen? Das ist doch krank. Und wenn man jemanden nicht einmal kennt, sollte man sich mit solchen Bemerkungen doch wohl geflissentlich zurückhalten.“

„Ich bezweifle, dass du ihn besser kennst.“

Ich kochte innerlich vor Wut. Was sollte das? Einfach herzukommen und über mein Date zu lästern? Zwei Wochen lang ignorierte er mich vollkommen und jetzt das? Immerhin war es ja eigentlich seine Schuld, dass ich überhaupt mit jemand anderem ausgegangen bin.

„Ist das dein Ernst? Du machst hier so einen Aufstand, obwohl du doch derjenige warst, der zwei Wochen lang untergetaucht war, ohne auch nur ein einziges Mal anzurufen?“

Marcus starrte mich aus schmalen Augen an, dann milderte sich sein Blick ein wenig. Er drängte sich an mir vorbei ins Haus und schloss die Tür hinter sich. Was zur Hölle glaubte er denn, was er da tat? Lädt sich einfach selber ein. Aber was tat ich denn? Ich ließ ihn gewähren. Diese Anziehungskraft zwischen uns war so stark, dass ich nichts dagegen tun konnte oder wollte.

„Das tut mir leid, aber ich hatte beruflich außerhalb zu tun."

„Aha. Soweit ich weiß, gibt es landesweit funktionierende Telefonnetze. Du hast sogar ein mobiles Exemplar bei dir."

Meine Laune war inzwischen im Keller angelangt. Aber Marcus lächelte mich einfach an. Als ob er das extra machte, nur damit ich noch zorniger wurde. Mein Zetern schien ihn gar nicht zu stören. Im Gegenteil, je mehr ich mich aufregte, desto entspannter und liebenswürdiger wurde er selber.

„Stimmt, aber wenn ich arbeite, habe ich kein Handy dabei."

„Himmel, was für eine super Ausrede. Kriegen alle Frauen, die du vögelst und dann sitzen lässt, diese gequirlte Scheiße zu hören?"

Marcus grinste inzwischen breit und schien meinen Wutausbruch geradezu zu genießen. Und inzwischen fragte ich mich selbst, warum ich mich überhaupt so aufregte. Ich kannte ihn doch gar nicht. Es war auch nicht meine Art, mich so schnell emotional an einen Typen zu binden.

„Ganz im Ernst. Ich war zwei Wochen ohne Handy. Außerdem hatte ich deine Nummer gar nicht, also hätte mir mein Handy sowieso nichts genutzt."

Seine Ruhe hätte mir eigentlich helfen sollen, ebenfalls wieder ruhiger zu werden. Stattdessen wurde ich aber immer lauter. Er sollte spüren, was es für Konsequenzen haben konnte, wenn man sich so schäbig einer Frau gegenüber benahm.

Normalerweise hing ich nicht so an Typen. Das war immerhin der Grund, warum ich mit mehreren Männern gleichzeitig Affären hatte, anstatt mich ganz auf einen einzigen zu konzentrieren. Aber dieser hier ging mir unter die Haut mit seiner Lässigkeit. Ich habe mich immer bemüht, Kontakt zu meinen Männern zu halten, selbst als es mal fünf gleichzeitig waren. Wenn ich das hingekriegt hatte, dann sollte Marcus doch wohl in der Lage sein, einen einzigen Anruf zu tätigen.

„So so, du hattest also zwei Wochen lang kein Telefon? Wie war es denn so da oben?“

„Was? Wo oben?“ Er sah aufrichtig verwirrt aus.

„Oben in der Antarktis. Oder warst du in der afrikanischen Wüste zum Arbeiten? Das wären so ziemlich die einzigen Orte, die mir einfallen, wo man kein Telefon zur Verfügung hat. Du bist echt erstaunlich, Marcus. Wenn du keinen Kontakt mehr haben wolltest, warum hast du mir nicht einfach gesagt, dass ich nicht dein Typ bin? Das wäre doch okay. Ich meine, ich weiß, dass ich nicht jedermanns Typ bin und damit komme ich klar. Aber da muss man sich doch nicht wie ein Idiot aufführen.“

„Du bist mein Typ“, sagte Marcus ruhig und mit verschmitztem Grinsen.

„Himmel! Wie passt das denn bitte damit zusammen, dass du zwei Wochen lang wie vom Erdboden verschluckt warst? Erst rufst du nicht an, dann ignorierst du mich nach deiner Rückkehr!“

„Sei dir sicher, ich habe dich nicht ignoriert.“

„Ich verstehe nicht, was hier los ist.“

Ich hatte die Nase voll. Er redete Unsinn. Ich fühlte mich auf jeden Fall ignoriert. Und seine Ausrede, zwei Wochen lang nicht telefoniert haben zu können, war absolut lächerlich. Für wie bescheuert hielt der Typ mich eigentlich?

Mein Problem bestand darin, dass ich den Eindruck gewann, dass er nicht log. Ich hatte genug Lügen in meinem Leben gehört, dass ich mir ziemlich sicher war, sie zu erkennen. Die Menschen blickten weg, wirkten anders, sodass man misstrauisch wurde. Aber auf Marcus schien nichts davon zuzutreffen.

Ich stand da und starrte ihn an, um zu verstehen, was zur Hölle eigentlich los war. Marcus hatte offenbar nicht die Absicht, sich auf einen Streit mit mir einzulassen. Er blieb weiterhin ruhig und schien tatsächlich einfach erklären zu wollen, was geschehen war.

„Also, was ist mit dem Typen, den du geküsst hast?", fragte er lächelnd.

„Nichts. Wir waren miteinander aus."

„Warum?"

„Weil Erwachsene das nun mal so tun. Sie gehen miteinander aus, wenn sie Singles sind. Ich tue das gern. Ich habe auch gern Männer in meinem Leben. Um die Wahrheit zu sagen, ich habe am liebsten immer mehrere Männer gleichzeitig in meinem Leben. Ich weiß, das klingt verrückt, aber ich mag es so."

„Okay. Ich möchte mit dir ausgehen."

Ich schüttelte den Kopf. Was sollte das? Wie waren wir so schnell zu diesem Punkt gekommen?

„Nein."

Marcus wirkte erstaunt bei dieser Antwort. Er verschränkte die Arme vor der Brust und lehnte sich gegen die Tür. Offenbar dachte er darüber nach, was er als Nächstes tun sollte.

„Doch", antwortete er.

Ich lachte. Das war alles ein Spiel für ihn. Er ignorierte mich zwei Wochen lang, dann sah er, wie ich einen anderen Mann küsste, und war auf einmal wieder interessiert. Solche Spielchen mochte ich nicht.

„Nein, ich denke, du solltest jetzt gehen."

Ich wollte die Tür öffnen, aber er bewegte sich nicht.

„Ich finde, ich sollte bleiben."

Er blieb einfach mit verschränkten Armen und dem breiten Grinsen an der Tür stehen. Offenbar meinte er es ernst. Sein Blick erregte mich. Ich spürte den Drang, ihn zu küssen, wenn er nicht bald verschwand. Es war mir unmöglich, meine Triebe in seiner Gegenwart zu unterdrücken.

„Hör zu, Marcus. Ich hatte Spaß mit dir. Die Nacht mit dir war sehr vergnüglich. Ich hätte dich gern wiedersehen wollen, aber du bist einfach verschwunden. Für solche Spielchen habe ich keine Zeit. Nächste Woche habe ich eine Ausstellung und muss mich nicht mit solchen Kinkerlitzchen abgeben. Bitte geh jetzt."

„Großartig. Ich werde dich einfach zu deiner Ausstellung begleiten. Als dein Date." Marcus lächelte und löste seine Arme.

„Wovon redest du?"

„Ich wäre gern der schicke Typ an deiner Seite bei der Ausstellung. Was soll ich anziehen? Ist Abendgarderobe angesagt? Oder leger?"

Ich verstand die Welt nicht mehr. Der Typ war doch total durchgeknallt. Der dachte im Ernst, ich würde mit ihm ausgehen. Warum sollte ich mit einem Mann ausgehen, der sich wie ein Mistkerl aufgeführt hat? Mein Selbstwertgefühl ließ das nicht zu.

„Ich werde nicht mit dir ausgehen!", schrie ich entnervt.

„Du siehst verdammt sexy aus, wenn du wütend bist."

„Was?" Der Kerl flirtete doch nicht etwa mit mir, während ich so wütend war? „Nein, tue ich nicht."

„Oh doch." Marcus machte einen Schritt auf mich zu.

Ich wich aus, stieß aber nach wenigen Schritten gegen die Treppe. Ich blickte nach oben und erinnerte mich daran, wie Marcus mich hinaufgetragen hatte, vollkommen nackt.

Ich ging von der Treppe weg. Marcus lächelte, als erinnerte er sich an genau denselben Moment wie ich. Ich vermied es, ihm in die Augen zu sehen und ging zur Haustür.

„Na los, es ist schon spät. Geh nach Hause. Wir reden morgen weiter." Ich öffnete die Tür.

Marcus packte die Tür und schlug sie zu.

Dann griff er mich und presste mich gegen die Tür, allerdings weniger heftig. Unsere Körper drängten sich aneinander.

„Ich denke, ich würde gern bleiben", erklärte er lächelnd. „Wenn das für dich okay ist, selbstverständlich."

Mein Körper verzehrte sich nach ihm. Ich wollte ihn nicht so attraktiv finden. Aber mein Körper verriet meine Begierde und wollte ihn unbedingt spüren. Ich biss mir auf die Lippen, als meine Erregung zunahm. Ich wollte den Blick abwenden, aber er fasste mir unter das Kinn und hob meinen Kopf an. Unsere Blicke trafen sich.

Seine Lippen trafen schnell und hart auf meine. Ich wollte ihn wegschieben, denn ich war immer noch wütend auf ihn. Ich wollte nicht mit ihm schlafen.

Aber ich konnte mich nicht zurückhalten. Leidenschaft und Verlangen erfüllten mich und brauchten ein Ventil. Morgen konnte ich wieder wütend auf ihn sein. Aber jetzt würde ich ihn ficken.

Ich drängte mich fest gegen ihn und er ließ sich bis zur Treppe schieben. Dort schubste ich ihn, sodass er mit dem Hintern auf die Stufen fiel.

Sobald er saß, kletterte ich auf seinen Schoß und küsste ihn hart. Während unsere Lippen miteinander rangen, rissen wir uns gegenseitig die Kleider vom Leib. In Sekundenschnelle war mein Nachthemd bis zur Hüfte hochgeschoben und mein Slip lag auf dem Boden.

Marcus hob mich hoch und presste meinen Körper gegen die Wand. Dann öffnete er seine Hose und schob mit einer schnellen Bewegung seinen Schwanz in mich. Er stieß so heftig zu, dass ich glaubte, die Bilder an der Wand würden wackeln.

Wir küssten uns weiterhin und ich spürte, wie mit jedem weiteren Stoß der Ärger in mir nachließ. Immer heftiger fickte er mich gegen die Wand. Ich hätte nein sagen sollen, aber es gefiel mir. Seine triebhafte Gier machte mich an, ich wollte noch mehr davon. Ich wollte ihn für Stunden in mir drin haben.

Meine Arme legten sich um ihn, ich klammerte mich an ihm fest.

„Fick mich, oh Gott, ja“, stöhnte ich und schloss die Augen vor Lust.

„Komm für mich, Baby, komm hart.“

Seine Stimme klang wie ein Befehl, der nicht ignoriert werden durfte. Ich gehorchte.

Mein Körper verkrampfte sich und ich spürte, wie der Orgasmus sich in mir aufbaute. Ich drängte mich gegen ihn, wollte ihn bremsen, denn seine Intensität war zu viel für mich. Aber er stieß weiterhin hart in mich und ich überließ mich schließlich seinem Willen und meiner Erregung.

Alles in mir war zum Bersten angespannt, aber Marcus vögelte mich weiter hart. Ich liebte es, dass er in diesem Moment die totale Kontrolle über mich hatte. Ich hatte es immer bevorzugt, bei meinen Männern eine gewisse Distanz zu wahren und die Kontrolle zu behalten, aber hier und jetzt erlaubte ich es ihm.

„Oh, nein, nein, nein." Ich wollte ihn ausbremsen, bevor ich so heftig kam, dass ich nicht mehr wusste, was ich tat.

„Ich bin noch nicht fertig mit ficken", sagte er voller Entschlossenheit.

Er trug mich hinüber zur Couch und platzierte mich auf der Lehne. Dann schob er mich nach hinten und ich kam darauf zu liegen. Dann packte er mich an der Hüfte und drehte mich auf den Bauch. Sofort drang er von hinten wieder in mich ein.

„Okay, na gut", sagte ich lachend und neckte ihn mit meinem Arsch.

Seine Stöße waren zunächst langsam. Ich mochte diese Zärtlichkeit. Dann jedoch packte er mit einer Hand mein Haar, mit der anderen meine Schulter und zog mich grob zurück.

Die Stöße seines Schwanzes trafen mich genau an der richtigen Stelle. So gut war ich schon lange nicht mehr gefickt worden. Selbst der Sex, den wir vor zwei Wochen hatten, war nichts im Vergleich zu dem, was er jetzt mit mir machte, vor allem in dieser Stellung.

Ich drängte mich an ihn, wollte ihn noch tiefer in mir aufnehmen. Ich wollte mehr von ihm. Wollte alles.

Marcus beugte sich vor und glitt mit seinem Mund über meinen Rücken. Ich konnte seinen Atem spüren, schwer und lustvoll. Er mobilisierte letzte Kräfte, zitterte bereits, fickte mich immer weiter.

Wieder verkrampfte sich mein Körper, bereit für den Orgasmus. Meine Beine fühlten sich an wie Gummi, ich brauchte die Couch als Stütze. Aber dann gab mein Körper endgültig nach und die Ekstase trug mich davon. Gleichzeitig rammte Marcus ein letztes Mal in mich und stöhnte lustvoll auf, als auch er endlich Erleichterung tief in mir fand.

Mit letzter Kraft krabbelten wir nebeneinander auf die Couch und hielten uns umschlungen. So schliefen wir miteinander ein. Mein Geist war erschöpft, mein Körper ebenfalls. Ich wollte wütend auf Marcus sein, aber dafür fehlte mir im Augenblick einfach die Energie.

Kapitel 10

Als ich am nächsten Morgen aufwachte, war Marcus noch da. Er lag hinter mir und hatte die Arme um mich geschlungen. Ich fühlte mich unglaublich erleichtert zu wissen, dass er tatsächlich die ganze Nacht geblieben war. Aber das Machtgefüge zwischen uns war immer noch sehr einseitig. Ich hatte nicht das Gefühl, die Kontrolle über die Situation zu haben, wie ich das sonst gewohnt war.

„Sollte ich also dieses Mal meine Telefonnummer für dich aufschreiben?", scherzte ich.

Er drückte mich einmal und schlief weiter. Ich war mir ziemlich sicher, dass irgendwann am Vormittag Stanley reinschauen würde. Das versprach ein wenig peinlich zu werden, wenn ich sie miteinander bekannt machen wollte. Ich hatte Marcus gegenüber nur Andeutungen gemacht und es bedurfte noch einer ausführlicheren Erklärung. Trotz meiner Grübeleien über Stanleys mögliches Erscheinen schlief ich wieder ein. Es war schön, in seinen Armen zu liegen. Es fühlte sich wie zu Hause an. So wie wenn alles perfekt passte und man sich um nichts sorgen musste. So war es, in den Armen von Marcus zu liegen.

Wir schliefen beinahe bis mittags und genossen das sehr. Wir waren beide eigentlich keine Langschläfer, aber es fühlte sich gut an.

„Ich werde jetzt duschen", sagte ich lächelnd. „Willst du mir Gesellschaft leisten?"

Es war nicht wirklich eine Frage und ich wartete auch gar nicht erst auf eine Antwort. Stattdessen ging ich komplett nackt und betont langsam die Treppe hinauf und wackelte dabei verführerisch mit dem Hintern.

Ich konnte seinen brennenden Blick in meinem Rücken spüren und wusste, er würde sich zu mir unter die Dusche begeben. Seine Begierde war beinahe greifbar und ich konnte ihn wenige Schritte hinter mir spüren.

Als ich in der Dusche das Wasser aufdrehte, war er direkt hinter mir.

Sex in der Dusche war eigentlich nicht mein Ding. Es erschien mir riskant, viel zu rutschig und zu eng. Um die Kontrolle zu behalten, drängte ich mich an ihn und genoss seine Nähe.

Er nahm Seife in die Hand und fing an, mich zu waschen. Während ich mir die Haare wusch, massierte er meine Brüste und ließ seine Hände an meinem Körper hinabgleiten. Gleich darauf rieb er mir die Muschi und ich öffnete die Augen. Sein Mund näherte sich meinem und ich wollte ausweichen, indem ich meinen Kopf zur Seite drehte.

Ich hätte es besser wissen sollen, als seine Annäherungsversuche zu umgehen. Sofort umschloss er mich mit seinen seifigen Armen und küsste mich. Sein Körper reagierte auf meinen und ich konnte seinen harten Schwanz an meinem Becken spüren.

Ich spülte mir den Schaum aus dem Haar und wollte die Seife abwaschen. Marcus machte das fast unmöglich, weil er mich überall gleichzeitig anzufassen schien und pausenlos küsste.

Schließlich gelang es mir, den Seifenschaum abzuspülen und ich stieg aus der Dusche. Ich wickelte mir ein Handtuch um und blieb in der Tür zum Bad stehen.

„Auf gehts, Cowboy. Ich bin bereit für einen scharfen Ritt."

Marcus blickte aus der Dusche und ich öffnete das Handtuch, um ihm einen Blick auf meinen nackten Körper zu gewähren. Dann drehte ich mich schnell um, eilte ins Schlafzimmer und kroch unter die warme Decke.

Ich lag da und hörte, wie er das Wasser abstellte.

Ich wartete und wartete, aber er schien nicht zu kommen. Schließlich schlug ich die Decke zurück und wollte nachsehen, da warf er sich von der Seite auf mich.

„Mist!", rief ich. „Wie hast du dich angeschlichen?"

Er machte sich nicht die Mühe zu antworten, sondern ließ sich auf das Bett fallen und zog mich auf sich. Ich musste laut lachen, Marcus war einfach großartig, wie er mich im Fallen herumwirbelte.

„Ich glaube, hier ist irgendwo ein Cowgirl, dass gerne reiten würde."

„Mmm, allerdings."

Ich blickte hinunter auf seinen Schwanz, der sich mir hart entgegenstreckte. Ich musste ihn einfach reiten. Gerade als ich mich auf ihn setzen wollte, klingelte sein Handy unten im Wohnzimmer. Die Melodie klang wie etwas vom Militär.

Marcus sprang auf und warf mich auf das Bett. Nackt, wie er war, spurtete er eilig die Treppe hinunter. Ich folgte ihm langsam, um zu sehen, was die Aufregung sollte. Selbst wenn es wichtig war, konnte er denn nicht einfach später zurückrufen?

Ich stand unten an der Treppe und versuchte zu hören, worüber er sprach, aber er ging ins Bad und schloss die Tür hinter sich.

Ich hätte auch versuchen können an der Tür zu lauschen, aber ich beschloss, in die Küche zu gehen und Frühstück zu machen. Meine Gedanken kreisten allerdings um die Frage, mit wem er sprach und was so wichtig war, dass er dafür den Sex mit mir ausfallen ließ. Das war schon merkwürdig, aber nichts an der Situation mit Marcus schien normal zu sein.

Als er das Telefonat beendet hatte, zog Marcus sich seine Jeans über und kam in die Küche. Ich stand nackt am Herd und machte Pfannkuchen. Die hatte ich seit Jahren nicht mehr gemacht. Eigentlich war ich der Ansicht, dass sie zu viele Kohlehydrate und Kalorien beinhalteten und ungesund waren. Aber als wir uns hinsetzten und anfingen zu essen, wurde ich unvermittelt daran erinnert, wie ich die Dinger als Kind geliebt hatte.

„Das ist mit Sicherheit das beste Frühstück, das ich je hatte", meinte Marcus, als er sich an den Tisch setzte.

„Aber du hast doch noch gar nichts probiert."

„Hm, stimmt. Ich sollte etwas probieren." Er blickte vielsagend auf meine Muschi, was ich doch ein bisschen peinlich fand.

Ich konnte mich noch sehr lebhaft an seine Zunge erinnern, als wir das erste Mal Sex hatten. Es war himmlisch gewesen.

„Hier, iss ein paar Pfannkuchen, die kannst du probieren."

Er wirkte enttäuscht, nahm sich dann aber von den Pfannkuchen.

Inzwischen war es schon Nachmittag. Ich wusste nicht, warum ich ausgerechnet Pfannkuchen machen wollte, aber mein Rhythmus war ohnehin komplett durcheinander, nachdem wir die ganze Nacht Sex hatten.

„Die sind sehr lecker", meinte Marcus und schaufelte sich noch mehr Pfannkuchen in den Mund.

Ich kam mit dem Backen gar nicht mehr hinterher.

„Willst du noch welche?"

„Oh, nein. Aber da gibt es etwas anderes, das ich will." Wieder blickte er mir auf die feuchte Muschi. „Aber da ich das derzeit nicht haben kann, wäre ich schon zufrieden, wenn du mir deine Telefonnummer gibst."

Ich lächelte. Das war richtig süß von ihm und außerdem sexy. Ich hatte komplett vergessen, dass ich eigentlich noch wütend auf ihn sein sollte.

„Aber was, wenn du wieder zwei Wochen lang kein Telefon zur Verfügung hast?", fragte ich zwinkernd.

„Ich werde mir dieses Mal mehr Mühe geben."

Da war etwas an der Art, wie er das sagte, das mich vermuten ließ, es könnte tatsächlich ziemlich schwierig sein, sich von seiner Arbeit loszueisen und mich anzurufen. Das gab mir ein gutes Gefühl.

„Wirst du mir nun endlich mal sagen, was du beruflich machst?", frage ich und aß auch noch mehr.

„Ich könnte es dir sagen, aber dann müsste ich dich töten",

erwiderte er in bester James-Bond-Manier.

Ich hatte den vagen Verdacht, dass er das gar nicht als Scherz gemeint hatte. Er sah auf jeden Fall so aus, als könnte er zu einer speziellen Einheit der Armee gehören. Bei den Muskeln überall. Ich hatte noch nie einen Mann, der sogar Muskeln an den Händen zu haben schien.

Aber irgendwie konnte ich mir Marcus doch nicht so recht beim Militär vorstellen. Er wirkte ein wenig zu ungehobelt, um für die Regierung zu arbeiten. Daher dachte ich eher an eine private Sicherheitsfirma oder so etwas. Ich hatte streng genommen keine Ahnung.

„Im Ernst, gib mir wenigstens einen Hinweis. Bist du beim Militär? Polizei? Versicherungsvertreter?“ Ich lächelte bei meiner letzten Bemerkung.

Er sah auf jeden Fall nicht aus wie ein Versicherungsvertreter. Andererseits würde ich ihm so ziemlich jede Versicherung abkaufen. Insofern wäre das vielleicht genau der richtige Job für ihn.

„Ich kann wirklich nicht darüber reden. Aber du hast recht, es hat im weitesten Sinne mit der Polizei und Sicherheit zu tun.“

„Danke.“

Auch wenn er mir kein Geheimnis anvertraut hatte, war es doch immerhin ein Anfang. Das ließ immer noch reichlich Raum für Spekulationen, warum er wochenlang wegbleiben musste. Außerdem fragte ich mich nach wie vor, warum er dann ausgerechnet nach Bain gezogen war. Das Kaff war nicht gerade der neueste Schrei auf dem Wohnungsmarkt.

„Kann ich dich noch etwas fragen?“ Ich lächelte und beugte mich vor, mit den nackten Brüsten auf dem Tisch.

Sein Blick wanderte zu meinen Nippeln, die bei der Berührung der kalten Marmorplatte hart geworden waren. Ich musste bei seinem Gesichtsausdruck ein Grinsen unterdrücken. Er war von meinen Brustwarzen hypnotisiert.

„Marcus? Kann ich dich was fragen?“, wiederholte ich.

„Ja."

„Warum bist du hier?"

„Um dich zu ficken", antwortete er lächelnd.

Ich lachte. Das war nicht, was ich gemeint hatte, und das wusste er auch. Er wich nur einer Antwort aus. Ich war mir sicher, dass er genau aus diesem Grund in mein Haus gekommen war, aber ich hatte eigentlich wissen wollen, warum er unter allen möglichen Orten ausgerechnet Bain ausgewählt hatte.

Das einzige, was ich mir vorstellen konnte, war ein Umzug der Arbeit wegen. Die Arbeit, von der er mir nicht sagen wollte, was es war. Die ihn für Wochen fern von zu Hause hielt. Und vom Telefon. Das alles klang eher so, als hätte er sich das ausgedacht. Aber er machte nicht den Eindruck, als würde er mich anlügen.

„Im Ernst. Wieso ausgerechnet Bain?"

„Isabella, ich möchte dir wirklich gern von mir erzählen, über meine Arbeit und warum ich hierhergezogen bin. Aber das geht derzeit nicht. Ich weiß, das ist schwer zu akzeptieren, aber bitte glaube mir, eines Tages werde ich es dir schon sagen."

Ich glaubte ihm. Trotz all der Dinge, die zwischen uns vorgefallen waren, erschien er mir grundsätzlich vertrauenswürdig. Das war zumindest, was ich fühlte, aber ich konnte mich natürlich irren. Es war nicht auszuschließen, dass er mir die ganze Zeit etwas vormachte. Er konnte sonst wer sein. Er konnte gefährlich sein. Er hätte ebenso gut bezahlter Killer sein können.

Wieder klingelte sein Handy und Marcus sprang auf, um das Gespräch draußen anzunehmen. Dieses Mal hatte er immerhin eine Hose an, also ging er auf die Veranda hinter dem Haus und sprach mit wem auch immer.

Ich beobachtete sein Gesicht, während er telefonierte und fand, er sah wütend aus. Ich hatte keine Ahnung, was er sagte. Außer einem gelegentlichen ‚Nein' konnte ich nichts von seinen Lippen ablesen. Er blickte mich an und zwinkerte mir zu. Ich schmolz dahin. Das war eine so süße Geste von einem so harten Kerl wie ihm.

Mein Blick blieb an seinen Brustmuskeln hängen, als er auf der Veranda auf und ab lief. Sie waren in ihrem Spiel ausgezeichnet zu erkennen, denn er hatte fast kein Fett am Körper. Nur gebräunte Haut, Sehnen und Muskeln. Er war auf jeden Fall der durchtrainierteste Mann, den ich kannte.

Als das Gespräch endete, bemühte ich mich, nicht den Anschein zu erwecken, als hätte ich ihn die ganze Zeit angestarrt. Allerdings ging ich davon aus, dass er wusste, dass ich genau das getan hatte. Ich ging zum Spülbecken und fing mit dem Abwasch an.

Marcus kam ins Haus zurück und legte seine Arme von hinten um mich, das Kinn auf meine Halsbeuge gestützt. Seine Lippen wanderten sanft über meine Haut. Das sah nach Abschied aus. Aber dieses Mal gab es eine tiefere Bindung zwischen uns. Dieses Mal würde er mir sagen, dass er eine Weile verschwunden bliebe.

„Du musst weg?“, fragte ich und wusch weiter Geschirr ab.

„Ja, tut mir leid.“ Er küsste meinen Hals.

Das Klopfen an der Haustür überraschte mich mehr als Marcus. Ich hatte schon viel früher mit Stanley gerechnet und ihn inzwischen komplett vergessen. Ich zog mir meinen seidenen Morgenmantel über und machte mich auf den Weg zur Tür. Das konnte interessant werden.

„Ist schon gut. Ich habe meine Nummer da hinten auf einen Zettel geschrieben. Lass mich nur schnell die Tür aufmachen. Das ist wahrscheinlich Stanley, ihr solltet euch kennenlernen.“

Er nahm den Zettel und steckte ihn in seine Tasche, dann ging er hinüber ins Wohnzimmer, um seine restlichen Sachen einzusammeln. Eine Minute später war er vollständig bekleidet wieder in der Küche und bereit, mich zu verlassen, während ich an der Tür stand und Stanley auf die Begegnung vorbereitete.

Stanley hatte meine anderen Männer gekannt. Immerhin hatten wir zusammengelebt. Er kannte den Ablauf und wusste, dass es anfangs etwas unangenehm sein konnte. Stanley war ein alter Hase und würde schon mit der Situation zurechtkommen.

„Marcus, das ist Stanley", sagte ich, sie einander vorstellend.

„Hi", sagte Stanley ohne seine übliche spielerische Einleitung.

Normalerweise machte er einen blöden Scherz darüber, dass er gern teilte, was er liebte. Aber heute blieb dieser Eisbrecher aus. Er starrte Marcus einfach nur an und Marcus starrte zurück. Beide waren vom jeweils anderen nicht sonderlich beeindruckt.

„Es ist schon spät. Wirst du heute noch abreisen?", fragte ich Marcus.

Es erschien mir merkwürdig, dass er sofort abreisen musste. Was war das nur für ein Job, wo man so kurzfristig abberufen und losgeschickt wurde? Das erschien mir nicht richtig, aber es ging mich streng genommen auch gar nichts an.

„Ja, ich muss noch packen und dann los. War nett, dich kennengelernt zu haben, Stanley. Pass gut auf mein Mädchen auf, während ich weg bin." Marcus zwinkerte mir zu.

Mein Herz raste, ich wusste nicht, wie ich reagieren sollte. Ahnte Marcus, dass Stanley und ich miteinander schliefen? Ich hatte gerade erst Rob dagehabt, dann Marcus. Und nun war Stanley auch noch da.

Sicher war das für Marcus nicht okay. Er würde sicher eine böse Bemerkung über meinen Lebensstil machen, davon ging ich aus.

Ich stand einfach da, nur mäßig von dem seidenen Morgenmantel bedeckt, als er auf mich zukam und mit großem Ernst ansah.

„Pass auf dich auf", sagte ich, als er mich küsste.

„Werde ich. Pass du auch auf dich auf." Er zwinkerte mir erneut zu. „Stanley, mein Bester, war wirklich nett, dich kennengelernt zu haben."

Er gab mir noch einen schnellen Kuss und verließ dann das Haus. Es störte ihn nicht im Geringsten, dass Stanley bei mir war.

Ich hatte noch nie einen Menschen getroffen, der so von sich überzeugt war wie Marcus. Es kümmerte ihn nicht, was ich trieb, während er weg war.

Kapitel 11

„Wer zur Hölle war das?", fragte Stanley, als ich die Tür schloss und zur Treppe lief.

„Das ist mein neuer Nachbar. Ist er nicht scharf?"

Ich ging hinauf in mein Schlafzimmer, um zu beobachten, was Marcus tat. Ich kannte ihn nicht sonderlich gut, aber er gab sich auf jeden Fall sehr geheimnisvoll. Ein paar Brocken mit Informationen hatte er mir hingeworfen, aber mehr auch nicht.

Stanley kam ins Schlafzimmer und zog sich aus. Er setzte sich auf das Bett und wartete, bis ich genug beobachtet hatte. Bedauerlicherweise für ihn war ich deutlich mehr daran interessiert, was drüben bei Marcus vor sich ging, als an dem nackten Mann auf meiner Bettkante.

Eine Stunde später kam Marcus mit zwei schwarzen Reisetaschen aus dem Haus. Das schienen dieselben zu sein, die er neulich ins Haus getragen hatte.

Mir sank das Herz in die Hose, als ich mich wieder an das kalte Metall in den Taschen erinnerte. Es musste sich um einen gefährlichen Job handeln, wenn er so viele Waffen mit sich herumschleppte.

„Was macht er?", fragte Stanley und stellte sich hinter mich, um mich mit seinem harten Schwanz zu necken.

„Schsch, weiß ich nicht." Ich schob ihn zurück zum Bett.

Ich beobachtete, wie er alle sechs Taschen ins Auto lud und dann wieder im Haus verschwand. Am liebsten wäre ich näher hingegangen, um zu sehen, ob es wirklich dieselben Taschen waren, aber ich wollte mein Glück nicht herausfordern.

„Komm, leg dich zu mir", sagte Stanley schließlich, als es draußen dunkel wurde und ich mehr als eine Stunde lang das Haus beobachtet hatte.

Ich schlief in Stanleys Armen ein, noch immer mit halbem

Auge auf das Haus von Marcus. Als ich am nächsten Morgen erwachte, war sein Jeep allerdings immer noch da. Ich beschloss, schnell zu duschen und dann drüben nachzuschauen, was los war. Er war nach dem Telefonat davon ausgegangen, dass er schnell aufbrechen musste, aber offenbar hatte er dann doch noch die Nacht daheim verbringen können.

„Tut mir leid, dass ich keine unterhaltsame Gesellschaft war letzte Nacht", sagte ich zu Stanley, als er mir im Bad beim Duschen zusah. „Du weißt ja, wie ich bin, wenn ein neuer Mann auftaucht."

„Ja, das weiß ich", erwiderte er. „Aber was weißt du über ihn? Er machte einen etwas fragwürdigen Eindruck auf mich."

„Stimmt schon. Aber er hat die letzte Nacht hier verbracht und ich fühlte mich sicher dabei."

„Na gut. Was hältst du davon, wenn ich morgen wiederkomme?"

„Klar, ich weiß meinen Zeitplan noch nicht, aber wir kriegen das hin. Tun wir ja immer. Meine Ausstellung ist auch in Kürze. Wirst du hinkommen?"

„Ich würde wirklich gern. Aber ich weiß nicht, ob meine Arbeit das zulässt. Es ist derzeit ziemlich hektisch."

„Ist schon okay. Ich denke, Marcus wird hinkommen", sagte ich, als mir wieder einfiel, dass er das gesagt hatte, ohne mich wirklich zu fragen, ob er mitkommen könnte.

Meine Ausstellung war schon in ein paar Tagen und sie bedeutete einigen Leuten eine Menge, die mir geholfen hatten, sie auf die Beine zu stellen. Wenn man heutzutage seine Arbeit ernst nahm, war das gar nicht so leicht, weil alle immer sofort alles sehen und haben wollten, nicht erst Wochen später. Aber Kunst brauchte eben seine Zeit.

Man verdiente damit nicht viel Geld und es war ein Haufen Arbeit. Ich hatte ziemliches Glück, dass es Menschen gab, die meine Fotos mochten und sie kauften. Ohne diese Käufer wäre es mir nicht möglich gewesen, von meiner Kunst leben zu können.

Ich musste endlich aufhören, mir den Kopf über Marcus

und seinen merkwürdigen Job zu zerbrechen und an meine eigene Arbeit denken. Meine Ausstellung stand quasi vor der Tür und ich musste mich darauf vorbereiten. Die Leute wollten Details über meine Technik und meine Motivauswahl wissen.

Aber so sehr ich mich auch um meine Arbeit hätte kümmern müssen, ich konnte meine Gedanken nicht von Marcus losreißen und starrte weiterhin ständig aus dem Fenster zu ihm rüber. Was auch immer er mit den Waffen vorhatte, der Gedanke behagte mir ganz und gar nicht.

„Ich mache mich dann mal auf den Weg“, sagte Stanley schließlich. „War nett bei dir.“

„Es tut mir leid, Stanley. Komm her.“ Ich zog ihn an mich und umarmte ihn. „Du weißt, dass ich dich sehr schätze. Ich mag es, dass du vorbeikommst und nach mir siehst. Ich mag es auch, wie du dich um mich sorgst. Und glaube ja nicht, dass meine aktuelle Gedankenlosigkeit daran etwas ändert.“

„Ich weiß. Ich finde es ja spannend, dich so aufgeregt zu sehen, wenn ein Neuer da ist. Ich hoffe, er erweist sich als guter Fang. Aber ich mache keinen Dreier mit ihm. Sein Körper schüchtert mich jetzt schon ein.“ Stanley lachte und küsste mich zärtlich.

„Ich liebe dich, Stanley. Wir sehen uns.“ Ich küsste ihn ein letztes Mal.

Stanley ging die Treppe hinunter und verließ mein Haus. Ich blickte ihm nach und er schaute zu mir hoch. Manchmal wünschte ich mir, ein Mann allein wäre genug für mich. Ich wünschte mir manchmal das einfache Leben zurück, das ich mal hatte. Aber das gab es nicht mehr. Mein Leben war jetzt kompliziert und exotisch und ich liebte es genau so.

Still sprach ich ein Gebet für Marcus, in der Hoffnung, er möge unversehrt wiederkommen und alles, was der Job auch von ihm verlangte, möge ihm gelingen. Ich betete nicht oft, aber ich dachte, es könnte vielleicht nicht schaden, falls Marcus wirklich einen gefährlichen Job hatte.

Ich war nie mit jemandem zusammen gewesen, der mir nicht sagen konnte oder wollte, was er beruflich machte. Nicht, dass Marcus und ich zusammen waren. So lief das nicht. Aber warum konnte er es mir nicht einfach sagen? Er musste ja keine Details nennen, eine allgemeine Erklärung hätte mir schon gereicht. Aber selbst das war offenbar nicht erlaubt.

Ich machte große Augen, als Marcus aus seiner Garage kam, ganz in schwarz gekleidet. Er sah aus wie jemand von einer geheimen Einsatztruppe und ich fand es heiß.

Polizeiuniformen waren nie einer meiner Fetische gewesen. Aber wenn ein Cop aussah wie Marcus, dann würde ich drüber nachdenken. Er hatte immerhin gesagt, es hätte mit Polizei und Sicherheit zu tun. In dem engen schwarzen Shirt kamen seine Muskeln hervorragend zur Geltung. Allerdings passten die schwarze Cargohose und die Kampfstiefel nicht ins Bild. Marcus war zwar kräftig, aber er wirkte ganz und gar nicht aggressiv. Das machte es umso schwieriger, mir vorzustellen, was sein Job war.

Ich beschloss, es herauszufinden, indem ich ihn verfolgte.

Natürlich würde ich ihm nicht die ganze Zeit folgen können. Aber der Moment schien mir perfekt, um in meinen Wagen zu steigen und ihm nachzufahren. Ich war nicht gerade geübt darin, andere zu verfolgen. Ich versuchte, den Abstand so groß wie möglich zu halten, damit er mich nicht bemerkte. Aber er blickte nicht einmal in den Rückspiegel, während wir aus Bain hinaus Richtung Stadt fuhren. Ich ließ sogar andere Autos überholen und zwischen uns fahren.

Soweit ich es sehen konnte, blickte er nicht zurück, sondern fuhr mit voller Aufmerksamkeit auf den Verkehr vor sich in die Innenstadt. Ich war schon länger nicht mehr in dieser Ecke von St. Louis gewesen, es hatte sich schon einiges verändert in letzter Zeit.

Dann klingelte mein Handy. Ich warf einen Blick auf das Display. Es war Marcus. Ich würde den Anruf nicht während der Fahrt annehmen, daher fuhr ich an den Straßenrand und ging dran. Sicher hatte er mich doch bemerkt und wollte nun wissen, warum ich ihn verfolgte. Ich hatte darauf keine Antwort und atmete einmal tief durch, um meine Nerven zu beruhigen.

„Hallo“, sagte ich, als mein Wagen stand.

„Hey, ich wollte nur sicherstellen, dass ich die Nummer richtig eingespeichert hatte“, sagte Marcus. Er fuhr weiter und ich verlor ihn im Stadtverkehr aus den Augen.

„Das freut mich.“

„Ich werde dieses Mal nur ein paar Tage weg sein, ich hoffe, du langweilst dich nicht zu sehr.“ Ahnte er, dass ich andere Männer haben würde, während er nicht da war?

Wohin wollte er bloß? Ich hätte ihn zu gern einfach gefragt und war gespannt auf seine Antwort. Wusste er, dass ich ihm folgte? Oder hatte er mich rein zufällig gerade jetzt angerufen? Schwer zu sagen.

„Das klingt doch gut. Du solltest deine Arbeit immer nur auf ein paar Tage am Stück beschränken“, sagte ich, bemüht das Gespräch am Laufen zu halten.

Es war offensichtlich, dass Marcus sich bemühte, alles richtig zu machen, zu zeigen, dass er an mir interessiert war und dass er bestimmt wiederkommen würde. Oder hatte er mich bemerkt und versuchte nun, mich abzulenken?

Als wir das Gespräch beendet hatten, fuhr ich direkt weiter zum Flughafen. In die Richtung war er zuletzt unterwegs gewesen, bevor ich angehalten hatte. Ich nahm an, er würde einen Flieger nehmen zu seinem Job, wohin auch immer. Zu meinem Glück entdeckte ich seinen Jeep auf einer der Landebahnen. Es gab keine Möglichkeit, dorthin zu fahren, also beobachtete ich ihn aus der Ferne. Er parkte zwischen zwei kleinen Hangars. Es war offensichtlich, dass er wusste, was er tat. Und das nicht zum ersten Mal.

Ich hielt in der Nähe an und versuchte, herauszufinden, was vor sich ging und was Marcus damit zu tun hatte. Aber man konnte nichts erkennen. Es war dunkel und das Flugzeug verdeckte mir den direkten Blick.

Es war auch nicht möglich zu sehen, wer sich sonst noch in dem Flugzeug befand oder wohin die Reise gehen sollte. Ich verließ meinen Wagen und versuchte, einen besseren Blickwinkel zu finden. Die Taschen mit den Waffen wurden vom Jeep ins Flugzeug geladen. Ich konnte nicht mit Sicherheit sagen, ob die

Waffen überhaupt noch drin waren, aber davon war auszugehen.

Weitere Männer, die ähnlich gekleidet waren wie Marcus, trafen ein und gingen ebenfalls an Bord. Sie schienen sich alle zu kennen und begrüßten einander sehr vertraut.

Was auch immer diese Männer machten, es schien gefährlich zu sein. Sie alle brachten diese obskuren schwarzen Reisetaschen mit.

Ich schloss die Augen und versuchte mir vorzustellen, was sie mit den vielen Waffen vorhatten. Besonders legal kam mir keine Version dabei vor.

Die anderen Männer gingen zuerst an Bord und es sah aus, als hätte Marcus das Kommando, denn er ging als letzter. Wie konnte es überhaupt legal sein, mit so vielen Waffen an Bord irgendwohin zu fliegen?

Ich blickte dem Flugzeug nach, wie es anfuhr und abhob, und fragte mich, ob irgendetwas an dieser Aktion legal war. Je länger ich dastand und darüber nachdachte, desto unwahrscheinlicher erschien es mir. Marcus arbeitete ganz sicher nicht für eine Polizeibehörde oder eine Spezialeinheit. Die reisten nicht per Privatjet.

Ich kannte ihn überhaupt kein bisschen. Vielleicht war ich im Begriff, mich in einen Bösewicht zu verlieben, nur weil er so scharf war. War es denkbar, dass ich den Unterschied zwischen einem guten und einem bösen Menschen nicht erkannte?

Es war schwer, den Marcus, den ich kannte, und diesen hier mit den Waffen in Einklang zu bringen. Der hier wirkte geradezu tödlich. Sein Gesicht war ernst und er sah aus wie jemand, mit dem man sich gewiss nicht anlegen wollte. Der Marcus, den ich kannte, war nett und freundlich und half einer verletzten Frau, indem er sie eine halbe Meile weit nach Hause trug.

Ich wendete meinen Wagen und fuhr nach Hause. Es hatte keinen Sinn, noch weiter darüber zu grübeln. Marcus hatte gesagt, er bliebe ein paar Tage weg und ich wusste, in dieser Zeit würde ich nichts von ihm hören. Immerhin hatten wir ein wenig reden können, bevor er abreiste.

Am nächsten Tag sortierte ich gerade meine Bilder für die Ausstellung, als ich einen Anruf von Marcus über Skype erhielt.

„Hallo?"

Ich hatte noch nie mit jemandem über Skype telefoniert und wusste nicht einmal, warum ich diese App auf meinem Handy hatte. Wahrscheinlich war Willow der Ansicht gewesen, ich bräuchte das. Als ich mir das Handy gekauft hatte, war sie es gewesen, die die meisten Apps darauf installiert hatte, weil sie sie für dringend notwendig hielt.

„Hey, ich habe versprochen, es diesmal besser zu machen. Und da bin ich", sagte Marcus.

Er trug ein T-Shirt und wirkte sehr lässig in seinem Hotelzimmer. Ich musste lächeln angesichts seiner Bemühungen, in Kontakt zu bleiben. Ich wünschte mir außerdem, ich wäre mit ihm in dem Zimmer. Ich biss mir auf die Lippen, als meine Gedanken zu einer Vorstellung von seinem nackten Körper abdrifteten.

Ihn so von Angesicht zu Angesicht zu sehen, ließ meine Gedanken an letzte Nacht lächerlich erscheinen. Dieser Mann war kein Krimineller, er war süß und nett und stand eindeutig auf mich.

Seine lüsternen braunen Augen sahen mich an, als wäre ich die einzige Frau auf der Welt. Es fühlte sich gut an. Und ich ging davon aus, dass er mir ansehen konnte, woran ich dachte.

„Wo bist du?"

„Chicago."

„Und hast du Spaß?" Ich wollte nicht zu direkt fragen, warum er ausgerechnet in Chicago war, aber ich war zu neugierig.

„Nein. Und du? Das ist ein sexy Oberteil. Lass es mich genauer betrachten."

Ich war in meiner Garage und trug ein zerrissenes altes T-Shirt. Das hatte ich mal in Paris gekauft und ich fand es inspirierend. Ich legte mein Handy auf den Tisch in der Garage und machte ein paar Schritte zurück.

„Es ist nur ein alter Fetzen“, sagte ich.

„Ja, sieht furchtbar aus. Zieh es aus.“ Marcus beugte sich zur Kamera vor und grinste.

Ich tat, was ich normalerweise nicht tat. Ich zog mein Shirt über den Kopf und warf es in die Ecke der Garage. Marcus klappte der Unterkiefer runter und sein Blick weitete sich. Offenbar gefiel ihm, was er sah. Mir wiederum gefiel sein Gesichtsausdruck.

Langsam bewegte ich mich wieder auf die Kamera zu und spielte mit den Fingern an meinen Nippeln. Ich ging ganz nah dran an meine Kamera, damit Marcus genau sehen konnte, was ich tat. Seit ich mir das Shirt ausgezogen hatte, war von ihm kein Wort mehr gekommen.

„Mmm, ich wünschte, deine Lippen könnten das tun“, sagte ich und umkreiste mit dem Finger eine harte Brustwarze.

„Du hast keine Vorstellung, wie sehr ich mir das auch wünsche.“

„Zeig es mir“, verlangte ich.

Es machte Spaß, so zu spielen. Marcus konnte derzeit nur meine Brüste sehen, nicht mein Gesicht. Das gab mir genug Selbstbewusstsein, das mir sonst gefehlt hatte. Wäre er jetzt hier direkt vor mir, hätte ich mich das nicht getraut.

„Oh, mit dem Anblick könntest du gar nicht umgehen“, meinte Marcus in seinem gewohnt kessen Ton.

„Stimmt wohl. Ich sollte mich besser wieder anziehen und meine Bilder für die Ausstellung vorbereiten.“

Ich blickte auf das Display und da saß er: in einem Hotelzimmer, den Schwanz in der Hand. Ich sah, wie er masturbierte und wurde feucht von dem Anblick.

„Wann kommst du wieder zurück?“, fragte ich und hob die Kamera an mein Gesicht.

Ich biss mir auf die Lippe und leckte mir darüber, als ich an das Gefühl dachte, ihn in mir zu spüren. Ich wollte ihn in den Mund nehmen. Das triebhafte Verlangen war überwältigend. Ich konnte es nicht erwarten, ihn wieder in meinem Bett zu haben.

„Ich verspreche, ich bin zur Ausstellung zurück. Du weißt, dass ich kein Problem damit habe, dass dieser Typ dir Gesellschaft leistet. Ich denke, ich verstehe deine Bedürfnisse in dieser Hinsicht.“ Auch Marcus bewegte seine Kamera wieder hoch zu seinem Gesicht.

„Was meinst du damit?“

„Du hast einen unersättlichen Appetit. Das merke ich doch. Du verbirgst es, aber du brauchst es jeden Tag, richtig?“ Er schien mein Sexualleben wirklich gut durchschaut zu haben.

„Ich hätte das lieber nicht am Telefon besprochen“, erklärte ich lachend.

„Ich bin selbstbewusst genug, um zu behaupten, dass kein anderer Mann meinen Platz einnehmen kann. Und ich bin froh, dass es ein netter Typ ist, der sich um deine Bedürfnisse kümmert.“

„Es macht dir wirklich nichts aus?“ Es irritierte mich schon, dass er damit so gut zurechtzukommen schien.

„Nicht das Geringste. Sex macht Spaß. Es sollte einen beleben und den Tag besser machen. Ich mache da nicht so einen Zirkus drum wie viele andere Leute.“

„Marcus, ich weiß, das ist schräg ...“, begann ich, aber er unterbrach mich.

„Ist es nicht. Du entscheidest, welche Art zu leben du dir vorstellst, sonst niemand. Vertrau mir, mit ‚schräg‘ kenne ich mich aus“, sagte er lachend. „Du hast ja keine Ahnung.“

„Im Ernst?“

„Ja.“ Ich glaubte ihm. Es klang sehr entschieden. „Ich war nie ein Fan von Blümchensex. Es ist erregend zu wissen, dass du das ähnlich siehst.“

Marcus richtete die Kamera wieder auf seinen harten Schwanz, dann wieder auf sein Gesicht. Auf einmal war mir das alles unangenehm und ich wurde rot.

„Ich bin echt nervös. Ich hatte noch nie eine so große Ausstellung wie diese“, sagte ich, bemüht, das Thema wegzubringen vom Sex.

Ich hatte nicht die Nerven, Marcus zu sagen, dass ich eigentlich schon Blümchensex hatte. Trotz mehrerer Lover gleichzeitig war es im Bett mit allen ziemlich zahm. Kein irres Spielzeug oder wahnwitzige Stellungen, nicht einmal ein Dreier. Aber das hätte zu vieler Erklärungen bedurft und das war in diesem Moment einfach zu schwierig. Ich war schon froh, dass wir uns gerade gut verstanden.

„Mach dir keine Sorgen, die Leute werden dich lieben“, sagte er voller Zuversicht.

„Was machst du in Chicago?“

„Bloß arbeiten. Nichts Aufregendes.“

„Ich bin wirklich nervös wegen der Ausstellung. Ich stelle mir vor, ich gehe hin und keiner kommt. Oder noch schlimmer, sie kommen und finden meine Bilder doof. Oder dass ihre sechsjährige Tochter besser knipsen kann als ich. Diese Art der Zurückweisung könnte ich bestimmt nicht verkraften.“

„Du wirst großartig sein. Ich muss jetzt los. Tut mir leid, aber es wird etwas stressig in den nächsten Tagen. Wir sehen uns.“ Marcus legte auf, bevor ich überhaupt antworten konnte.

Nach dem Gespräch empfand ich eine tiefe Verbundenheit mit Marcus. Wir kannten uns zwar noch nicht lange und ich wusste nur wenig über ihn. Aber nach diesem Gespräch hatte ich ein anderes Gefühl für ihn. Ich wollte noch immer seine Geheimnisse ergründen, aber ich hatte kein Problem mehr damit, ein wenig zu warten, wenn er noch Zeit brauchte.

Mit der Sexualität war das eine merkwürdige Sache. Sobald jemand signalisierte, dass er kein Problem mit meinem Lebensstil hatte, fühlte ich eine stärkere Verbundenheit. Solche Verbindungen brauchte ich, sie waren ein wichtiger Teil meines derzeitigen Lebens.

Ich vollendete ein weiteres Bild und ging ins Haus. Als ich über die Wiese ging, glaubte ich, drüben in Marcus' Haus zu sehen, wie ein Licht ausgeschaltet wurde. Von meinem Wohnzimmerfenster aus beobachtete ich, ob jemand kam oder ging. Er hatte nichts davon gesagt, dass jemand anderes da sein würde, aber vielleicht war das eines seiner Geheimnisse.

Als mein Handy klingelte, war ich einen Moment lang irritiert. Es war Rob, mit dem ich gerade erst ausgegangen war. Ich setzte mich auf die Couch, um den Anruf entgegenzunehmen.

„Hey", sagte Rob. „Störe ich gerade?"

„Überhaupt nicht", erwiderte ich. „Ich hatte mich schon gefragt, wann du dich wohl melden würdest."

„Naja, meine Performance bei unserem letzten Date war ... sagen wir mal, ausbaufähig. Daher habe ich mir etwas Zeit gelassen."

Ich konnte hören, wie unangenehm es ihm war, dass er so schnell gekommen war, und musste grinsen.

„Immerhin dabei hast du dir also Zeit gelassen", witzelte ich.

„Aua."

„Komm schon, das war nur ein Scherz. Außerdem kann ich verstehen, wenn man sich bei mir nur schwer beherrschen kann."

„Ich mag deinen Humor."

„Und ich mag zweite Chancen. Willst du mir heute Abend vielleicht zeigen, was du wirklich drauf hast?" Ich war selbst überrascht, wie schnell dieses Angebot mir von den Lippen kam. Doch jetzt konnte ich es nicht mehr zurücknehmen.

„Wie der Zufall es will, bin ich gerade in der Gegend", antwortete Rob.

„Dann ist das für heute das einzige, was wir dem Zufall überlassen sollten", antwortete ich. „Ich lasse die Haustür auf und warte oben."

Ich glaubte zu hören, wie Rob aufs Gaspedal drückte, dann hatte er schon aufgelegt.

***

Ich lag splitternackt auf meinem Bett, als Rob die Tür öffnete. Wir verloren keine Worte, er zog sich ebenfalls direkt aus und legte sich zu mir. Unsere Lippen bewegten sich in einer gefühlvollen Synchronie miteinander, als wir uns leidenschaftlich küssten. Ich konnte spüren, wie er augenblicklich hart wurde.

So schnell er auch zu meinem Haus gefahren war, so merkte ich doch sofort, dass er dieses Mal im Schlafzimmer wesentlich langsamer angehen ließ. Er liebkoste meinen ganzen Körper mit Küssen, bevor er sich sinnlich dem Bereich zwischen meinen Beinen widmete. Es war herrlich. Ich spürte die Wellen der Lust durch mich gleiten, während er mich mit seiner Zunge verwöhnte, und packte ihn dabei sanft in den Haaren, um ihn an die richtigen Stellen zu führen. Als er merkte, wie ich kurz davor war zu kommen, entfernte er sich wieder.

„Langsam, junge Frau“, grinste er.

„Das aus deinem Mund“, neckte ich ihn.

Er zog sich ein Kondom über und drang langsam in mich ein. Während er auf mir lag, hielt ich mich an seinen starken Schultern fest und drückte mein Becken nach vorne. Immer fester und tiefer stieß Rob in mich hinein, bis ich laut vor Lust aufstöhnte. Ich wollte mehr. Und er auch.

Mit einer fließenden Bewegung drehte er mich auf den Bauch und ich kniete mich auf alle Viere vor ihm. Als sein harter Schwanz wieder in mich glitt, spürte ich, dass ich mich nicht mehr lange würde beherrschen können. Rob hielt mich mit beiden Händen an der Hüfte, während er immer wieder von hinten in mich stieß.

„Fuck, ist das gut!“, schrie ich, als ich den nahenden Orgasmus kommen fühlte.

Nochmals erhöhte Rob das Tempo und streichelte dabei von hinten meine Brüste, was mir vollends den Rest gab. Mit einem lauten Stöhnen gab ich mich meiner Lust hin und zuckte zusammen, als ich schließlich zum Höhepunkt kam. Kurze Zeit später spürte ich, wie auch Robs Zuckungen stärker wurden und er in das Kondom explodierte.

Erschöpft fielen wir beide nebeneinander aufs Bett.

Kapitel 12

Ich konnte einfach nicht aufhören, an dich zu denken", sagte Rob mit seiner tiefen sexy Stimme, als wir nebeneinander lagen.

„Nun, wir hatten schließlich Spaß zusammen."

„Können wir uns wiedersehen?"

„Klar. Ich bereite eine Ausstellung vor. Du bist herzlich dazu eingeladen. Aber meine anderen Lover werden auch da sein."

Manchmal wollte ich einfach nicht lange um den heißen Brei herum reden. Ich sprach es einfach aus und wartete, wie Rob reagieren würde. Ich war mir nicht einmal sicher, ob ich ihn wirklich mochte, aber er hatte mir im Bett etwas gegeben, was ich vielleicht weiter erkunden wollte.

„Wie viele?", fragte er ohne zu zögern.

„Wahrscheinlich zwei."

„Dann probierst du Typen aus? Damit kann ich leben. Keine Frau sollte sich an einen Mann binden, solange er nichts von sich gezeigt hat."

„Um ehrlich zu sein, mache ich das immer so. Ich habe mal mit drei Männern gleichzeitig zusammengelebt."

„Hast du mit allen dreien geschlafen?"

„Ja, aber nicht gleichzeitig."

Ich war der Ansicht, dass ich ihm von Anfang an klar machen sollte, was ich in meinem Leben wollte. Entweder hatte er kein Problem damit oder doch. Wenn jemand nicht grundsätzlich tolerant war in dieser Hinsicht, dann hatte es keinen Sinn.

„Dann wissen alle voneinander?"

„Ja."

„Und sie haben kein Problem damit, dich zu teilen?“

„Nein. Aber mein derzeitiges Arrangement entwickelt sich gerade erst. Und das ist keine Aufforderung, hier einzuziehen. Komm zu meiner Ausstellung, dann sehen wir, wie es sich entwickelt.“

„Warum?“ Die Frage erwischte mich ein wenig auf dem falschen Fuß.

„Warum du zu meiner Ausstellung kommen sollst?“

„Nein, warum du mehrere Lover hast und was sie davon haben. Sie müssen dich teilen, das klingt nicht vorteilhaft.“

„In deiner letzten Langzeitbeziehung, wie war das, wenn du eine Verabredung absagen musstest? Wenn du Überstunden machen musstest? Wenn du unbedingt einen Film sehen wolltest, aber niemanden hattest, der mit dir ins Kino ging?“, fragte ich, bemüht, ihm zu erklären, was mich an meiner Art zu leben so befriedigte.

„Es geht also darum, dass du dich wegen so etwas nicht aufregen musst?“, fragte Rob lachend.

„Nein, siehst du, wenn du viel zu tun hast, dann kann ich dich ermutigen, alles zu geben und die Beförderung zu bekommen, die du unbedingt willst. Wenn du eine Verabredung absagen musst, kann ich Verständnis dafür zeigen, anstatt frustriert zu sein. Und wenn du unbedingt ins Kino willst, dann gibt es Freunde, die das gern mit dir machen und ich bin nicht gezwungen, einen Film zu sehen, der mich nicht interessiert, nur um dir einen Gefallen tun zu müssen, damit wir mal was miteinander unternehmen. Es ist eine einzigartige Weise zu leben. Ich will nur wissen, ob du grundsätzlich interessiert wärst. Falls ja, komm zur Ausstellung und triff die beiden anderen Männer, die ich derzeit großartig finde.“

Rob schwieg einen Moment, als müsse er darüber nachdenken. Mein Bauchgefühl sagte mir, dass er zu der Ausstellung kommen würde. Dann stand er auf und zog sich an.

„Ich werde da sein. Du bist cool und ich möchte dich besser kennenlernen.“

„Großartig. Ich schicke dir nochmal eine Nachricht mit den Einzelheiten“, sagte ich aufgeregt.

„Das wird auf jeden Fall interessant“, erwiderte er leise und gab mir einen Abschiedskuss. „Wir sehen uns.“

Das würde in der Tat interessant werden. Ich ging davon aus, dass Marcus, Stanley und Rob sich gut verstehen würden, aber ich hatte das unbestimmte Gefühl, dass die Gruppe noch nicht komplett war. Ich hatte mir nie zahlenmäßig ein Limit gesetzt und würde das auch in Zukunft nicht tun, aber da war etwas, das Marcus gesagt hatte, das mich beschäftigte. Er meinte, er würde schräges Zeug machen und das faszinierte mich. Was konnte seiner Ansicht nach schräger sein, als mehrere Lover gleichzeitig zu haben? Ich war sehr neugierig, mehr darüber zu erfahren und wollte sehen, ob die Männer sich für eine längere Geschichte eigneten.

Ich stand vom Bett auf und ging nach unten ins Wohnzimmer, von wo ich wieder hinüber zum Haus blickte. Kein Licht ging an oder aus, draußen lief auch niemand herum. Es stand auch kein Wagen in der Einfahrt. Ich starrte eine Stunde lang hinüber, dann beschloss ich, dass ich mich geirrt haben musste. Da war niemand im Haus von Marcus.

Inzwischen war ich aber ein wenig paranoid geworden und machte einen Sicherheitsrundgang durch mein Haus, um zu schauen, ob alle Türen und Fenster verschlossen waren. Dann ging ich hinauf in mein Schlafzimmer.

Aus irgendeinem Grund hatte ich Angst. Auch wenn ich noch nicht lange hier wohnte, so war mir das Haus meiner Großeltern doch seit vielen Jahren vertraut. Noch nie hatte ich mich hier unsicher gefühlt. Ich hatte das unbestimmte Gefühl, jemand würde mich aus der Ferne beobachten und ich musste sie damit entweder konfrontieren oder so tun, als wüsste ich von nichts. Allerdings hatte ich keine Ahnung, was ich tun sollte, oder ob wirklich jemand da war, der mich beobachtete.

Es dauerte ewig, bis ich endlich einschlief, weil ich solche Angst hatte. Aber die nächste Nacht lief besser und bald hatte ich das merkwürdige Licht im Nachbarhaus vergessen.

Kapitel 13

„Also, dann erzähl mir mal mehr über diesen mysteriösen Nachbarn.“ Willow und Marv halfen mir, die Bilder in die Galerie zu tragen.

„Da gibt es nicht viel zu erzählen. Er ist mysteriös“, erwiderte ich lachend.

„Du hast weiter nichts über ihn herausgefunden? Weiß er über deinen Lebensstil Bescheid?“, fragte Marv und stupste mich spielerisch gegen die Schulter.

„Ja, weiß er.“

„Im Ernst? Und das ist okay für ihn?“, fragte Marv. Willow trat ihm gegen das Schienbein.

„Hör auf, darum geht es nicht. Es ist ihr Leben“, verteidigte sie mich.

„Um deine erste Frage zu beantworten: Nein, ich konnte bisher nicht viel über ihn in Erfahrung bringen. Ich schätze, er möchte persönliche Dinge lieber für sich behalten.“

„Du lügst uns an“, sagte Willow, blieb stehen und blickte mir fest in die Augen.

„Was? Es gibt nichts, worüber ich lügen müsste. Ich weiß nichts über ihn“, beharrte ich, während ich weitere Bilder aus Marvs Auto lud.

Willow und ich waren seit langem befreundet. Ich hätte es ihr erzählt, wenn ich etwas ganz sicher wüsste. Aber ich hatte doch selber keine Ahnung. Und ganz sicher würde ich ihr nicht sagen, dass ich ihn mit Taschen voller Waffen gesehen hatte. Zumindest würde ich davon nichts sagen, solange ich nicht wusste, warum er die hatte.

Hinter mir hörte ich Willow und Marv streiten. Er sagte ihr, sie sollte die Sache auf sich beruhen lassen, sie meinte, er hätte keine Ahnung, wovon er sprach. Es war eigentlich ziemlich unterhaltsam, den beiden beim Streiten zuzuhören. Sie waren beide gute Freunde und meinten, sie wüssten, was gut für mich ist. Ich konnte mich glücklich schätzen, sie in meinem Leben zu haben.

„Okay, Leute, ich werde euch die Wahrheit sagen. Ich bin von einem Berg gefallen und er hat mich nach Hause getragen. Wir hatten Sex. Dann hatten wir neulich noch einmal Sex. Ich bin mir ziemlich sicher, dass er zu einem Killerkommando gehört und ich habe keine Ahnung, wo er steckt oder was er tut und ich habe damit überhaupt kein Problem."

Willow brach in hysterisches Gelächter aus. Ihr Körper krümmte sich vor Lachen und sie musste sich am Tisch festhalten, um nicht umzukippen. Ich war mir nicht ganz sicher, warum sie so heftig lachte.

„Mann, Isabella, du bist so witzig. Ich liebe deinen Humor."

Manchmal war die Wahrheit besser als jede Lüge, die man erfinden konnte. Ich wusste, dass Willow mir niemals glauben würde. Ich wusste, dass sie sich nicht einmal vorstellen konnte, dass ich mit einem Fremden ins Bett gehen könnte. Aber für mich war Marcus eben kein Fremder mehr.

Es stimmte wohl, dass ich wenige Fakten über ihn kannte. Aber darüber machte ich mir nicht allzu viele Gedanken, denn immerhin lebte er im Nachbarhaus. Früher oder später würde ich schon mehr erfahren, das blieb dabei ja gar nicht aus.

„Schön, dass ich dich amüsiere", sagte ich lächelnd.

„Im Ernst, Isabella. Du solltest dich von ihm fernhalten. Was immer er tut, es ist wahrscheinlich illegal. Nur Kriminelle machen so ein Geheimnis aus ihrem Leben", meinte Marv, während er weitere Ausstellungsstücke vom Truck ablud.

„Es ist wirklich nett von euch, dass ihr euch solche Sorgen um mich macht."

„Isabella, er sieht gut aus. Könntest du dir vorstellen, mit ihm auszugehen, und zwar nur mit ihm? Wie in einer normalen Beziehung?"

Ich krümmte mich innerlich bei Willows Frage. Mir war klar, was sie damit eigentlich fragte. Sie wollte wissen, ob ich mit jemandem, der so aussah wie Marcus, ausgehen würde. Wenn ich ja sagte, würde ich auf jeden Fall irgendeinen Typen ausgraben, der ihm ähnlichsah, und eine Verabredung mit ihm vermitteln. Wenn ich nein sagte, würde sie mir jemanden andrehen, der das exakte Gegenteil von Marcus war. Ich konnte einfach nicht gewinnen.

Und dann blieb natürlich die Frage nicht aus, ob ich mich auf Marcus beschränken wollen würde. Willow bemühte sich wirklich, meinen Lebensstil zu akzeptieren, aber hin und wieder machte sie eine Bemerkung, die mir verdeutlichte, dass sie eigentlich weniger verständnisvoll war, als sie behauptete.

„Keine Ahnung. Er sieht gut aus und hat kein Problem damit, dass ich auch mit anderen ausgehe. Nicht, dass wir zusammen wären oder so."

„Ich denke, ihr beide solltet aufhören über sein tolles Aussehen zu reden", meinte Marv lachend. „Und was hat er denn dazu gesagt, dass du auch andere Männer siehst? Damit kommt er klar? Hätte ihn nicht für einen Mann gehalten, der bereit ist, zu teilen."

„Oh, Liebling, du siehst natürlich viel besser aus als er. Es gibt wirklich keinen Grund, eifersüchtig zu sein", erklärte Willow und umarmte ihren Mann.

„Er weiß über Stanley Bescheid und es macht ihm nichts aus", sagte ich. „Aber du hast recht, eigentlich wirkt er nicht wie jemand, der gern teilt. Vielleicht tut er es mir zuliebe? Ich denke übrigens auch, dass du gut aussiehst, Marv", fügte ich mit einem Augenzwinkern hinzu.

Wir lachten beide. Er hatte auf jeden Fall Sinn für Humor. Aber als gutaussehend hätte ich ihn eigentlich ehrlicherweise nicht bezeichnet. Er war groß und schlaksig, so dass man beinahe fürchten musste, eine starke Windböe könnte ihn umstoßen. Er trainierte zwar regelmäßig im Fitnessstudio, aber er schien keinerlei Fortschritte beim Muskelaufbau zu machen.

„Wenn du erst mal verheiratet bist, wirst du deinen Mann auch als den schönsten wahrnehmen, weil er das in deinen Augen dann auch ist“, sagte Willow und küsste Marv.

„Was Willow also eigentlich sagt, ist, dass du blind wirst, wenn du verheiratet bist“, meinte Marv lachend.

Die beiden waren ein so süßes Paar. Es war ermutigend, die beiden zusammen zu sehen und wie sie miteinander umgingen. Willow war der Kümmerer und Marv der Versorger, aber sie konnten auch die Rollen wechseln, wenn es nötig war. Und sie kümmerten sich sehr gut umeinander. Sie waren die traditionelle Familie, die ich mir auch dereinst erträumt hatte. Aber nachdem ich nun mit mehreren Partnern gleichzeitig zusammengelebt hatte, konnte ich mir nicht mehr vorstellen, zu einem einzigen Mann zurückzukehren. Ich liebte meine Art zu leben wirklich sehr.

„Ich bin sehr aufgeregt wegen der Ausstellung. Ich hoffe, es werden eine Menge Leute kommen“, meinte ich und versuchte das Thema zu wechseln. „Ich habe alle drei Männer in meinem Leben eingeladen.“

„Es werden bestimmt eine Menge Leute da sein. Die halbe Stadt ist mit Flyern beworfen worden und ich glaube, die Eintrittskarten sind ausverkauft. Bist du sicher, dass es so eine gute Idee ist, die drei Männer so früh schon zusammenzubringen?“

„Das sollte kein Problem sein“, beruhigte ich sie.

Ich musste grinsen. Alle Karten waren ausverkauft. Das war eine große Sache. Das hieß, es würden um die tausend Leute zu meiner Ausstellung kommen. Sie alle waren interessiert an meiner Kunst und würden vielleicht etwas kaufen wollen. Ich konnte das Geld sicherlich gut gebrauchen für die Restaurierung des alten Hauses.

„Wie viele Ausstellungsstücke hast du denn insgesamt?“, fragte Marv.

„Das sind 26. Keine Ahnung, ob sie die alle zeigen werden oder nur die besten 20, die ihnen am meisten zusagen. Der Ausstellungsraum hat eine merkwürdige Form, daher müssen wir erst mal alles hinhängen und dann sehen, wie es am besten passt.“

„Das ist echt eine große Nummer, Isabella. Wirklich groß. Darüber wird auch in den Zeitungen berichtet werden. Am Ende wirst du sogar noch richtig berühmt.“

Willows Enthusiasmus brachte mich zum Lachen. Sie war immer schon mein größter Fan gewesen und verbreitete einen enormen Optimismus im Hinblick auf meine Ausstellung. Ich hatte ein paar Bilder an Freunde und Einheimische verkauft und auch ein paar im Internet. Aber eine Ausstellung hatte ich bisher noch nie gehabt. Da kamen Menschen hin, die meine Arbeit begutachteten, sie vielleicht kritisierten, während ich direkt danebenstand. Allein der Gedanken daran machte mich super nervös.

Ich hoffte, dass Marcus es zeitlich schaffen würde zu kommen. Ich wollte ihm alles zeigen und ihn neben mir haben, als Beschützer sozusagen. Seine körperliche Präsenz würde es den meisten Leuten bestimmt schwer machen, allzu gemeine Dinge über meine Kunst zu sagen.

Marcus war eigentlich kein bedrohlicher Typ, auch wenn er so aussah. In Wirklichkeit war er nett und nur einfach ein wenig verschlossen. Vielleicht hatte er früher mal schlechte Erfahrungen gemacht und wollte sich nun davor schützen. Er wirkte, als würde er ständig etwas beschützen.

Früher oder später würde ich schon erfahren, was er beruflich machte und warum er ausgerechnet nach Bain gezogen war. Da musste eine interessante Geschichte hinter stecken.

Willow, Marv und ich brachten alle Bilder in den Ausstellungsraum und machten uns wieder auf den Heimweg. In zwei Tagen war es soweit und ich konnte mich kaum noch beruhigen. Den Rest des Tages verbrachte ich mit körperlich anstrengender Arbeit und Putzen, um mich abzulenken und erwartete die Rückkehr von Marcus.

Außerdem musste ich immer wieder an das Licht drüben im Haus denken. Ich wollte daran glauben, dass ich es mir nur eingebildet hatte, aber je länger ich darüber nachdachte, desto sicherer war ich mir eigentlich, dass wirklich jemand dort das Licht ausgeschaltet hatte, als er schon weg war. Ich würde ihm auf jeden Fall nach seiner Rückkehr davon berichten.

In der Nacht vor der Ausstellung schlief ich kaum. Meine Gedanken rasten voller Aufregung angesichts der vielen Leute, die da sein würden. Es half auch nicht, dass ich für ein paar Tage rund um die Ausstellungseröffnung in einem Hotel in der Stadt schlief.

Die Galerie meinte, es könnte ein paar Tage dauern, bevor die Käufe alle abgewickelt wären und sie mir die restlichen Bilder zurückgeben könnten. Das störte mich nicht. Ich betrachtete meinen Aufenthalt im Hotel in der Stadt als kleines Abenteuer.

Ich traf früh in der Galerie ein und machte einen Rundgang, um zu sehen, wie die Bilder zur Geltung kamen. Die Beleuchtung in dem Raum war einfach fantastisch und machte meine Bilder noch viel beeindruckender. Ich war von der Qualität meiner Fotos überzeugt, aber sie in diesem Licht zu sehen, machte es noch einmal besser.

Mein bisheriges Lebenswerk hier ausgestellt zu sehen, ließ meinen Puls beschleunigen. Ich betete still, dass hoffentlich niemand meine Arbeit schrecklich finden mochte. Mehr verlangte ich gar nicht. Nur nicht schrecklich. Sie mussten sie nicht unbedingt lieben. Aber wenn alle meine Bilder furchtbar fänden, das wäre schlimm.

Stanley wollte gleich nach der Arbeit kommen und Rob ebenfalls. Von Marcus hatte ich nichts mehr gehört, aber ich hoffte, er würde es rechtzeitig schaffen. Natürlich hatten sich neben Willow und Marv auch einige Freunde vom College angekündigt. Ich freute mich darauf, sie alle zu sehen.

„Isabella!“ Sarah, die Besitzerin der Galerie, begrüßte mich enthusiastisch.

„Hi, Sarah. Der Ausstellungsraum sieht fantastisch aus. Die Anordnung und das Licht werden meine Bilder für die Besucher besonders interessant machen.“

„Ach was! Deine Arbeit ist großartig. Ich wette, wir verkaufen mindestens die Hälfte davon heute Abend.“

Wow, die Hälfte. Ich konnte mir das gar nicht richtig vorstellen. Das wäre genug Geld, um das Haus komplett wieder zu restaurieren. Vor allem die Küche wäre nämlich ziemlich teuer. Außerdem könnte ich mich dann ein wenig entspannen und müsste mir nicht ständig Sorgen um Geld machen. Eine große Last wäre mir damit von den Schultern genommen.

„Wow, Sarah, das wäre toll. Danke, dass du so viel Vertrauen in mich setzt."

Sarah zeigte mir, wo die Bar eingerichtet worden war und wo Flyer über meine Arbeit auslagen. Sie zeigte mir den Balkon, falls ich mal durchschnaufen wollte, und ich ahnte schon, dass ich mich auf jeden Fall mal hierher verkrümeln würde im Laufe des Abends.

„Viele Künstler sind bei ihrer ersten Ausstellung ein wenig überfordert. Eine Menge Leute werden mit dir reden wollen und viele Fragen stellen. Da fällt es nicht immer leicht zu lächeln und mit jedem nett zu plaudern. Benutz den Balkon, wenn du mal eine kurze Pause brauchst. Die Treppe führt bis hinunter ins Erdgeschoss, falls du abhauen willst." Sarah zwinkerte mir zu und lachte.

„Ich denke, es wird schon gehen. Ich freue mich darauf, mit all den Leuten über meine Arbeit zu reden."

Den Rest des Nachmittags verbrachte ich in einem Hinterzimmer und versuchte ein wenig Schlaf nachzuholen. Ich war die halbe Nacht wach gewesen und wollte nicht mit dunklen Ringen unter den Augen den Besuchern der Ausstellung gegenübertreten.

Eine Stunde konnte ich immerhin schlafen, dann musste ich mich umziehen und bereit machen für die Ausstellung. Ich hatte mir ein schwarzes Cocktailkleid ausgesucht, mit dem ich in der Menge nicht auffallen würde. Der Rücken war tief ausgeschnitten und das Kleid passte mir wie ein Handschuh. Dazu hatte ich passende schwarze Pumps. Mit dem Outfit verwandelte ich mich von einer schüchternen und unsicheren Künstlerin in eine selbstbewusste Fotografin, zumindest für die Dauer der Ausstellungsshow heute Abend.

Als es losging, warteten bereits um die dreißig Leute vor der Tür darauf, eingelassen zu werden. Es war aufregend zu sehen, dass sich so viele Menschen dafür interessierten. Ich sah Rob unter den Wartenden und war erleichtert, dass ich wenigstens eine Person schon mal kannte.

Ich war so angespannt, dass ich ein paar Drinks gebraucht hatte, um meine Nerven zu beruhigen. Mein Herz raste und ich war rot vor Aufregung. Rob kam allerdings nicht direkt zu mir, um mit mir zu reden. Stattdessen überließ er es erst den anderen Besuchern, mit mir zu reden, während er sich die Ausstellung anschaute. Er trug einen schicken dunkelgrauen Anzug und eine blaue Krawatte, die das Blau seiner Augen vom anderen Ende des Raums noch leuchten ließ.

Mehr und mehr Besucher trafen ein und tummelten sich in dem Ausstellungsraum, aber nach einer Stunde war weder von Stanley noch von Marcus etwas zu sehen. Ich blieb hier und da stehen, um zu hören, was die Leute über meine Bilder dachten. Da Sarah mich noch nicht offiziell vorgestellt hatte, war es schön, sich anonym unter das Volk zu mischen. Allerdings kannten mich einige Leute doch, da ich ja Werbung für diese Veranstaltung gemacht hatte. Ich war interessiert an ihrer ehrlichen Meinung. Niemand sollte sich verpflichtet fühlen, mir falsche Komplimente zu machen. Wenn sie gewusst hätten, dass ich die Bilder gemacht hatte, wären sie vielleicht weniger aufrichtig in ihrem Urteil gewesen.

Den Leuten schien das Bild, das ich im Fallen vom Berghang gemacht hatte, besonders gut zu gefallen. Es war auch eines meiner persönlichen Favoriten. Der dunkle Kranz um den Mond herum und die Bäume am Rand des Bildes machten es ein bisschen gruselig. Es wirkte unheilvoll und das gefiel mir. Zumal jene Nacht ganz und gar nicht unheilvoll gewesen war, sondern geradezu fantastisch.

Es war die erste Nacht, in der Marcus und ich zusammen waren. Ich konnte noch immer die Ekstase spüren, die seine Hände auf meiner Haut ausgelöst hatten. Mein Körper reagierte ebenfalls bei der Erinnerung an den überwältigenden Orgasmus, den Marcus mir in jener Nacht beschert hatte.

Ich holte mein Handy hervor und schrieb Marcus eine Nachricht, um zu erfahren, ob er es noch schaffen würde. Falls nicht, war ich ihm nicht böse. Ich hatte auch so genug um die Ohren, denn gleich würde Sarah mich offiziell vorstellen. Wäre Marcus hier gewesen, hätte mich das nur noch nervöser gemacht, als ich sowieso schon war.

Er machte mich allein durch die Art, wie er mich ansah,

schon nervös. Sein Blick war immer voller Verlangen und Begierde nach mir. Damit umzugehen und gleichzeitig dieses Event geschmeidig über die Bühne zu bringen, war vielleicht ein bisschen viel auf einmal.

„Deine Bilder sind fantastisch“, sagte eine männliche Stimme hinter mir. Ich erwartete, Rob zu sehen, als ich mich umdrehte, aber da stand Stanley.

Aus irgendeinem Grund hatte seine Stimme nicht vertraut geklungen. Er sah außerdem anders aus als sonst. Er hatte sich die Haare gekämmt und trug einen maßgeschneiderten Anzug in Navy-blau. Er sah verdammt gut aus.

„Du kennst meine Arbeiten doch“, sagte ich lachend und schubste ihn ein wenig zurück.

„Schon, aber hier wirkt alles so offiziell. Du bist eine großartige Künstlerin, Isabella. Es tut mir leid, dass ich dir das nicht viel öfter gesagt habe.“

„Danke, Stanley, das weiß ich sehr zu schätzen.“ Ich umarmte ihn. Dabei fiel mein Blick auf Rob, der am anderen Ende des Raums stand und uns beobachtete.

Der Moment war gekommen, die beiden miteinander bekannt zu machen. Ich hoffte, sie würden miteinander auskommen.

„Ich möchte dich jemandem vorstellen“, flüsterte ich in Stanleys Ohr und löste mich ein wenig von ihm.

„Noch einer? Du bist ja von der ganz schnellen Truppe.“

„Es ist Rob, der Mann, mit dem ich neulich Abend aus war. Er muss mich erst noch besser kennenlernen, aber ich habe ihm von meiner Art zu leben erzählt.“

„Hast nicht damit gerechnet, dass er das okay findet, was?“ Stanley lachte, wurde aber sofort wieder ernst, als Rob in unsere Nähe kam.

„Rob, das ist mein Freund Stanley, Stanley, das ist Rob“, stellte ich sie einander vor.

„Also du und Isabella?", fragte Rob Stanley mit hochgezogener Augenbraue.

„Isabella und ich haben uns auf dem College kennengelernt. Wir haben eine Weile zusammengewohnt, aber jetzt nicht mehr. Ich halte sie für großartig."

„Ich bin geneigt, dir in diesem Punkt zuzustimmen, auch wenn ich erst einmal mit ihr aus war." Rob zog mich an sich und küsste mich.

Ich fand es immer unterhaltsam, wenn meine Männer sich gegenseitig auf die Probe stellten. Rob ging wohl davon aus, dass Stanley eifersüchtig reagieren würde, aber der war ein alter Hase in dieser Art von Beziehung. Er nippte einfach an seinem Drink und wartete, bis wir fertig waren mit küssen. Dann setzte er das Gespräch einfach fort, als wäre nichts gewesen.

„Hast du schon was verkauft?", fragte Stanley.

„Sarah hat davon bisher nichts gesagt. Ich hoffe, dass sich etwas davon verkaufen lässt."

„Hast du das im Wald gesehen?", fragte Rob an Stanley gewandt.

„Nein, bisher noch nicht."

„Das ist der Wald die Straße runter, bei meinem Haus. Du solltest es dir ansehen", sagte ich und packte die Gelegenheit bei den Hörnern. „Rob, bist du so nett und zeigst Stanley das Bild?"

„Sicher", meinte Rob und die beiden machten sich auf den Weg, während sie meine Bilder bewunderten. Eine erste Begegnung zwischen den beiden hätte kaum besser laufen können.

Kapitel 14

„Ich weiß, ihr sterbt bereits alle vor Neugier, wer denn die fantastische Künstlerin ist, die diese großartigen Bilder gemacht hat. Daher möchte ich euch nicht länger auf die Folter spannen. Begrüßt mit mir Isabella Peterson“, sagte Sarah über das Mikrofon.

Die gesamte Galerie hielt inne und blickte hinauf zu der kleinen Bühne, auf der Sarah stand. Widerstrebend machte ich mich auf den Weg zu ihr, um auch ein paar Worte zu sagen. Ich hatte unter normalen Umständen schon nicht viel zu sagen, aber vor so vielen Menschen erst recht nicht.

„Hallo alle zusammen. Ich bin so glücklich, dass ihr alle heute hier seid, um diesen besonderen Moment mit mir zu teilen. Es war ein langer Weg bis hierher und ich bin sehr stolz darauf, ab hier eine neue Reise in die Welt der Fotografie anzutreten. Ich hoffe, ihr alle habt Spaß heute Abend und meine Arbeit gefällt euch.“

Ich legte das Mikrofon beiseite und der Saal brach in Applaus aus. Damit hatte ich irgendwie nicht gerechnet. Sie applaudierten mir. Es war schwer genug, zu verstehen, dass sie meinetwegen hergekommen waren. Sie hatten sich Zeit genommen, vielleicht einen Babysitter beauftragt, nur um meine Arbeit zu sehen. Das war ziemlich überwältigend.

Sobald ich von der Bühne gestiegen war, kamen Leute zu mir, um mir Fragen zu stellen. Sie schienen jedes noch so winzige Detail über meine Arbeit wissen zu wollen. Sie fragten, wo die Bilder entstanden waren, mit welcher Kamera, mit welcher Linse, aber auch private Dinge über mich. Einer wollte wissen, ob ich Single war, ein anderer, ob ich auch Schmuddelbilder machen würde, und viele fragten nach meiner Familie.

Anfangs war es noch unterhaltsam und ich dachte immer erst einen Moment nach, bevor ich antwortete. Aber dann wurde es ermüdend, die immer gleichen Fragen zu beantworten. Ich wurde unentspannt, wenn sie mich Dinge fragten, die ich nicht beantworten wollte, vor allem über mein Privatleben. Es war bemerkenswert, dass die Leute glaubten, sie könnten mir solche Fragen mitten in einer Galerie stellen, obwohl man so etwas unter anderen Umständen nicht einfach mal so fragen würde.

Ich beantwortete also die passenden Fragen nach bestem Wissen und Gewissen, während ich die unpassenden mit einem Lachen abtat. Ich tat dann so, als sähe ich jemanden in der Menge, den ich unbedingt sprechen musste, und wanderte zum nächsten Grüppchen.

Sarah hatte recht, es war eine ziemlich überwältigende Angelegenheit. Ich hatte nicht damit gerechnet, dass wirklich jeder Anwesende offenbar mit mir reden wollte. Mir zitterten die Hände von der Überdosis Adrenalin und ich nutzte schließlich Sarahs Angebot, kurz auf den Balkon zu verschwinden.

Der Balkon war hübsch, etwa sechs Meter lang und zwei breit. Wir befanden uns im dritten Stock, aber eine Treppe führte bis hinunter auf die Straße. Ein Liegestuhl lud zum Verweilen ein und ich setzte mich hin, um die Füße einen Moment hochzulegen. Ich schloss die Augen und atmete einige Male tief durch, um mich zu entspannen. Ich streifte die Schuhe ab und ließ meine Füße ebenfalls durchatmen.

Ich dachte, ich hätte meine Augen nur für einen Moment geschlossen, aber dann erwachte ich in Panik. Ich sah mich um und versuchte herauszufinden, wo ich überhaupt war. Offenbar hatte ich deutlich länger als nur eine Minute geschlafen.

„Ich dachte schon, du wachst gar nicht mehr auf", sagte eine männliche Stimme.

Ich sprang auf und sah mich um.

Marcus kam aus der Dunkelheit von der anderen Seite des Balkons. Er trug einen maßgeschneiderten schwarzen Anzug und sah zum Anbeißen aus. Ich hatte ihn nie in so formeller Kleidung gesehen und hatte es mir auch nicht vorstellen können. Er sah aus wie ein Filmstar und ich konnte nicht aufhören ihn anzustarren.

Selbst im Dunkeln sah er aus wie ein Typ, der sämtliche weibliche Gäste in der Galerie mühelos hätte abschleppen können. Er hätte nur flirten und ein wenig lächeln müssen und jede einzelne Frau wäre mit ihm nach Hause gegangen, da war ich mir sicher.

Er bewegte sich ins Licht und ich prägte mir den Anblick gut ins Gedächtnis ein. Ich hatte ihn nie für einen Anzugtypen gehalten, aber verdammt, er sah wirklich gut darin aus.

„Wie lange habe ich geschlafen? Wie spät ist es?“

„Keine Ahnung, wann du eingeschlafen bist, aber ich stehe seit zwanzig Minuten hier draußen, während du da geschlummert hast.“

„Da drin ist die Hölle los. Ich kriegte keine Luft mehr. Ich weiß nicht, ob ich noch mal wieder reingehen kann.“

„Da sind eine Menge Leute“, stimmte er mir zu. „Ich habe sogar deinen Lustknaben getroffen - und noch einen zweiten?“ Marcus blickte mich fragend an.

„Ja, beide sind meine.“

„Tja, dann ist mein spezieller Fetisch ja vielleicht gar kein Problem für dich“, sagte er spielerisch.

„Wir können später darüber reden“, sagte ich lachend. „Aber jetzt sag mir bitte, ob sich der Saal schon ein wenig leert? Es war einfach überwältigend da drin.“

Ich wollte mich nicht beklagen über meine Ausstellungseröffnung. Ich war unendlich dankbar für die Chance, die ich bekommen hatte. Aber ich stand kurz vor einer Panikattacke und nur hier auf dem Balkon mit Marcus hielt ich es aus. Ich stand auf und wollte ihn umarmen, aber er setzte sich stattdessen und forderte mich mit einer Geste auf, neben ihm Platz zu nehmen.

„Das ist zu eng für zwei“, widersprach ich lachend.

„Ach was“, meinte er.

Er nahm meine Hand und zog mich auf seinen Schoß. Seine Lippen trafen auf meine und wir küssten uns voller Leidenschaft. Ich spürte seine Hand unter meinem Kleid. Binnen weniger Sekunden hatte er mir den Slip ausgezogen.

Ich wollte ihn aufhalten, aber ich wollte auch seine Berührungen auf meinem Körper spüren. Mein Verstand rang mit meinem Körper. Der Abend war so anstrengend gewesen und ich wusste, wie ich am besten den Stress loswerden konnte.

Natürlich gewann am Ende mein Körper.

Marcus öffnete den Reißverschluss seiner Hose und holte sein Ding raus. Ich konnte im schwachen Licht auf dem Balkon erkennen, dass er hart war. Er pulsierte vor Erregung und der Aussicht, in mich einzudringen.

Er streifte sich schnell ein Kondom über, packte mich und setzte mich auf seinen Schwanz. Ich glitt ganz auf ihn und bewegte mich mit seinen Stößen. In mir hatte sich so viel Energie angestaut, ich brauchte dringend Erlösung. Ganz dringend.

Marcus' Stöße tief in mich hinein brachten mich schnell meinem Höhepunkt näher. Ich konnte nichts zurückhalten, während ich auf und ab glitt auf seinem Schwanz. Ich würde kommen. Marcus hörte auf, mich zu ficken.

Er hielt mich ganz fest und verhinderte so, dass ich mich auf ihm bewegen konnte.

Er hob mich von sich herunter und stellte mich neben dem Stuhl ab. Dann stand er auf, drehte mich herum und beugte mich über das Geländer. Ich liebte es, wie er das Kommando übernahm.

Unten konnte ich Leute auf der Straße sehen. Aber zum Glück war niemand darunter, den ich kannte. Das hätte ihn nicht davon abgehalten, mich zu nehmen, aber es war gut zu wissen, dass uns niemand Aufmerksamkeit schenkte.

Er drang hart und schnell in mich ein. Ich stöhnte auf und er legte mir eine Hand auf den Mund. Immer härter fickte er mich und genoss die erstickten Geräusche, die ich unter seiner Hand hervorstieß.

Es war so befreiend, hier draußen auf dem Balkon von Marcus gevögelt zu werden. Ich hätte nie davon fantasiert und wahrscheinlich würden wir es nie wieder so tun. Aber heute Nacht war es genau das Richtige.

Ich klammerte mich am Geländer fest, als seine Stöße in

mich immer noch heftiger wurden. Zum Glück hatte Marcus noch immer die Hand auf meinem Mund, denn inzwischen schrie ich vor Lust und man hätte mich sonst unten auf der Straße gehört. Als er ein letztes Mal in mich stieß, spürte ich die explosionsartige Befreiung und hörte auf zu schreien. Mein ganzer Körper erstarrte. Das lustvolle Kribbeln, das mich in Wellen durchlief, war genau das, was ich brauchte, um die Ausstellung über die Bühne zu bringen.

Noch ganz benommen suchte und fand ich meine Schuhe. Aber der Slip war verschwunden. In der Dunkelheit konnte ich ihn nirgends entdecken. Ich musste ohne ihn auskommen.

Marcus ging hinüber zur Tür und wartete auf mich, damit wir gemeinsam reingehen konnten.

„Mist, ich sollte wohl wirklich wieder reingehen, aber es ist so überwältigend da drin. Die Leute stellen mir eine Million Fragen. Ich dachte, das Schlimmste, was passieren könnte, wäre, wenn sie meine Bilder nicht mögen. Aber sie sehr zu mögen ist offenbar auch ein Problem."

Marcus sagte nichts, sondern öffnete einfach die Tür und winkte mich durch. Er nahm meinen Arm und ich hielt mich an ihm fest, während ich ihm meine Bilder zeigte.

Als wir beim vierten Bild angekommen waren, lachte Marcus.

„Was ist so lustig?", fragte ich.

„Ich habe deinen Slip in meiner Hosentasche", sagte er mit einem aufreizenden Grinsen.

Es war jetzt zu spät, sich darüber noch Gedanken zu machen. Ich lachte ebenfalls und wir gingen weiter zum nächsten Bild. Es war schön, ihn an meiner Seite zu haben, denn es hielt einige Leute davon ab, mir Fragen zu stellen. Ich hatte wirklich die Nase voll davon, immer wieder dieselben Antworten zu geben.

Meine Arbeiten schienen ihm zu gefallen und er schaute sich jedes Bild sehr genau an. Er fragte nichts und es interessierte ihn auch nicht, wo ich die Bilder gemacht hatte oder mit welcher Kamera. Er genoss einfach den Anblick. Das gefiel mir.

„Hey, Leute“, sagte Stanley. Er und Rob gesellten sich zu uns, als wir vor einem der Bilder stehengeblieben waren.

„Stanley, das ist Marcus, richtig? Es ist doch Marcus?“, fragte Rob, als die drei einander die Hände schüttelten.

Marcus war sich seiner Position in diesem Vierer sehr sicher. Er hielt mich mit einem Arm fest und reichte die andere Hand zum Gruß. Ich war ganz versessen darauf, einen Mann wie Marcus in meiner Sammlung zu haben. Ein Mann, der ein Alphatier war, sowohl in seinem Leben als auch in unserer Beziehung. Der aber gleichzeitig entspannt genug war, mich mit anderen teilen zu können. Er war wie ein Fabeltier in meiner Welt und ich war fest entschlossen, ihn zu behalten.

„Ja, ich bin Marcus“, erwiderte er. „Du bist Stanley, wenn ich mich recht erinnere? Und wer bist du?“, fragte er an Rob gewandt.

„Rob“, sagte er sachlich.

„Ah, ich erinnere mich. Du hast neulich Isabellas Haus verlassen, da habe ich dich gesehen.“

„Wo lebst du denn? Direkt nebenan?“, fragte Rob lachend.

„Ja“, antwortete Marcus trocken.

„Marcus ist kürzlich erst nebenan eingezogen“, fügte ich hinzu, um die Stimmung ein wenig zu glätten. „Er ist beruflich viel unterwegs.“

„Wow, okay. Also wohnen Stan und Marcus ganz in deiner Nähe. Dann bin ich wohl der Außenseiter“, meinte Rob mit einem nervösen Lachen.

„Ja, bist du“, sagte Marcus mit unbeteiligter Miene.

Ich konnte erkennen, dass Marcus Rob ärgerte, ihn verunsichern wollte. Aber ich war mir nicht sicher, ob Rob das verstand. Er wand sich und suchte nach einer Möglichkeit, sich aus dem Gespräch zu verabschieden.

„War nett, euch alle kennengelernt zu haben, aber ich muss jetzt mal los. Kann ich dich morgen anrufen, Isabella?“ Er sah erst mich an, dann Marcus neben mir.

„Ich bringe dich noch bis zur Tür“, sagte ich und löste mich aus der Umarmung von Marcus. Ich wollte schnell ein paar Worte mit Rob wechseln und nahm ihn am Arm, um mit ihm durch die Galerie nach draußen zu gehen. „Danke, dass du gekommen bist. Tut mir leid, wenn Marcus dich etwas nervös machen wollte.“

„Nein, ist schon gut. Ich würde mich an seiner Stelle auch nicht anders benehmen.“

„Ich würde wirklich gern noch mal mit dir ausgehen, wenn du möchtest.“

„Im Ernst? Das möchtest du?“ Er wirkte überrascht.

„Ja, möchte ich.“ Ich zog ihn an mich. „Ich habe unsere gemeinsame Nacht sehr genossen. Das hat Spaß gemacht. Und darum geht es doch im Leben, oder? Darum, Spaß zu haben.“

Rob blickte zurück zu Stanley und Marcus, die sich offenbar unterhielten und nicht in unsere Richtung sahen. Diese Art zu daten war ganz eindeutig neu für Rob und es war klar, dass es ihn nervös machte.

„Okay, ich rufe dich an und wir machen etwas aus“, sagte er und küsste mich mit mehr Leidenschaft als bei unserem Date. „Mir hat es auch gefallen mit dir, auch wenn das alles sehr neu ist für mich. Aber ich möchte dich gern wiedersehen und der Rest ergibt sich dann schon irgendwie.“

„Perfekt. Dann wünsche ich dir noch eine angenehme Nacht.“ Ich winkte ihm nach, als er über die Straße zu seinem Auto ging.

Als ich zu Marcus und Stanley zurückkehrte, sprachen sie gerade über ein örtliches Footballteam. Ich wollte nicht unbedingt mit beiden gleichzeitig in der Öffentlichkeit Händchen halten, aber Stanley blieb dicht bei uns, als ich mich wieder mit Marcus aufmachte, um ihm meine Bilder zu zeigen. Wann immer die Leute uns in Ruhe ließen, kam Stanley zu uns zum Reden. Er war wirklich gut darin, diesen Lebensstil in der Öffentlichkeit zu bewältigen.

Wann immer Leute uns ansprachen, stellte ich Marcus als

Freund vor, auch wenn ich das Gefühl hatte, wir wären mehr als das. Ich hatte tiefe Empfindungen für ihn und es sah so aus, als ginge es ihm ebenso.

Es gefiel ihm jedoch nicht, sich mit den Leuten zu unterhalten, und er sah genauso gequält dabei aus wie ich, zumindest anfangs. Aber nach den ersten Grüppchen hatte er sich angepasst und meisterte das souverän. Man hätte meinen können, er hätte eine neue Persönlichkeit übergestreift, um den Abend leichter überstehen zu können. So war er in Wirklichkeit nämlich nicht, sondern eher der zurückhaltende Typ.

Ich genoss es, ihn mit anderen Leuten zusammen zu beobachten, auch wenn seine Persönlichkeit nur aufgesetzt war. Er war lustig und clever. Die Männer wollten wie er sein und die Frauen wollten ihn vögeln. Er gab jedem im Gespräch sofort ein gutes Gefühl.

Es war allerdings auch ein wenig beängstigend zu sehen, wie schnell er in eine andere Rolle schlüpfen konnte. Er war fröhlich und witzig, nippte an seinem Wein und redete über Politik. Das war nicht der Marcus, den ich kannte. Mir fiel wieder ein, dass er gesagt hatte, sein Job hätte mit Polizei und Sicherheit zu tun. Vielleicht konnte er sich deshalb so schnell auf neue Situationen einstellen und den Menschen so begegnen.

Er konnte sie lesen, wusste mit ihnen umzugehen und passte seine Persönlichkeit entsprechend an. Wahrscheinlich wäre er ein Meister bei Undercover-Jobs. Er schien sich mühelos jeder Umgebung anpassen zu können.

Marcus hatte den Arm um meine Taille gelegt, als gehörte ich ihm, und das fühlte sich großartig an. Sein Selbstbewusstsein im Umgang mit den Leuten ließ mich endlich auch ein wenig lockerer werden und den Abend genießen. Ich war glücklich, dass er es geschafft hatte zu kommen, ebenso wie Stanley und Rob. Es bedeutete mir viel, dass sie alle drei meine Arbeit unterstützten.

„Isabella, ich kann dir heute Abend noch keine verbindlichen Zahlen nennen. Bist du noch ein paar Tage in der Stadt?“, fragte Sarah, als sich der Abend dem Ende zuneigte.

„Ja, ein paar Tage bleibe ich noch.“

„Gut, wie wäre es, wenn du dir morgen einen schönen Tag in der Stadt machst und ich rufe dich dann an, wenn ich die genauen Verkaufszahlen habe? Du müsstest dann noch ein paar Unterlagen unterschreiben, bevor du die Stadt verlässt."

„Das klingt gut für mich. Ich wohne noch zwei Nächte im Marriott Hotel. Ich wollte die Stadt noch ein wenig genießen, bevor ich wieder heimfahre. Mir fehlt das Stadtleben." Ich sah Stanley und Marcus an und zuckte mit den Schultern. Ich hatte beiden nicht erzählt, dass ich noch in der Stadt bleiben würde.

„Umso besser. Dann wünsche ich noch einen schönen Abend und wir sehen uns morgen."

Sarah wandte sich einer anderen Gruppe von Leuten zu.

„Müssen wir die Bilder morgen wieder abholen?", fragte Marcus.

Ich freute mich, dass er wir gesagt hatte. Plante er etwa, die Nacht mit mir zu verbringen? Das wäre toll. Mit ihm in einem schicken Hotel.

„Oh, ich frage mal, wie viele." Ich wollte mich auf den Weg machen, aber Marcus hielt mich am Arm fest.

„Nein, ich mache das. Setz dich hin und schone deine Füße. Stan, kümmere dich um unser Mädchen", befahl Marcus.

„Er gefällt mir", meinte Stan und zog meine Füße auf seinen Schoß, um sie zu massieren. „Er ist anders. Irgendwie schräg."

„Schräg? Im Ernst?"

„Ja, er tut so, als wäre er ein schlimmer Finger, aber eigentlich ist er ein netter Typ. Ich glaube, ihr beide werdet gut miteinander klarkommen. Und ich auch. Schön, mal mit jemandem über Football reden zu können. Außerdem lebt er hier, das ist ein Pluspunkt."

„Verkaufst du mich gerade an ihn?", fragte ich lachend.

„Ein bisschen, vielleicht. Ich glaube, du brauchst ihn in deinem Leben. Ich bin nicht so männlich wie er", erwiderte er lachend und wackelte mit seinem kleinen Bäuchlein.

Stanley war keineswegs dick. Er war schlank und gut in Form, aber er hatte eben ein kleines Bäuchlein. Mir gefiel er. Er war weich und zart, ebenso wie seine Persönlichkeit. Aber es war gut zu wissen, dass er nichts gegen Marcus hatte und er ihn auch zu mögen schien.

Offenbar verstanden die beiden sehr genau, was ich wollte und brauchte. Marcus wusste, mir taten die Füße weh, Stanley sorgte für Linderung. Da gab es nichts zu meckern. Der Gedanke, dass Marcus Teil meines Lebens sein könnte, machte mich ganz kribbelig.

Kapitel 15

„Wirst du die Nacht in der Stadt verbringen?“, fragte ich Marcus, als wir mit Stanley die Galerie verließen.

„Hm, ich weiß noch nicht. Ich bräuchte ein Hotelzimmer und eine heiße Dusche. Hast du zufällig eine Ahnung, wo ich beides finden könnte?“

„Dann wünsche ich euch beiden noch eine unterhaltsame Nacht. Ich muss zurück in die Stadt“, unterbrach Stanley ihn. „War nett, mit dir zu plaudern, Marcus. Ich hoffe, wir sehen dich ab jetzt öfter.“

„Ich bin froh, dass Isabella dich in der Nähe hat, wann immer ich nicht da bin. Ich bin mir sicher, es liegt dir sehr viel an ihr. Das finde ich gut“, erklärte Marcus ernst.

„Das stimmt.“

„Dann sind wir schon zu zweit.“ Marcus umarmte Stanley kurz. „Pass auf dich auf und fahr vorsichtig, Mann.“

„Gute Nacht euch beiden.“ Stanley ging zu seinem Auto.

Mir gefiel die Art, wie Marcus auf Stanley reagiert hatte. Es wunderte mich, dass er bisher keinerlei Erfahrungen mit dieser Art von Beziehung hatte, denn er schien hervorragend damit zurechtzukommen. Marcus war ruhig und gelassen angesichts der Tatsache, dass es außer ihm noch zwei weitere Männer in meinem Leben gab. Das war sehr erfrischend.

„Wie es der Zufall will, habe ich ein sehr nettes Hotelzimmer. Du kannst da duschen und auf der Couch übernachten.“ Ich zwinkerte Marcus zu.

Ich nahm seinen Arm und wir gingen die Straße hinunter zum Marriott Hotel. Es war eine wunderschöne Nacht, die Sterne funkelten am Himmel. Für meine erste Ausstellung hätte es nicht schöner sein können.

Wir betraten das Hotel wie ein frisch verliebtes, junges

Paar. Marcus erzählte mir etwas Lustiges über einen der Besucher bei der Ausstellung und ich kicherte und legte meinen Kopf auf seine Schulter. Alles fühlte sich so natürlich und angenehm an, dass ich es mir für immer einprägen wollte. Ich war neugierig darauf, Marcus in einer anderen Umgebung zu erleben.

Als wir den Fahrstuhl betraten, kam ein weiteres junges Paar hinzu. Der Junge nahm die Hand des Mädchens und sie lachten beide. Es war so süß. Marcus und ich schauten einander an. So jung und unschuldig zu sein, das war etwas Besonderes. Ich erinnerte mich noch genau, wie schnell ich mich damals verliebte und wie kompliziert alles immer war. In dem Alter verstand man noch nicht, was wahre Liebe wirklich war.

Sobald das junge Paar wieder ausgestiegen war, zog Marcus mich an sich und küsste mich. Ich liebte den Geschmack seiner Zunge. Da war das Aroma von Rotwein und Schokolade, gemischt mit den Hors d'oeuvres von der Party. Meine Zunge spielte sanft mit seiner, während seine Hände meinen Rücken auf und ab strichen.

Als der Fahrstuhl auf unserer Etage anhielt, nahm Marcus meine Hand und zog mich auf den Flur, wo er den Kuss fortsetzte.

Ich fühlte mich wie ein Teenager, wie ich hier auf dem Gang des Hotels mit ihm rummachte. Es war spontan und witzig.

Während unsere Lippen einander erkundeten, drängte ich mich immer enger an ihn. Gleichzeitig suchte ich nach meinem Zimmerschlüssel, ohne den Kuss unterbrechen zu wollen. Schließlich musste ich das aber doch tun, um meine Handtasche zu durchsuchen.

„Welches Zimmer?“, fragte Marcus.

„1205“, erwiderte ich. Marcus nahm mir die Karte ab, als ich sie endlich in den Untiefen der Handtasche gefunden hatte, und nahm mich wieder bei der Hand.

Dann eilte er mit mir im Schlepptau den Gang entlang zu meinem Zimmer. Schnell öffnete er die Tür und schob mich ins Zimmer. Sofort öffnete er mir das Kleid. Es glitt zu Boden und ich stand nackt vor ihm.

Das Begehren in seinen Augen war intensiv und ich konnte den Blick nicht davon abwenden. Es war mir etwas unangenehm, so entblößt vor ihm zu stehen.

„Hast du auch nur die geringste Ahnung, wie schön du bist?“

Marcus kam auf mich zu, fasste mein Gesicht mit beiden Händen und küsste mich. Das stürmische Drängen war jedoch verflogen und er war wieder sanft und zärtlich. Ich mochte diese Seite an ihm. Es war ein krasser Gegensatz zu seiner harten, muskulösen Erscheinung.

Ich zog ihm das Jackett aus und machte mich daran, sein Hemd aufzuknöpfen. Der Stoff fühlte sich teuer an, ich war mir sicher, so etwas noch nie zuvor angefasst zu haben. Der Anzug war auf jeden Fall maßgeschneidert, das Hemd sicher auch. Alles saß wie angegossen.

Langsam fuhr ich mit meinen Händen zu seinem Gürtel hinunter und öffnete ihn. Sein Becken drängte sich mir entgegen. Er wollte mehr. Aber anstatt den Reißverschluss der Hose zu öffnen, rieb ich mit der Hand über den Stoff, der seinen Schwanz noch bedeckte.

Sein Becken kreiste im Einklang mit meinen Bewegungen. Das gefiel ihm offenbar. Er wollte, dass ich sein Ding auspackte.

Das tat ich dann auch und ging sofort auf die Knie und nahm ihn in den Mund. Sein lustvolles Seufzen ermutigte mich, ihn noch tiefer in mir aufzunehmen. Mein Mund bewegte sich im Rhythmus mit seinen Hüften. Ich legte eine Hand an, um ihn zu massieren, während ich ihm einen blies. Hand und Mund bewegten sich auf und ab auf seinem Schaft.

Langsam und zielstrebig brachte ich ihn so dem Höhepunkt näher. Ich konnte bereits ein paar Tropfen Ejakulat schmecken. Das veranlasste mich, damit aufzuhören, ihn zu reiben und ihn etwas runterkommen zu lassen.

Das gefiel Marcus ganz und gar nicht. Er packte mich und zog mich auf die Füße. Voller stürmischer Leidenschaft küsste er mich. Er wollte mich ficken, das war offensichtlich. Ich spürte seinen Drang, mich umzudrehen, auf das Bett zu werfen und in mich einzudringen. Aber er tat es nicht.

Seine Küsse wurden langsamer und intimer, dann setzte er sich auf das Bett und zog mich mit sich.

Während seine Lippen weiterhin mit meinen spielten, erkundeten seine Hände meinen Leib. Mit den Fingern kniff er mir in eine Brustwarze. Ich stöhnte auf und verlangte nach mehr. Ich liebte seine Hände auf mir. Das war genau das, was ich brauchte.

Dieses Mal dämpfte er mein Stöhnen nicht mit der Hand auf meinem Mund, sondern wollte offenbar immer noch mehr von mir hören, während er meinen Nippel drehte, drückte und zwickte.

Ich legte mich auf den Rücken und versuchte, ihn auf mich drauf zu ziehen. Ich wollte ihn in mir spüren, wollte die Explosion der Lust in mir fühlen. Aber er ließ es nicht zu. Stattdessen genoss er es, mich zu necken und meine Erregung immer weiter zu steigern.

Seine Hände waren zärtlich und bewegten sich federleicht über meine Haut. Ich bekam eine Gänsehaut, wo immer er mich berührte, um meine Lust ins Unendliche zu strecken.

Eine Stunde verbrachten wir mit Küssen und Streicheln, dann legte Marcus sich auf mich und drang in mich ein. Wir waren beide verschwitzt, was zu meiner Erregung noch beitrug. Seine Muskeln unter einer Schicht von Schweiß zu fühlen machte mich an. Es war gut zu wissen, dass selbst ein so durchtrainierter Mann ins Schwitzen geriet, wenn er mit mir rummachte.

Während unsere Körper sich im Gleichklang bewegten, spürte ich eine tiefere Verbindung mit Marcus als je zuvor. Ich entwickelte ernsthafte Gefühle für ihn, aber das war nicht gut, denn ich kannte ihn ja eigentlich kaum.

Mit einem lustvollen Orgasmus brachen wir beide auf dem Bett zusammen. Langsam machte sich die Erschöpfung dieses anstrengenden Tages bemerkbar. Ich war schon nach kurzer Zeit eingeschlafen, eng an Marcus geschmiegt und so glücklich wie schon seit Monaten nicht mehr.

***

Am nächsten Morgen erwachte ich vom Klingeln des Hoteltelefons. Es erschreckte mich und ich brauchte einen Moment, um es überhaupt zu finden. Ich fuhr mit der Hand über das Bett und spürte Marcus neben mir. Das half mir, mich zu orientieren.

„Isabella, ich habe alle deine Fotos verkauft!“, rief Sarah am anderen Ende der Leitung so laut, dass ich sie wahrscheinlich auch ohne Telefon von der Galerie aus hätte hören können.

„Was? Alle? Bist du ganz sicher?“ Ich setzte mich ruckartig im Bett auf. „Das kann ich gar nicht glauben! So was habe ich ja noch nie gehört! Bist du wirklich ganz sicher?“

„Ja, absolut. Und einige haben sich sogar versucht, gegenseitig zu überbieten für das Bild in den Wäldern. Es ist für 20.000 Dollar verkauft worden.“

„Ach du meine Güte!“ Ich stand auf und ging zum Fenster. „Wirklich, Sarah? Ich kann es nicht fassen. Mir fehlen die Worte.“

„Und alle wollten wissen, wann du die nächste Ausstellung machst und ob du noch mehr Arbeiten fertig hast. Hast du noch weitere Bilder?“

„Himmel, nein! Mehr habe ich nicht vorbereitet. Ich meine, ich habe gefühlt eine Million Fotos, aber es hat mich Monate gekostet, diese auszuwählen. Ich kann meine Bilder noch einmal durchgehen, um zu sehen, ob noch ein paar Schätzchen dazwischen sind. Ich könnte bestimmt eine weitere Ausstellung bestücken. Aber ein paar Monate wird das sicherlich dauern.“ Ich war geradezu atemlos vor Aufregung.

„Das wäre großartig. Ich würde gern noch eine Ausstellung mit dir machen, wann immer du dafür bereit bist. Ich stelle dir jetzt erst einmal den Scheck aus mit den Zahlungen, die bereits eingegangen sind. In zwei Wochen folgt dann der Rest, was eine noch größere Summe sein wird, abzüglich meiner Kommission, selbstverständlich.“

„Ich danke dir für die tolle Organisation und wie du alles zusammengestellt hast. Das war großartig. Ich hätte kein einziges Bild verkauft, wenn du nicht Werbung gemacht und all diese Leute mobilisiert hättest. Die Kommission hast du dir wahrlich verdient."

„Mach dir einen schönen Tag, Isabella. Feiere ordentlich. Du bist ein echter Hit. Ich habe das Gefühl, das ist erst der Anfang."

„Danke nochmal, Sarah", sagte ich und legte auf.

Ich stand am Fenster und blickte hinaus auf die Stadt. Es war unglaublich. Ich konnte nicht fassen, dass all meine Bilder verkauft worden waren. Erst recht nicht zu dem Preis. Ein Traum war wahr geworden. Dabei hatte ich mir nicht einmal gestattet, ihn zu träumen.

Mein Leben war nie ein Märchen gewesen und das war auch gut so. Ich hatte früh gelernt, dass jeder sein Päckchen tragen musste. Aber das sollte mich nie davon abhalten, glücklich zu sein.

„Du weißt, dass du nackt an einem Fenster stehst, oder?", fragte Marcus und richtete sich halb im Bett auf.

„Nun, dann muss die Stadt eben mit meinem nackten Anblick klarkommen."

„Ich denke nicht, dass irgendjemand Einwände hätte. Also gab es gute Neuigkeiten von der Ausstellung?"

„Absolut großartige Neuigkeiten! Ich habe alles verkauft. Kannst du dir das vorstellen?"

„Ja."

Er sagte es so schnell und überzeugt, dass ich ihn einfach in den Arm nehmen musste. Es war toll, diesen Moment mit jemandem teilen zu können. Es war außerdem toll, jemanden bei sich zu haben, der mich so gut beruhigen konnte.

So lange ich zurückdenken konnte, hatte ich immer schon eine Angststörung. Das stand mir oft im Weg und machte viele Dinge kompliziert und schwierig. Manchmal konnte ich nicht einmal in den Supermarkt gehen zum Einkaufen. Einen Freund an meiner Seite zu haben half mir oft, mich zu beruhigen. Als ich mit mehreren gleichzeitig zusammenlebte, gab mir das ein gutes Gefühl, denn ich konnte davon ausgehen, dass immer jemand da sein würde, den ich mitnehmen könnte, wenn ich unter Leute ging. Das war einer der Gründe, warum ich mit diesem Lebensstil so gut zurechtkam.

„Ich kann es nicht glauben. Eines der Bilder ist für 20.000 Dollar unter den Hammer gekommen. Das ist doch der helle Wahnsinn!"

„Welches denn?"

„Das mit dem Mond über den Bäumen. Das ich gemacht habe, als du mich nach Hause getragen hast", erklärte ich lachend.

Ich musste nicht hinzufügen, dass das auch die Nacht war, in der er mich ins Schlafzimmer hinaufgetragen hatte. Und ich musste auch nicht erwähnen, dass sich diese Nacht für immer in meine Erinnerungen eingeprägt hatte.

„Hmm, ich erinnere mich sehr genau an diese Nacht", sagte Marcus und küsste mich.

Er ging hinüber zum Telefon und wählte, selber komplett nackt so wie ich. Es war unmöglich, den Anblick nicht ausgiebig zu genießen. Das brachte mich auf den Gedanken, etwas Neues zu probieren.

„Ja, wir sind in Zimmer Nr. 1205. Wir brauchen Erdbeeren und Champagner, bitte."

„Was? Es ist acht Uhr morgens, bist du wahnsinnig?", fragte ich und zog mir schnell ein T-Shirt und Shorts an.

Sein Lächeln war sehr verheißungsvoll und er zwinkerte mir zu, nachdem ich ihn als wahnsinnig bezeichnet hatte. Ich hielt ihn natürlich nicht wirklich für geisteskrank, aber ich hätte schon gern mehr über ihn erfahren. Es musste mehr in ihm stecken als ein Muskelpaket, das ständig zu meiner Rettung kam.

„Ich werde aber nur ein Glas trinken, denn ich möchte nach Hause und in mein eigenes Bett. Ich bin total erschöpft. Irgendjemand hat mich die ganze Nacht wachgehalten." Ich schubste Marcus spielerisch gegen die Wand.

„Nur ein Verrückter würde so etwas tun“, meinte er und zwinkerte mir erneut zu.

Er zog mich an sich und ich ließ meinen Kopf an seine Brust sinken. Seine Arme um mich zu spüren, gab mir ein Gefühl von Sicherheit. Als ob mir nichts und niemand auf der Welt etwas anhaben konnte. Ich mochte dieses Gefühl und ich mochte auch seine Arme um mich.

Als der Champagner gebracht wurde, ließ Marcus den Korken knallen und schüttete uns beiden ein Glas ein. Es war das allererste Mal, dass ich Champagner trank und er schmeckte fantastisch. Natürlich blieb es doch nicht bei einem Glas und schon bald lag ich auf dem Bett und schlürfte an meinem dritten oder vierten Glas und aß dazu Erdbeeren, während Marcus neben mir saß.

Es war mit Abstand eine der besten Feiern, die ich je hatte. Dass sie so schlicht war, machte sie umso besser. Dass Marcus da war, machte es perfekt. Und das Wissen, dass Marcus mit meinem Lebensstil einverstanden war, machte es noch besser. Ich hätte in diesem Moment nicht glücklicher sein können.

Glücklicherweise hatte Marcus nur ein einziges Glas getrunken und konnte daher noch fahren. Wir machten eine Sightseeing-Tour durch die Stadt, die ich nutzte, um mich vor der Heimfahrt noch ein wenig zu entspannen. Eigentlich war es unser erstes Date. Etwas merkwürdig, ein erstes Date zu haben, wenn man bereits mehrfach Sex miteinander gehabt hatte. Aber normal war in meinem Leben ja selten etwas.

Wir fuhren in die Innenstadt, vorbei am Baseball-Stadium der Kansas City Royals. Ich war zwar nicht unbedingt ein Baseball-Fan, aber ein so großes Stadium war schon interessant.

Gegen fünf am Nachmittag kehrten wir ins Hotel zurück, um unsere Sachen zu holen und heimzufahren. Ich war wieder nüchtern genug, um selber fahren zu können und wollte unbedingt in meinem eigenen Bett schlafen. Außerdem wollte ich Marcus in meinem Bett haben, aber darüber würde ich auf dem Heimweg noch reichlich nachdenken können.

Kapitel 16

Ich folgte Marcus mit dem Wagen die ganze Strecke bis nach Hause. Er fuhr sehr langsam, was wahrscheinlich mir geschuldet war. Da ich ihn ja bereits mal zum Flughafen verfolgt hatte, wusste ich, dass er eigentlich nicht fuhr wie eine alte Oma. Ich mochte den Gedanken, dass er es ausschließlich für mich tat.

Wir fuhren in unsere Garagen und verabschiedeten uns vor der Tür für die Nacht. Es war schon beinahe Mitternacht und ich war total erschöpft. Sobald ich im Bett lag, würde ich sofort einschlafen.

„Dann gute Nacht“, sagte Marcus und nahm mich in den Arm.

„Nacht.“ Ich ging zum Haus, drehte mich dann aber noch einmal zu ihm um. „Willst du mit reinkommen?“

Er zögerte keine Sekunde und kam zu mir. Sein Enthusiasmus war süß. Wir hatten den ganzen Tag miteinander verbracht und er wollte trotzdem noch mit reinkommen. Das gefiel mir.

„Ausgezeichnete Idee“, meinte er und betrat mein Haus.

„Ob du was davon hast, bezweifle ich allerdings, denn ich bin ziemlich müde“, meinte ich.

„Ich bin zufrieden, wenn ich neben dir einschlafen kann. Ich knuddle dich wie wild.“ Er gab mir mit seiner Hüfte einen kleinen Stoß.

Und genau so machten wir es. Wir waren beide so müde, dass wir uns gerade erst hingelegt hatten und schon eingeschlafen waren, vollkommen bekleidet. Wir waren nicht einmal mehr unter die Bettdecke gekrabbelt.

Es war das erste Mal, dass ich mit Marcus schlafen ging, ohne dass wir zuvor Sex gehabt hatten. Streng genommen war es das erste Mal seit sehr langer Zeit, dass ich so etwas tat. Nach unserer ersten Begegnung hätte ich so etwas nicht einmal erwogen. Aber wir waren uns seither nähergekommen und dies war ein weiterer Schritt in diese Richtung.

Irgendwann in der Nacht waren wir doch unter die Decke gekrochen, denn das alte Haus war ziemlich zugig. Es war schön, neben Marcus einzuschlafen. Das machte meinen Schlaf deutlich erholsamer, zu wissen, dass er neben mir lag.

Kurz vor Sonnenaufgang erwachte ich und sah Marcus am Fenster stehen und zu seinem Haus hinüberschauen. Er versteckte sich offenbar vor jemandem und hatte die Jalousie nur einen winzigen Spalt weit geöffnet. Ich wollte gerade einen Scherz darüber machen, als mir klar wurde, dass es ernst war.

„Was ist los?“, fragte ich und stand auf, noch immer mit dem T-Shirt und der Shorts vom Vortag bekleidet.

„Ich glaube, jemand ist in meinem Haus.“

Ich kam näher und wollte ebenfalls durch die Jalousie spähen, aber Marcus hielt mich zurück.

„Lass mich doch schauen. Was ist denn los? Warum sollte jemand in deinem Haus sein?“

Marcus ignorierte meine Fragen und wählte eine Nummer auf seinem Handy. Ich dachte, er wählt vielleicht den Notruf oder so. Die nächste Polizeistation war allerdings eine halbe Autostunde entfernt. Hier gab es selten etwas für die Sheriffs zu tun.

„Sie sind hier. Wie schnell kannst du kommen?“, fragte Marcus in sein Handy.

„Wer ist wo?“, fragte ich und trat an das andere Fenster, um hinauszusehen.

Ich hielt die Vorhänge geschlossen und spähte nur durch einen winzigen Spalt. Marcus hatte recht. Da waren Leute in seinem Haus. Man konnte sehen, wie sich die Vorhänge bewegten. Genau wie neulich, als ich dachte, ich hätte jemanden bemerkt. Aber dieses Mal bestand kein Zweifel.

„Als du weg warst, hatte ich auch den Eindruck, dass da

drüben jemand war. Aber ich sah es nur einmal und war mir nicht ganz sicher."

„An welchem Tag war das?"

„Ich glaube, es war die Nacht, nachdem du abgereist warst."

„Okay."

Marcus wandte sich wieder an seinen Gesprächspartner am Handy. Ich konnte nicht alles hören, was sie sprachen, aber es klang so, als sollten sie herkommen. Er war ruhig und kontrolliert, so als wüsste er, was vor sich ging, und hätte schon damit gerechnet. Ich verstand nicht, wie er so ruhig bleiben konnte angesichts der Tatsache, dass jemand in seinem Haus war.

„Wenn deren Team uns hier aushelfen könnte, wäre das gut. Schick sie her, sobald es geht."

Ich stand am Fenster und blickte abwechselnd zum Haus und zu Marcus. Ich verstand nicht, was vor sich ging. Aber die Veränderung, die gerade in Marcus passierte, sagte mir, dass es etwas Gefährliches sein musste.

„Ich muss sicher sein, dass du mir vertraust. Vertraust du mir, Isabella?", fragte Marcus eindringlich.

„Ja", antwortete ich ohne zu zögern.

Eigentlich war das an sich schon merkwürdig nach dem, was ich bisher so von ihm mitbekommen hatte. Aber so fühlte ich eben, mein Bauchgefühl sagte mir, ich konnte ihm vertrauen.

„Versteck dich im Wandschrank und komm nicht eher wieder heraus, bis ich es dir sage. Egal, was du von draußen hörst. Auch wenn du nach einer halben Stunde noch nichts von mir gehört hast. Du musst im Schrank bleiben, bis ich dich raushole, okay? Wirst du das tun?"

Ich sah ihn an und versuchte alles zu verstehen, was er mir mitteilen wollte. Ich hatte mich seit der Grundschule nicht mehr im Schrank versteckt. Was zur Hölle konnte so schlimm sein, dass ich mich dafür im Schrank verkriechen sollte? Ich sah nicht ein, warum ich nicht einfach im Zimmer bleiben konnte. Wer auch immer bei ihm einbrach würde doch nicht auch zu mir rüberkommen? So sah ich es zumindest.

„Im Schrank? Ist das dein Ernst? Wieso?“, fragte ich und blickte zum Fenster, um zu verstehen, was die Leute da drüben wohl tun mochten, dass er so furchterregende Andeutungen machte.

„Isabella, das ist eine sehr ernste Angelegenheit. Hör mir zu. Kannst du bitte in den Schrank steigen?“

Marcus führte mich zum Wandschrank und schob ein paar Dinge an die Seite. Er ließ mich einsteigen und schob die Kleider dann wieder vor mich.

„Wie lange soll ich denn hier drin hocken?“

„Bis ich dich raushole.“

„Meinetwegen.“

Ich hörte, wie Marcus ein paar Dinge im Zimmer hin und her schob, dann ging er. Es war heiß und stickig im Schrank, aber ich bemühte mich, so lange wie möglich auszuharren. Das dauerte nicht länger als eine Minute, dann richtete ich mich auf und lief im engen Wandschrank auf und ab. Es gab ein winziges Fensterchen, durch das ich rausgucken konnte, aber es war unmöglich, zu erkennen, was drüben vor sich ging. Also öffnete ich die Schranktür und ging zum Fenster, um das Haus von Marcus zu beobachten.

Ich war noch nie ein folgsames Kind gewesen und ich mochte Versteckspiele überhaupt nicht. Ich musste einfach wissen, was los war. Ich hätte im Leben nicht still abwarten können. Da ich vom Schlafzimmerfenster aus nichts erkennen konnte, machte ich mich auf den Weg zur Treppe. Nur vom Fenster im Wohnzimmer aus hätte ich einen guten Blick.

Ich wusste, Marcus würde nicht allzu glücklich darüber sein, wenn er mitbekam, dass ich nicht auf ihn gehört hatte.

Ich beobachtete ihn auf seinem Weg zu seiner Haustür. Er wirkte wie ein Soldat oder Polizist. Nichts und niemand hätte ihn ablenken können, er war hochkonzentriert.

Er hatte eine Waffe gezogen und hielt sie schussbereit nach unten gerichtet. Ich hatte ihn noch nie so ernst gesehen. Es war beängstigend und erregend gleichzeitig. Ich hatte außerdem keine Vorstellung, woher er plötzlich die Waffe hatte, denn die hatte er definitiv nicht bei sich gehabt, als wir zusammen im Bett lagen. Vielleicht hatte er sie in der Jacke gehabt. Aber ich hatte ihn noch nie mit einer Waffe gesehen, wenn er bei mir war.

Ich dachte daran, in den Wandschrank zurückzukehren, aber hier war ich doch eigentlich genau so sicher, fand ich. Falls mich jemand entführen wollte, würde er mich früher oder später auch im Schrank finden.

Ich sah zu, wie Marcus um sein Haus herumging. Er ging von Fenster zu Fenster und schaute hinein.

In den Actionfilmen trat der Held immer gleich die Tür ein und platzte ins Haus. Ich wartete darauf, dass etwas passierte, aber Marcus suchte weiterhin von außen alles ab. Er zeigte eine immense Geduld mit den Leuten, die sich im Haus befanden.

Dann schien er etwas zu bemerken, als er durch das Fenster an der Vorderfront blickte. Mit einer schnellen Bewegung trat er die Tür ein. Ich öffnete mein Fenster, um besser hören zu können, aber es gab nur schwache Geräusche aus dem Haus. Ich konnte nicht hören, was gesprochen wurde. Dann wurde plötzlich geschossen und ich rannte hinüber zu seiner Haustür. Ich hatte keine Ahnung, ob ich etwas ausrichten konnte oder auf was ich mich da selber einließ, aber ich würde mit Sicherheit nicht zulassen, dass Marcus etwas geschah.

Noch während ich hinüberlief, kam ein schwarzer SUV in die Einfahrt geschossen. Einer der Männer, die ich mit Marcus am Flughafen beobachtet hatte, kam auf mich zu. Er war ebenso konzentriert und ernst und ich blieb stehen.

„Geh zurück ins Haus. Schließ die Türen ab und komm nicht heraus."

Ich hinterfragte das nicht, denn er trug eine halbautomatische Waffe. Ich drehte mich um und kehrte in mein Haus zurück. Ich war immens erleichtert, dass jemand anderes gekommen war, um Marcus zu helfen.

Mir kam der Gedanke, dass die Leute wirklich dringend nach etwas suchten, wenn sie erneut in sein Haus eingedrungen waren. Es musste entweder sehr wertvoll oder sehr wichtig sein. Oder sie wollten Marcus und kamen deshalb immer wieder.

Ich verriegelte die Tür hinter mir und schob ein paar Möbel davor. Dann machte ich einen Rundgang durch das Haus und achtete darauf, dass es keine andere Möglichkeit gab, reinzukommen. Auch dort schob ich Möbel vor die Türen.

Dann kehrte ich zurück zum Vorderfenster, um zu sehen, was drüben los war. Wieder wurden Schüsse abgefeuert. Die Männer, die mit dem SUV gekommen waren, schossen auf die Leute im Haus. Es war wie im Film. Allerdings hörte ich mehr, als dass ich sah, was vor sich ging.

Ein einzelner Schuss fiel, dann folgten wieder mehrere schnell hintereinander. Es klang auf jeden Fall nach mehreren Schützen.

Mir wurde immer banger ums Herz je länger ich zusah, ohne tatsächlich etwas sehen zu können. Ich hielt es nicht länger aus und öffnete die Tür, um zu Marcus hinüberzugehen. Ich spürte, dass ich beobachtet wurde, allerdings wusste ich nicht von wem.

Ich atmete tief durch und schlich mich langsam näher heran. Ich war barfuß und huschte über das Gras. Die Stille war beängstigend. Die Schüsse hatten irgendjemanden verstummen lassen.

Es fielen keine weiteren Schüsse mehr. Stattdessen kam einer der Männer, die Marcus gerufen hatte, aus dem Haus und rannte zum SUV hinüber. Ich konnte ihn mit jemandem telefonieren hören und war zu Tode erschrocken von seinen Worten.

„Charlie Tango 9, einer unserer Officers ist angeschossen worden. Wir brauchen Unterstützung. In zivil."

Ich stand mucksmäuschenstill zwischen den Steinen in Marcus' Vorgarten und versuchte, einen Blick durch das Fenster zu erhaschen, um zu verstehen, was drinnen vor sich ging.

Der Mann kehrte mit einem Erste-Hilfe-Koffer ins Haus zurück und ich konnte jemanden stöhnen hören. Ich konnte noch immer nichts erkennen. Also ging ich zur Vordertür.

Ich hatte keine Ahnung, was los war. Ich wusste nur, der Mann, für den ich Gefühle entwickelte, befand sich in diesem Haus. Ich musste herausfinden, wie es ihm ging und ob er vielleicht Hilfe brauchte.

„Was ist los?“, fragte Stanley plötzlich hinter mir. Er kam über meinen Garten zum Haus von Marcus gerannt.

Ich hatte zwar keine Ahnung, aber Stanley konnte ich hier und jetzt gerade gar nicht gebrauchen. Ich nahm ihn bei der Hand und zog ihn zur Garage meines Hauses, ohne ein Wort zu sagen, bis wir außer Sichtweite von Marcus' Haus waren.

„Marcus hatte einen Notfall. Keine Ahnung, was genau los ist, aber du solltest dich besser fernhalten.“

„Nicht ohne dich“, meinte Stanley und hielt mich so fest wie noch nie zuvor. „Wenn es gefährlich ist, solltest du auch nicht hier sein. Komm mit zu mir nach Hause. Wir rufen die Polizei.“

„Ich glaube, Marcus ist die Polizei“, sagte ich leise. „Besser, wir halten uns da raus. Seine Leute sind schon da und ich sage dir Bescheid, sobald ich mehr weiß, okay? Geh nach Hause.“ Ich schob ihn ein Stück. „Marcus wird auf mich aufpassen. Du weißt das.“

„Ja“, meinte Stanley zögernd und ging weg.

Ich wusste, er würde die Polizei rufen. Stanley würde nicht einfach weggehen und die Sache auf sich beruhen lassen. Aber damit konnte ich mich im Augenblick nicht befassen. Ich hatte noch immer nichts von Marcus gesehen und musste einfach wissen, ob es ihm gut ging.

Niemand stand an der Haustür, also ging ich hinein, bis ins Wohnzimmer. Was ich sah, war schlimmer als in jedem Fernsehdrama. Mir wurde klar, warum niemand mehr die Haustür bewachen musste.

Zwei Männer lagen am Boden, offenbar erschossen. Einer blickte mit starren Augen zur Decke, der andere lag auf dem

Bauch. Um sie herum hatte sich eine große Blutlache gebildet. Ich hatte das Gefühl, jeden Moment in Ohnmacht zu fallen.

Niemand sonst befand sich im Wohnzimmer. Ich vermutete, sie waren im zweiten Schlafzimmer, wo Marcus die Taschen mit den Waffen gelagert hatte.

Ein weiterer SUV kam in die Einfahrt und zwei weitere Männer stiegen aus. Sie sahen eher wie Buchhalter aus, nicht wie Polizisten. Es war alles höchst verwirrend. Sie schauten mich fragend an.

„Wo ist er?“

Ich deutete auf das Hinterzimmer. Ich wusste zwar nicht genau, wen sie meinten, aber ich nahm an, dass sich alle in dem Hinterzimmer befanden. Niemanden schien es zu kümmern, dass ich hier war. Die Gefahr schien gebannt mit dem Tod der beiden Männer auf dem Teppich im Wohnzimmer.

Von Marcus hatte ich noch immer nichts gesehen. Inzwischen machte ich mir ziemliche Sorgen. Aber auf dem Flur standen Männer, die mich sicher nicht einfach ins Zimmer lassen würden.

Also blieb ich im Wohnzimmer und bemühte mich, nicht die Leichen anzuschauen. Es fiel mir schwer, mein Blick wanderte automatisch immer wieder zu ihnen hin. Ich war mir sicher, dass ich diesen Anblick mein Leben lang nicht mehr vergessen würde.

„Lasst ihn uns rausbringen!“, rief einer der Männer. Die Leute im Flur setzten sich in Bewegung. Ich versuchte, aus dem Weg zu gehen und in die Küche auszuweichen. Nervös wartete ich darauf, was sich tun würde. Sie brachten jemanden aus dem Hinterzimmer.

Ich dachte, Marcus wäre vielleicht einer der Ersthelfer bei dem Verletzten. Er musste ja nicht zwangsläufig derjenige sein, der angeschossen worden war. Wahrscheinlich dramatisierte ich es viel zu sehr und Marcus würde gleich gesund und munter aus dem Zimmer treten.

Dann sah ich ihn. Der schlimmste Anblick, den ich mir hätte vorstellen können.

Marcus wurde von zwei schwarz gekleideten Männern rausgetragen. Er selber trug noch ein blaues T-Shirt und Cargoshorts. Er wirkte vollkommen deplatziert neben den beiden Männern, denn eben noch hatte er genau so neben mir im Bett gelegen. Er war voller Blut und sah aus, als würde er nur mit Mühe bei Bewusstsein bleiben.

„Marcus, bist du in Ordnung?“, fragte ich.

Er antwortete nicht.

Kapitel 17

„Marcus! Marcus!“, schrie ich.

Die Männer trugen ihn zum SUV und setzten ihn auf den Rücksitz.

„Ich komme mit euch“, sagte ich und wollte ebenfalls einsteigen.

Erst jetzt wandte sich einer der Männer zum ersten Mal an mich.

„Nein, das geht nicht. Wir bringen ihn ins Krankenhaus. Sobald wir mehr wissen, wird dich jemand informieren“, sagte einer der Männer ganz in schwarz.

Sie schlossen die Wagentür und fuhren davon, mich mitten auf der Straße zurücklassend. Im Haus waren die beiden anderen Männer noch beschäftigt. Aber ich wollte nicht noch einmal hineingehen und die toten Körper auf dem Boden sehen.

Ich blickte mich um und verstand, wie isoliert man eigentlich in Bain lebte. Tagsüber war niemand zu Hause, manche kamen sogar nur am Wochenende heim. Hier war der Teufel los gewesen, Schüsse waren gefallen, aber niemand hatte es bemerkt oder hätte die Polizei rufen können, außer vielleicht Stanley. Aber das war auch schon der einzige.

Meine Beine drohten nachzugeben und ich ging hinüber zu den Stufen meiner Veranda. Der Adrenalinschub war etwas zu viel gewesen. Ich hatte das Gefühl, mich übergeben zu müssen. Meine Hände zitterten vor Angst und der kalte Schweiß brach mir aus.

Ich beugte mich vor und stützte meinen Kopf in meine Hände, bemüht, mich nicht zu übergeben. Die Übelkeit drohte mich zu überwältigen.

„Bist du in Ordnung?“, fragte mich einer der Männer, die drüben noch im Haus geblieben waren.

„Ich bin mir nicht ganz sicher, ehrlich gesagt.“

„Ich helfe dir ins Haus, wenn du möchtest. Marcus hat gesagt, wir sollen darauf achten, dass du okay bist.“

Er schien nett zu sein, ich hatte ihn zuvor mit Marcus am Flughafen gesehen. Ich antwortete nicht, aber ich versuchte, aufzustehen. Er fasste mir unter den Arm und half mir, auf die Beine zu kommen.

„Ich heiße Isabella“, sagte ich, als wir ins Haus gingen.

„Ich weiß. Ich bin Zed.“

Ich lächelte ihn an, als er mir half, mich auf die Couch zu setzen. Er legte mir ein paar Kissen zurecht und ich ließ mich darauf niedersinken. Er verschwand kurz in der Küche und kam mit einem Glas Wasser und Salzgebäck wieder.

„Danke.“

Aber meine Hände zitterten so sehr, dass ich nicht trinken konnte. Also nahm Zed mir das Glas wieder ab und hielt es mir an die Lippen. Das war eine sehr nette Geste. Ich kannte den Mann zwar nicht, aber wenn Marcus ihm aufgetragen hatte, sich um mich zu kümmern, und er es so bereitwillig tat, musste er wohl zu den Guten gehören.

Er war sehr gutaussehend. Nicht ganz so sehr wie Marcus, aber immerhin. Zed hatte ein jungenhaftes Gesicht und schien eher in meinem Alter zu sein. Er schien mir zu jung, um das zu tun, was auch immer Marcus tat.

„Du siehst etwas mitgenommen aus. Kann ich dir irgendetwas holen?“

„Nein, das wird schon wieder. Ich möchte einfach nur wissen, wie es Marcus geht. Er sah ziemlich übel aus.“

„Meiner Ansicht nach ist die Kugel sauber durch die Schulter gegangen. Sollte kein Problem sein, wenn erst einmal die Blutung gestoppt ist.“

Zed wirkte sehr entspannt, was ja vielleicht hilfreich war bei seinem Job. Allerdings war Marcus normalerweise auch sehr entspannt. Und dennoch war er nun angeschossen worden und befand sich auf dem Weg ins Krankenhaus. So locker zu sein war vielleicht doch nicht ideal in dem Job.

Zed hatte hellbraunes Haar, das sehr kurz geschoren an den Seiten war, oben dafür ein wenig länger. Ich fand es schwierig, ihn ernst zu nehmen mit den zwei süßen Grübchen und dem perfekten Lächeln. Der einzige Grund, warum ich ihm noch zuhören konnte, war der, dass ich ihn mit Marcus am Flughafen gesehen hatte. Zed schien ein sehr intensiver Mann zu sein, der mich mit starkem Begehren betrachtete. Aber er riss sich zusammen und benahm sich vorbildlich. Vielleicht hatte es auch damit zu tun, dass ich so aussah, als würde ich mich jeden Moment übergeben.

Dann erst wurde mir bewusst, dass Zed gesagt hatte, er wüsste, wer ich war. Sofort fragte ich mich, was Marcus ihm und den anderen Männern wohl von mir erzählt hatte.

„Du wirkst, als hättest du schon eine Menge Schießereien mitgemacht", sagte ich lachend. „Das scheint dir alles gar nichts auszumachen."

Zed sah zunächst nicht so aus, als wollte er darauf eingehen. Dann jedoch, vielleicht weil ich mit Marcus befreundet war, erzählte er mir mehr, als ich erwartet hatte.

„Ja, ich habe schon eine Menge schlimme Dinge gesehen. Einem Freund von mir wurde der Hals aufgeschlitzt. Viele von uns wurden schon mal angeschossen oder mit Messern attackiert. Es ist auch nicht das erste Mal, dass Marcus angeschossen wurde. Ich mache mir keine allzu großen Sorgen um ihn. Ich wette mit dir, er ist bald wieder hier, um sicherzugehen, dass ich mich auch wirklich gut um dich kümmere."

Ich hatte den Eindruck, dass in Zeds Ton etwas Sexuelles mitschwang. Sicher hatte Marcus ihm doch wohl nicht gesagt, er sollte herkommen und mit mir schlafen? Das war lächerlich. Aber ich konnte nicht verhehlen, dass ich mir Zed im Bett vorstellte. Er war anbetungswürdig. Aber ich hielt mich zurück, denn ich machte mir im Moment vor allem Sorgen um Marcus.

„Warum machst du das? Ich meine, das ist doch offensichtlich ein gefährlicher Job. Wieso begibst du dich permanent in Gefahr?"

Ich wollte es wissen. Wurde es gut bezahlt? Half der Job, um Frauen abzuschleppen? Warum würde irgendjemand einen Job wählen, bei dem er mitansehen musste, wie seine Freunde abgemurkst wurden?

„Wir retten Menschen. Es gibt nichts besseres, als zu wissen, dass man die Bösewichter von der Straße holt und sie ihre Anhängerschaft verlieren."

Ihre Anhängerschaft? Ich fragte mich, was das für Leute waren, die sie da von der Straße holten. Es klang eher so, als würden Marcus und seine Leute für Kopfgeldjäger arbeiten. Vielleicht konnten sie es sich daher leisten, mit dem Privatjet zu reisen. Oder vielleicht gab es einen mächtigen Finanzier, der ihre Operationen bezahlte. Ich wollte Zed jedoch nicht mit Fragen löchern, er musste wieder an seine Arbeit und drüben den Tatort säubern.

„Was werdet ihr mit den beiden toten Männern machen?"

Zed lächelte einfach. Es war ein Lächeln, das mir deutlich sagte, dass ich die Antwort darauf nicht wissen wollte. Er stand auf und sah mich auf eine Weise an, die mir durch und durch ging. Mir wurde ganz warm unter diesem Blick. Das schwarze T-Shirt spannte sich, als er die Muskeln spielen ließ. Er trug mehrere Waffen an der Hüfte und ans Bein geschnallt. Ich konnte mir nicht helfen, das machte mich an.

„Ich gehe dann mal wieder rüber. Bist du okay?"

„Ja, es geht schon wieder. Danke." Ich musste den Blick abwenden.

Zed verließ das Haus und ich stand auf, um ihm vom Fenster aus nachzublicken. Eigentlich war er viel mehr mein Typ als Marcus. Vom Alter und Aussehen her passte er besser in mein Beuteschema. Er war süß und freundlich, nicht so zornig und gefährlich wie Marcus. Aber ich hätte mir auch im Leben nie träumen lassen, dass ein Typ wie Marcus mit einer Frau wie mir etwas hätte anfangen wollen.

Jetzt saß ich hier und machte mir Sorgen um ihn. Ich wusste nicht einmal, in welches Krankenhaus sie ihn gebracht hatten. Ich kannte ja nicht einmal seinen Nachnamen! Wie sollte ich da überhaupt Informationen über seinen Gesundheitszustand bekommen?

Hoffentlich würde Zed zu mir zurückkommen, um mich auf dem Laufenden zu halten. Ich hoffte außerdem, dass er recht hatte und die Kugel Marcus wirklich nicht lebensgefährlich verletzt hatte oder bleibende Schäden an der Schulter hinterließ.

***

Ich schlief bald vor Erschöpfung ein und erwachte erst wieder mitten in der Nacht. Ich hatte einen Albtraum und saß plötzlich schweißgebadet in meinem Bett. Ich blickte mich um, mein Herz raste. Ich musste sofort nachsehen, ob ich wirklich alle Türen verschlossen hatte.

Ich stand auf und ging zur Haustür, die ich nicht verriegelt hatte, nachdem Zed gegangen war. Meine Angst wuchs.

Langsam ging ich von einem Zimmer zum nächsten. Ich schaltete das Licht ein und sah mich um, dann ging ich weiter. Ich konnte mich erst entspannen, als ich jeden Winkel des Hauses abgesucht und festgestellt hatte, dass es keine Eindringlinge gab.

Ich wusste selber nicht genau, was ich hätte tun wollen, falls es einen Eindringling gegeben hätte, aber mir wäre bestimmt etwas eingefallen.

Als ich mich wieder auf die Couch setzte, strömten zahllose Gefühle auf mich ein. Ich wollte nicht allein sein. Ich wollte herausfinden, wo Marcus war, damit ich bei ihm sein konnte. Es war schon zu spät, um noch mal zu Marcus rüberzugehen. Eigentlich war ich mir nicht einmal sicher, ob ich da je wieder ins Haus gehen wollte. Der Gedanke an die beiden Toten auf dem Teppich im Wohnzimmer war sofort wieder sehr lebendig in meiner Erinnerung.

Das Fernsehen bot nur wenig Ablenkung. Ich konnte nur schwer erfassen, was eigentlich los war. Ich war immer einsam gewesen, hatte mich in meinem Haus versteckt und um die Liebe meines Lebens getrauert. Auf einmal starrte ich auf den Fernseher und versuchte die Tatsache zu verdrängen, dass ich Leichen gesehen hatte und dass der Mann angeschossen worden war, für den ich Gefühle entwickelte.

Ich hätte gern Willow alles erzählt, aber ich wusste nicht, ob Marcus das recht war. Immerhin war sein Job offenbar ziemlich geheim und ich wollte ihn nicht zusätzlich in Gefahr bringen, indem ich anderen Leuten davon erzählte. Streng genommen wusste ich nach wie vor nicht, was genau der Job eigentlich war. Also sollte ich das wohl zunächst mit Marcus besprechen.

Auf einmal hörte ich Geräusche hinter meinem Haus. Sofort schlug mir das Herz bis zum Hals.

Mir kam der Gedanke, dass die Männer, die im Haus von Marcus gewesen waren, die Absicht hatten, ihn zu töten. Und nun saß ich hier, ganz allein und schutzlos. Was, wenn sie zurückgekehrt waren, um Marcus endgültig zu erledigen? Was, wenn sie wussten, dass ich mit ihm zu tun hatte?

Mein ganzer Körper zitterte vor Angst. Wie konnte Zed mich nur einfach so allein zurücklassen? Ich dachte, er sollte ein Auge auf mich haben? Hatte er Marcus nicht versprochen, auf mich aufzupassen? Meine Tür unverschlossen und mich allein zu lassen, das war keine Art, sich zu kümmern. Ich musste mich dringend wieder beruhigen.

Ich versuchte durchzuatmen, aber meine Lungen wollten einfach nicht mitmachen. Ich schloss die Augen, versuchte, mich zu konzentrieren, aber meine Atmung beruhigte sich nicht. Dann hörte ich ein Klopfen an der Hintertür und hätte beinahe laut aufgeschrien.

Wer klopfte denn um diese Zeit an meine Tür? Es war fast schon vier Uhr in der Frühe.

Ich wollte nicht zur Hintertür gehen. Ich wollte nicht, dass sie mich sahen. Ich atmete durch, so gut es ging, und machte mich auf den Weg in die Küche.

Ich konnte durch das Fenster zwei Gestalten in der Dunkelheit erkennen, die auf meiner Veranda standen. Da ich im Haus alle Lichter anhatte, war es schwierig, draußen irgendetwas zu erkennen. Aber da sie keine Anstalten machten, einzubrechen, ging ich etwas näher heran.

„Marcus!“, schrie ich, als ich erkannte, wer da stand. „Und Stanley! Was macht ihr denn da draußen?“

„Ich habe hier draußen gehockt, seit Zed weg ist“, antwortete Stanley. „Er hat mir gesagt, ich soll die Augen offenhalten, bis er mit Marcus zurückkehrt.“

Ich ging schnell zu den beiden hin und wollte sie in die Arme nehmen, als ich bemerkte, dass Marcus einen Arm in einer Schlinge trug. Also umarmte ich zunächst Stanley und tätschelte Marcus nur behutsam.

„Ich habe mir solche Sorgen um dich gemacht“, sagte ich zu ihm.

„Hey, Babe.“ Er zwinkerte mir zu.

„Sag nicht ‚Hey Babe‘ zu mir. Ich bin fast wahnsinnig geworden. Wo warst du? Bist du in Ordnung? Wer waren diese Männer? Warum waren die hinter dir her?“

„Ich betrachte das als mein Stichwort, abzuhauen. Ich bin froh, dass es dir einigermaßen gut geht, Marcus. Ich schaue morgen wieder rein bei euch beiden, ob ihr etwas braucht.“ Stanley und Marcus verabschiedeten sich per Handschlag. „Pass auf dich auf und lass dich von dieser Frau hier nicht zu sehr strapazieren.“

„Danke für deine Hilfe und dass du aufgepasst hast“, meinte Marcus.

Als er sich wieder mir zuwandte, hielt er einen Finger an seine Lippen als Zeichen, dass ich den Mund halten sollte. Dann betrat er meine Küche und schloss die Tür hinter uns. Seine blauen Augen schauten mich an und er küsste mich.

Sofort waren all meine Sorgen verschwunden, während unsere Zungen sich leidenschaftlich begegneten. Meine zitternden Lippen wurden durch seine Liebkosungen beruhigt.

Ich wusste nicht, wo ich ihn anfassen durfte, da ich ihm nicht wehtun wollte, daher umschlang ich seine Hüfte.

Es fühlte sich so gut an, ihm nahe zu sein und ihn an meinem Körper zu spüren. Ich war erleichtert zu wissen, dass er in Sicherheit war und niemand ihn mir wegnehmen konnte. Jedenfalls nicht in diesem Augenblick.

Mein Körper entspannte sich endlich und ich schmiegte mich an Marcus. Er hielt mich sicher umschlungen, niemand konnte mir in seinen Armen etwas antun. Das war ein perfektes Ende für einen furchtbaren Tag. Jetzt musste er mir aber endlich sagen, was eigentlich vor sich ging.

Es konnte nicht angehen, dass diese Übeltäter die Sicherheit meiner Freunde und meine eigene gefährdeten. Ich wollte nicht, dass sie jemals wiederkamen und Menschen in Gefahr brachten, die ich liebte.

„Komm und setz dich“, sagte ich und nahm ihn bei der Hand, um mit ihm zur Couch hinüberzugehen.

Ich hätte mich furchtbar gern lautstark aufgeregt über alles, was passiert war, aber ich nahm an, dass Marcus das nicht sonderlich gut auffassen würde. Stattdessen setzte ich mich ans andere Ende der Couch und wartete stumm ab. Er musste von allein anfangen zu reden.

Die angespannte Stille hielt eine gefühlte Ewigkeit an, aber ich wollte keinesfalls die erste sein, die sie durchbrach.

„Es tut mir leid, was gestern war“, sagte er schließlich.

„Ja, das war schlimm. Ich bin froh zu sehen, dass es dir gut geht. Ich dachte, sie hätten dich umgebracht. Ich bin fast durchgedreht.“

Mein Vorsatz, stark zu bleiben, hatte sich ziemlich schnell in Luft aufgelöst und ich spürte die Tränen in mir aufsteigen. Mein ganzer Körper wurde von Heulkrämpfen geschüttelt, als ich an die Ereignisse des Tages zurückdachte.

Marcus rutschte näher zu mir heran und legte seinen gesunden Arm um mich. Er zog mich an sich und wir saßen eine Weile wieder schweigend da. Dieses Mal brach keiner von uns das Schweigen.

Das Gefühl seines starken Armes um mich war genau

richtig. Genau so sollte es sein. Ich war total erschöpft und Marcus neben mir zu wissen, gab mir genug Ruhe, damit ich einfach an seiner Schulter einschlief. Marcus schlief ebenfalls ein, sein Tag war ja noch viel schlimmer gewesen als meiner.

Immerhin fünf Stunden konnten wir schlafen, bis uns die Sonne weckte, die durch die Fenster schien und uns wärmte. Ein neuer Tag war ein neuer Anfang. Auch für uns beide.

Das Gefühl seiner Lippen auf meinen war wundervoll. Sein Körper reagierte auf unsere Berührungen und ich konnte spüren, wie sein Schwanz steif wurde. In seinen Augen brannte das Verlangen und ich sah ihm an, dass er überlegte, wie er mich nehmen konnte, ohne dass sein verletzter Arm in Mitleidenschaft gezogen wurde.

Er packte mich mit seinem gesunden Arm und zog mich rittlings auf seinen Schoß. Ich spürte seinen erregten Schwanz zwischen meinen Beinen und rieb mich an ihm.

Unsere Münder begegneten einander voller Leidenschaft und er öffnete mit einer Hand meinen BH. Ein nützliches Talent, das mit einer Hand zu können. Dann griff er nach meinen Shorts und zog daran. Ich hob den Hintern hoch und schob sie bis zum Boden runter.

In der Zwischenzeit hatte er seine Hose aufgeknöpft und versuchte, sie mit einer Hand auszuziehen. Ich half ihm dabei und er hob seinerseits den Hintern, damit ich sie ihm ausziehen konnte. Sein Schwanz kam mir dabei sehr nahe und ich konnte nicht anders, ich musste ihn einfach in den Mund nehmen.

Er war hart und voller Verlangen. Ich konnte sehen, dass Marcus mich dringend wollte und das vergrößerte meine Begierde noch mehr. Sein erregter Schwengel tanzte vor meiner Nase herum, als wollte er mich locken. Ich wollte ihn in mir tanzen spüren. Ich wollte mehr Leidenschaft spüren als je zuvor.

Er zog mich am Arm, bis ich auf seinem dicken Schwengel aufsaß. Als ich ihn in mir aufnahm, drang er tief in mich ein. Ich rutschte ein wenig hin und her, um ihn noch weiter reinzukriegen.

Ich legte meinen Kopf an seine Halsbeuge und bewegte meine Hüften vor und zurück. Meine Lippen neckten seinen Hals und sein Ohr und ich stöhnte vor Lust, während wir uns miteinander bewegten.

Meine Klitoris rieb über seine harten Bauchmuskeln und ich spürte, wie mich das schnell meinem Orgasmus näherbrachte. Ich hielt mich mit beiden Armen um seinen Nacken geschlungen an ihm fest und bewegte mich immer heftiger auf ihn nieder. Ich war kurz davor zu kommen.

„Komm für mich, Baby“, sagte Marcus und packte meinen Arsch.

Er drückte mich auf sich nieder und stieß heftig in mich hinein. Immer tiefer fickte er mich. Dann brachen alle Dämme.

Als wir beide unseren Höhepunkt hatten abklingen lassen, legte ich meinen Kopf auf seine Schulter. Etwas hatte sich zwischen uns verändert. Wir waren definitiv keine Fremden mehr füreinander. Wir waren Nachbarn und Lover. Es war etwas Neues.

Ich nahm seine Hand und ging mit ihm hinauf ins Schlafzimmer, um etwas Ruhe zu kriegen. Wir waren beide ziemlich erschöpft. Aber da klopfte es an die Haustür. Sofort blickte ich Marcus nervös an.

„Das ist Zed“, antwortete er auf die unausgesprochene Frage. Er war sich da sehr sicher. „Mach ihm nur auf.“

„Wir sind beide nackt“, sagte ich lachend. „Lass mich schnell etwas überziehen.“

„Nicht nötig“, meinte Marcus und machte selber die Haustür auf.

„Oh, sieht so aus, als käme ich zu spät“, meinte Zed lachend und schaute den nackten Marcus an. „Ich habe ein paar Dinge in dein Haus gebracht und wollte etwas essen. Himmel, du kannst nicht einmal auf mich warten.“

„Bin abgelenkt worden“, sagte Marcus lachend und schloss die Tür hinter Zed.

Ich war ein wenig verwirrt angesichts dieses Gespräches. Zed schien ganz und gar nicht überrascht, dass Marcus und ich nackt hier standen. Ich hatte mich hinter Marcus gestellt, aber eigentlich war mir Zeds Anwesenheit doch gar nicht so peinlich wie befürchtet.

„Erzählt mir irgendjemand, was hier los ist?“, fragte ich hinter Marcus. „Und ziehen wir uns jetzt was an oder nicht?“

„Wie wäre es, wenn ich mich stattdessen ausziehe?“, schlug Zed spielerisch vor.

„Guter Plan“, meinte Marcus, noch bevor ich Zeds Angebot ablehnen konnte.

Zed zog sich mitten im Flur einfach aus und mir fiel nichts ein, wie ich es hätte verhindern können. Ich hatte keine Ahnung, was hier los war. Ich meine, ich fand es nicht schlimm, Zed nackt vor mir zu sehen – er war eine Augenweide. Aber es war merkwürdig, dass Marcus so begeistert von der Idee gewesen war.

„Marcus meinte, du würdest vielleicht Gefallen an mir finden“, sagte Zed, während er sich mir nackt präsentierte.

„Wie bitte?“

„Zed und ich würden dich gern teilen“, erklärte Marcus und drehte sich zu mir um. „Wir wollen dich gemeinsam haben.“

„Warte, was genau ist hier los?“, fragte ich mit wachsender Nervosität.

„Du hattest doch früher schon mal drei Männer, oder? Zed ist ein echt netter Typ und zusammen werden wir dich zum Schreien bringen vor Lust. Selbst der Arm wird kein Hindernis sein, um dich zu befriedigen.“

Völlig schockiert stand ich da und hörte mir das an. Normalerweise war ich es, die die Leute schockierte. Mein Lebensstil machte die meisten Typen nervös. Aber jetzt war es definitiv umgekehrt. Das war ungewöhnlich.

„Ich hatte das Gefühl, zwischen uns beiden herrschte eine starke sexuelle Spannung“, meinte Zed. „Oder habe ich mich da getäuscht?“

„Nein, das stimmt wohl“, gab ich zu und musterte die beiden nackten Männer vor mir. „Ich habe mit drei Männern zusammengelebt. Aber ich hatte nie mehr als einen gleichzeitig in meinem Bett.“

„Na, da werden wir aber eine Menge Spaß zusammen haben. Bist du interessiert?“, fragte Marcus. „Es ist nämlich so, dass ich eine Menge Schmerzmittel eingeworfen habe und zu irgendetwas muss das ja gut sein.“

Der Gedanke, diese beiden heißen Typen gleichzeitig zu haben, erregte mich. Ich hatte mir nie vorgestellt, wie das sein könnte, aber jetzt fand ich es aufregend. Je länger ich darüber nachdachte und die beiden hier betrachtete, desto sicherer war ich mir, dass Marcus recht haben könnte. Das versprach eine Menge Spaß.

„Ich bin interessiert“, sagte ich schließlich. „Lasst uns nach oben gehen.“

„Nach dir“, meinte Marcus und ließ mich vor ihnen die Treppe hinaufgehen.

Ich spürte ihrer beider Blicke auf meinem Arsch, als ich die Treppe raufging. Es gab mir ein Gefühl von Macht, ihre ungeteilte Aufmerksamkeit zu haben und zu wissen, dass sie mich so sehr wollten, dass der Gedanke allein sie schon hart machte.

Ich wollte eigentlich darüber reden, was passiert war. Ich wollte eine Erklärung dafür, warum diese Männer ihn hatten töten wollen. Ich musste wissen, warum sie hinter ihm her waren und wieso sie in sein Haus eingedrungen waren. Aber das konnte noch etwas länger warten.

Jetzt wollte ich erst einmal erkunden, wie es war, zwei fantastische Männer gleichzeitig zu haben.

Kapitel 18

„Ihr beide seid großartig“, sagte ich, nachdem ich die Schlafzimmertür hinter uns geschlossen hatte, „aber ich weiß nicht, wie das logistisch laufen soll.“

Ich lachte nervös auf, aber Marcus übernahm schnell die Kontrolle. Es spielte keine Rolle, dass er einen Arm in einer Schlinge trug. Er hatte hier im Zimmer das Sagen. Er bedeutete mir mit einer Geste, mich auf das Bett zu legen. Das reichte mir als Anweisung. Ich tat, was er wollte, und legte mich hin.

Marcus kam zum Bett und setzte sich zu mir. Er beugte sich vor und küsste mich zärtlich. Ich überließ mich ganz dem Augenblick und dem Gefühl seiner Lippen auf meinen. Ich küsste ihn sehr gern, unsere Münder schienen wie für einander geschaffen.

Dann spürte ich weitere Lippen an meinem Bein. Es war neu und aufregend, von Zed berührt zu werden, während Marcus mich noch küsste. Falls ich je angenommen hatte, es würde mir nicht gefallen, zwei Männer gleichzeitig zu haben, dann wurde ich soeben deutlich eines Besseren belehrt. Ich ahnte, dass ich es mehr mögen würde, als ich je erwartet hätte.

Zeds Finger streichelten mich zärtlich, während seine Zunge meine Klitoris umkreiste und mich so erregte. Marcus und ich küssten uns immer noch. Ich ließ meine Hände über seinen erhitzten Körper zu seinem steifen Schwanz wandern.

Ich konnte schon kaum noch klar denken, als Zed einen Finger in mich steckte und gleichzeitig an meiner Klitoris saugte. Mein Becken bäumte sich auf und ich musste den Kuss unterbrechen. Marcus lehnte sich zurück und schaute Zed dabei zu, wie er mit mir spielte. Er stöhnte lustvoll auf, als er sah, wie der andere Mann mich befriedigte. Das wiederum machte mich an.

Er fand das scharf. Und ich auch. Dieses ganze Tabu, zwei Männer gleichzeitig zu haben, schien kein Thema mit diesen beiden hier zu sein. Ich wollte sie beide. Und die Tatsache, dass sie kein Problem damit hatten, erregte mich sehr.

„Würdest du mir das überziehen?“, fragte Marcus und reichte mir ein Kondom, das er aus meinem Nachtschrank genommen hatte.

Mit einem Arm in der Schlinge konnte er das wohl kaum selber machen. Also nahm ich das Ding und packte es aus. Ich rollte es über seinen Schaft und bemerkte, dass Zed aufgehört hatte, mit mir zu spielen.

„Du solltest unten liegen“, meinte Zed zu Marcus.

Ohne zu zögern legte Marcus sich auf den Rücken und zog mich auf sich. Ich hielt mich über ihm und blickte zu Zed, der sich ebenfalls ein Kondom überstreifte.

„Oh“, entfuhr es mir, als ich endlich verstand, wie es laufen würde. „Wow, okay.“

„Wirklich?“, fragte Zed, als er das Gleitmittel aus der Schublade holte.

Ich nickte zustimmend. Marcus zog mich auf sich herab, während ich noch auf ihm herumrutschte, um die richtige Position zu finden. Ich bewegte mich langsam, in Erwartung dessen, was Zed hinter mir tun würde.

Er träufelte von dem Gleitmittel etwas auf mich und spielte eine Weile mit meinem Arsch, während ich mich darauf konzentrierte, wie großartig sich Marcus in mir anfühlte. Ich musste allerdings ziemlich ängstlich ausgesehen haben, denn er hörte auf, mich zu küssen und legte mir sanft eine Hand auf die Wange.

„Es wird dir gefallen, glaub mir“, flüsterte er.

„Okay.“ Wieder nickte ich.

Ich fühlte Zeds harten Schwanz an meinem Hintern. Langsam drang er ein Stück in mich ein, dann zog er sich wieder zurück. Seine Bewegungen waren liebevoll und keineswegs so bedrohlich, wie ich befürchtet hatte. Aber ich hatte im Leben nicht damit gerechnet, wie überwältigend es sich anfühlen würde, diese beiden Männer in mir zu haben.

Obwohl ich mich kaum bewegte, spürte ich, wie sich tief in mir ein explosionsartiger Orgasmus aufbaute. Keiner von uns stieß hart zu. Allein das Gefühl, sie beide tief in mir zu haben, reichte aus, um mich zum Höhepunkt zu bringen.

Marcus hielt mich mit einem Arm umschlungen, während ich mich meinem Orgasmus hingab. Er war noch nicht fertig mit mir. Ich fing wieder an, mich mit den beiden zusammen zu bewegen. Nach und nach wurde ich selbstsicherer, was ich mit den beiden tun konnte.

Zed packte meine Hüften und stieß heftiger in mich, Marcus erhöhte ebenfalls das Tempo. Mit perfektem Timing fickten die beiden mich und ich hatte das Gefühl, noch nie so viel Lust empfunden zu haben.

Ich war davon derart überwältigt, dass ich hätte heulen können. Die Ereignisse des Tages, dieser unglaubliche Sex, das alles ließ mich in Tränen ausbrechen.

„Ist alles in Ordnung?“, fragte Marcus und beide Männer hielten einen Moment still.

„Ja, hört nicht auf“, verlangte ich.

„Das ist heiß“, meinte Zed lachend und rammelte mich weiter von hinten.

„Bist du sicher?“, fragte Marcus tonlos.

„Fick mich“, sagte ich unmissverständlich. „Ich will, dass du kommst.“

Er grinste mich an und tat, was ich verlangte. Seine Stöße wurden schneller und heftiger und ich näherte mich meinem nächsten Orgasmus, der intensiver war, als alles, was ich bisher erlebt hatte. Er kam nicht nur von meiner Klitoris, sondern mein ganzer Körper sprühte Funken, als Zed ein letztes Mal in mich stieß und seine Lust herausgrunzte.

Es war dieser letzte Stoß, der mich ebenfalls kommen ließ. Mein Körper verkrampfte sich und erzitterte dann. Meine Hände krallten sich in die Bettlaken und ich brach auf Marcus zusammen, weil ich mich nach dieser Erschütterung nicht mehr aufrecht halten konnte. Marcus kam ebenfalls tief in mir drin.

Zed half mir, von Marcus herunterzusteigen, sammelte die Kondome ein und entsorgte sie im Mülleimer. Dann holte er einen feuchten Waschlappen aus dem Badezimmer und reichte ihn uns, während er sich selber auch schnell säuberte. Anschließend lagen wir alle drei in meinem Bett, verschwitzt und erschöpft von dieser unglaublichen sexuellen Erfahrung.

Es war schon spät. Wir waren alle müde nach diesem anstrengenden Tag. Aber obwohl ich eigentlich schlafen wollte, hatte ich doch auch noch immer eine Menge Fragen.

Wir schliefen lange, blieben auch noch zusammen liegen, als wir wieder aufwachten, und schmiegten uns zufrieden aneinander. Marcus hatte seinen gesunden Arm um mich gelegt, ich wiederum hatte Zed im Arm, der noch immer schlief.

„Ich arbeite undercover für die DEA", sagte Marcus auf einmal leise. „Zed übrigens auch."

„Was ist die DEA?"

„Drug Enforcement Agency, die Drogenfahndung. Wir schleusen uns in kriminelle Gruppierungen ein, bauen über Jahre Beziehungen auf. Ich gebe meine Informationen an die Fahndung weiter und dann machen wir den Drogenhändlern den Laden zu."

Ich setzte mich auf und dachte darüber nach, was er mir gerade erzählt hatte. Das klang sehr gefährlich. Auf jeden Fall war es kein normaler Polizeijob. Das klang eher wie in einer Fernsehserie oder in einem Kinofilm. Auf keinen Fall hörte es sich so an, als sei es auch nur einigermaßen sicher.

„Warum bist du in Bain?"

„Jemand, der für uns arbeitet, hat es uns als ruhigen Ort empfohlen. Wenn man undercover arbeitet, ist es besser, man lebt weit weg vom Geschehen. Außerdem hält man möglichst den Ball flach, erst recht, wenn ein Auftrag sich dem Ende zuneigt."

„Dann ist dieser Auftrag jetzt erledigt? Die sind hergekommen? Ich verstehe es nicht."

Marcus küsste mich. Seine winzigen, zarten Küsse ließen meinen ganzen Körper kribbeln. Ich hätte ihn gern noch weiter geküsst, aber wenn er schon mal redete, wollte ich das nicht unterbrechen. Also lehnte ich mich zurück und forderte ihn auf, weiterzusprechen.

„Ja, diese Ermittlungen waren eigentlich schon abgeschlossen und ich sollte ein paar Monate aussetzen. Aber dann ist etwas schiefgelaufen und ich musste wieder einsteigen."

„Wer waren die Leute, die in dein Haus eingebrochen sind? Waren die von diesem Chicago-Job?"

„Nein, die gehörten zu den Leuten, von denen ich Waffen gekauft habe. Sie dachten, ich bin einer von den bösen Jungs. Wie die Gang in Chicago, für dich ich angeblich arbeite. Sie waren auf der Suche nach Waffen im Wert von fünf Millionen Dollar, die ich für die Gang in Chicago gekauft habe."

Ich nickte, als hätte ich es verstanden, aber eigentlich stimmte das nicht. Ich hatte doch gesehen, wie er mehrere Taschen voller Waffen in den Wagen lud. Ich hatte mich ja sogar hingeschlichen und sie angefasst.

„Danke, dass du es mir erzählt hast", sagte ich.

„Gern geschehen. Tut mir leid, dass ich dir nicht mehr sagen kann, aber du bist die einzige, die über mich Bescheid weiß. Ich vertraue dir und ich möchte nicht, dass du mir misstraust."

Es war ihm anzusehen, dass er sich nur selten anderen Menschen anvertraute. Er war ein Einzelgänger, der selten zuließ, dass ihm jemand nahekam.

„Wie bist du an den Job bei der DEA gekommen?" Ich wollte noch mehr wissen, aber nicht konkret nach den Einzelheiten des Waffenhandels fragen.

„Ich war bei der Navy, sie haben mich rekrutiert."

„Wow, Navy. Ein Punkt auf meiner Liste, den ich abhaken kann", sagte ich lachend. „Was ist mit Zed?"

„Was meinst du?"

„Seit ich ein Teenager war, habe ich eine Liste mit Dingen, die ich in meinem Leben machen möchte. Ein Ding davon ist ein Navy SEAL. Und hast du Zed vorher schon gekannt?"

„Du hast eine Löffelliste, auf der steht, dass du einen Navy SEAL ficken willst?“, fragte Marcus mit einem schockierten Gesichtsausdruck.

„Ja.“

Ich musste über sein dümmliches Gesicht lachen. Aber er war glücklich, das war offensichtlich. Und es war selten, das auf seinem Gesicht zu sehen. Er lachte selten so herzlich.

„Okay, warte mal. Die kleine Teenager-Isabella hat eine Liste angelegt mit Typen, die sie vögeln will?“

„Meine Güte, Marcus. Nein! Auf der Liste stehen vor allem Dinge, die ich mal besichtigen möchte, Länder, in die ich reisen will, so etwas eben. Aber bei einem Besuch in San Diego sah ich mal eine Gruppe Navy SEALs und die sahen heiß aus. Also habe ich das auf die Liste gesetzt, als ich ungefähr siebzehn war. Ist doch nichts dabei. Erzähl mir lieber von Zed. Habt ihr beide so etwas hier schon mal gemacht?“

„Oha, du warst damals eine kleine Lolita, was?“ Marcus kitzelte mich mit seiner gesunden Hand. „Und ja, haben wir. Aber nie mit einer Frau, die einen Lebensstil hat wie du. Ich würde dich gern öfter sehen und ich denke, Zed wird dir auch zusagen.“

„Schlaft ihr beiden auch miteinander?“, fragte ich.

„Nur so wie jetzt.“ Marcus deutete lachend auf den schlafenden Zed. „Aber ansonsten, nein. Wir stehen nicht aufeinander. Wir waren mal furchtbar betrunken, als eine Frau auf uns zukam und uns beide wollte. Wir waren betrunken genug, um zuzusagen. Seitdem hatte ich immer mal wieder den Wunsch, das noch mal zu probieren. Und als ich dich traf, dachte ich mir, Zed würde dir gefallen. Er ist lieber als ich.“

„Ich war übrigens keine Lolita, sondern nur ein süßes kleines Mädchen, das Bedürfnisse hatte und nicht wusste, wohin damit.“

Ich lächelte Marcus an und sah, dass meine Worte sein Interesse geweckt hatten.

„Was für Bedürfnisse sind das?“

„Oh nein. Ich erzähle dir nicht meine geheimen Wünsche.“

Marcus zog mich auf seinen nackten Leib. Ich beugte mich herab und küsste ihn. Dabei spürte ich, wie er steif wurde. Ich schaute mir gern seinen muskulösen Körper an, er war wie eine griechische Statue. Ich hätte keine Einwände gehabt, wenn er fortan nur noch nackt herumliefe.

Er begann, mit der gesunden Hand meine Brüste zu streicheln. Dann saugte er eine Brustwarze in seinen Mund.

„Sag schon. Ich möchte jede deine Fantasien Wirklichkeit werden lassen.“

Marcus sah aus, als wollte er das alles gleichzeitig hier und jetzt tun. Eine Schussverletzung würde ihn sicherlich nicht davon abhalten. Im Gegenteil, er schien es erregend zu finden, dass ich das Kommando übernahm. Ich hatte ihn eigentlich eher für ein Alphatier gehalten, aber er schien die Abwechslung zu mögen.

Ich hatte außerdem nicht damit gerechnet, dass er der Typ wäre, der lange genug blieb, um Absprachen zu treffen. Um zu bekommen, was ich mir vorstellte, war es unerlässlich, dass wir so etwas wie eine Beziehung miteinander aufbauten. Ich war mir nicht sicher, ob ich schon so weit war, um ihm von meinen Fantasien zu erzählen. Aber irgendwann sicherlich. Wenn er lange genug blieb.

„Wie wäre es, wenn wir das auf die Zeit verschieben, wenn es deinem Arm wieder besser geht? Für meine Bedürfnisse brauchst du nämlich zwei gesunde Arme“, sagte ich zwinkernd.

Er packte meine Hüfte und schob mich vor und zurück über seinen Schwanz. Wenn er schon nichts mehr über meine Fantasien zu hören bekam, wollte er wenigstens wieder in mir sein.

Ich griff nach einem neuen Kondom, zog es ihm über und er drang in mich ein. Es war aufregend, Zed neben uns liegen zu sehen. Aber als ich zu ihm hinüberschaute, war er noch im Tiefschlaf.

Wir bewegten uns zielstrebig miteinander. Er fickte mich hart und schnell. Der Orgasmus näherte sich mit rasender

Geschwindigkeit. Normalerweise hätte ich das Tempo verlangsamt, aber ich wollte einfach nur ganz dringend kommen. Nicht nachdenken, nicht langsamer werden, nicht aufhören zu bekommen, was ich wollte.

Marcus schien ebenso zu denken, denn auch er verlangsamte das Tempo nicht. Seine Stöße kamen hart und unregelmäßig, dann ergoss er sich. Sein letzter Stoß war genau, was ich brauchte. Ich verkrampfte mich und kam. Ich ritt auf ihm, bis die Wellen des Orgasmus abgeklungen waren. Daran konnte ich mich wirklich gewöhnen.

Kapitel 19

Die nächsten paar Tage waren wie aus einem Werbespot. Wir kochten unsere Mahlzeiten gemeinsam, arbeiteten im Garten und liebten uns. Zed musste für ein paar Tage weg, aber Marcus ging nicht einmal mehr in sein Haus zurück, was ich ihm nicht verübeln konnte. Zwei Männer waren in seinem Wohnzimmer erschossen worden. Daran würde ich mich auch nicht ständig erinnern wollen, wenn ich da wohnte. Ich war dennoch ein wenig neugierig zu sehen, ob die Aufräumarbeiten schon gelaufen waren. Er brauchte auf jeden Fall einen neuen Teppich und eine neue Tapete. Mein Verstand war ständig im Renovierungsmodus.

Marcus half mir, die alten Schränke zu restaurieren. Wir arbeiteten stundenlang, Tag und Nacht, um sie wieder wie neu aussehen zu lassen. Er war geschickt mit den Händen und es schien ihm Spaß zu machen. Außerdem sah er sexy aus als Handwerker.

Ich ertappte mich oft dabei, wie ich ihn einfach anstarrte, während er mit dem Schleifpapier ein Möbelstück bearbeitete und dabei ins Schwitzen kam. Sein nackter Oberkörper hätte jede Frau von der Arbeit abgelenkt. Es war toll, dass er mir bei meiner half.

„Ich würde gern ein paar Fotos machen, wenn das okay ist. Die Wolken sind heute fantastisch.“ Ich nahm meine Kamera und ging hinaus. Im Vorbeigehen gab ich ihm einen Kuss und ließ ihn mit der Schleifmaschine zurück.

Seit meiner Ausstellung hatte ich eine kleine Pause eingelegt. Es war eine tolle Sache gewesen, erst recht, da alle Bilder einen Käufer gefunden hatten. Das hatte mir sehr viel Auftrieb und Bestätigung gegeben. Ich hatte endlich das Gefühl, mich mit Fug und Recht eine Fotografin nennen zu dürfen.

Ich ging ein Stück Richtung Stadt, um ein Bild mit den Wolken im Hintergrund und der Stadt davor zu machen. Auf der Suche nach dem richtigen Blickwinkel schaute ich in den Himmel.

Durch die Linse der Kamera zu schauen wurde mir niemals langweilig. Die Kamera gab mir ein Gefühl von Macht.

Als ich durch die Straßen ging, hatte ich den vagen Eindruck, jemand verfolgte mich. Ich drehte mich um, aber da war niemand. Das Gefühl ließ auch nicht nach, als ich die Stadt auf der anderen Seite wieder verließ. Das machte mich nun doch nervös. Ich wünschte, ich hätte Marcus gebeten mitzukommen. An seiner Seite fühlte ich mich immer sicher.

Ich fand das perfekte Motiv und machte ein paar Bilder von beiden Seiten der Straße. Ich mochte die Form der Wolken, beinahe wie Wattebäusche, die über der Stadt schwammen.

Bain, Missouri war eine der kleinen Städte, durch die man durchfuhr auf seinem Weg nach nirgendwo. Es gab eine kleine Apotheke, einen Schnapsladen und ein paar örtliche Unternehmen. Es gab keinen Bürgermeister, nur einen Stadtbeauftragten. Es gab auch keine Polizeistation, aber der Bezirkssheriff kam gelegentlich hier durch.

Die Straßen in Bain waren höchstens vier Häuserblocks lang und es sah hier immer noch so aus wie auf Postkarten aus den 50ern. Ich knipste noch mehr Bilder von der Stadt und machte mich dann auf den Heimweg.

Wieder war da dieser vage Eindruck, dass mir jemand folgte oder mich beobachtete. Ich blickte die Straße hinauf und hinunter und glaubte, jemanden im Eisenwarenladen verschwinden zu sehen.

Ich ging zügigen Schrittes hin und wollte den Laden gerade betreten, da sah ich Marcus im Eingang stehen.

„Bist du mir gefolgt?“

„Ja.“

„Warum?“

„Um sicherzustellen, dass dir nichts passiert.“

„Was? Ich dachte, wir wären hier in Sicherheit. Ich dachte, die Typen, die hinter dir her waren, sind tot und damit wäre der Fall erledigt?“

Ich spürte Zorn in mir aufsteigen. Er hatte mir den Eindruck vermittelt, es bestünde keine Gefahr mehr. Ich hatte wirklich geglaubt, er wäre bei mir geblieben, weil ihm etwas an mir liegt, nicht weil er mich vor irgendjemandem beschützen wollte.

„Du bist sicher. Ich bin ja hier."

„Nein! Lüg mich nicht an. Ich dachte, du wolltest Zeit mit mir verbringen und deshalb in meinem Haus bleiben."

„Ich möchte Zeit mit dir verbringen."

Er lächelte mich auf seine übliche Weise an und das beruhigte mich sofort. Es war schwer, wütend auf ihn zu sein, wenn er so lächelte. Aber er verschwieg mir etwas. Wenn ich nur sicher war, solange er bei mir blieb, dann waren noch immer Leute hinter ihm her.

„Hast du jetzt gerade eine Waffe bei dir?"

Ich griff hinter ihn, um zu fühlen, ob eine Waffe in seinem Gürtel steckte, aber er war zu geschickt für meine Neugier.

„Ja", meinte er, hielt mich aber mit einer Hand auf Abstand.

„Marcus, wie soll denn das gehen? Ich möchte nicht, dass du noch einmal verletzt wirst."

Er lächelte einfach und nahm meine Hand. So machten wir uns auf den Heimweg. Er wirkte angesichts meiner Ängste nicht wirklich besorgt.

„Mir wird schon nichts passieren. Meine Leute kümmern sich um den Rest der Gang. Ich entspanne mich an deiner Seite und lasse es mir gut gehen."

Er wirkte ruhig und gelassen. Ich hatte keine Wahl, als ihm zu glauben. Aber irgendetwas war im Busch. Er wäre mir doch nicht durch die ganze Stadt gefolgt, wenn es keinen Grund zur Sorge gäbe.

Am Abend wollten wir alle zusammen essen. Es war die Idee von Marcus gewesen und ich war deswegen sehr nervös. Ich hatte Stanley und Rob Bescheid gegeben, aber von Zed hatte ich nichts mehr gehört, seit er nach unserer irren Nacht zu dritt aufbrechen musste.

Außerdem wäre es das erste Mal, dass alle meine vier Männer gemeinsam in einem Raum zusammenkamen. Das war nie leicht zu managen. Als wir wieder zu Hause waren, fingen Marcus und ich an, das Essen vorzubereiten. Zed tauchte beizeiten auf und half uns. Mit beiden zusammen zu sein, war angenehm. Sie waren Freunde und nachdem, was wir miteinander getan hatten, gab es auch keinen Grund mehr, schüchtern miteinander umzugehen.

Erst als Rob eintraf, wurde die Stimmung etwas verkrampft. Für ihn war diese ganze Sache noch sehr neu. Er hatte sich gerade erst an den Gedanken gewöhnen müssen, dass Stanley und Marcus mit von der Partie waren, daher machte ich mir Sorgen, wie er nun auf Zed reagieren würde.

„Also wird das eine Party heute Abend?“, fragte Rob.

„Nein, nur ein entspanntes Abendessen mit meinen Männern“, sagte ich möglichst neutral.

Ich stellte ihm Zed vor und er machte es sich am Tisch bequem. Stanley und Rob kamen gut miteinander aus, ebenso wie Marcus und Zed. Nun blieb nur noch abzuwarten, wie alle vier miteinander klarkämen. Ich hatte keine Vorstellung, wie es in Zukunft laufen würde, aber es war unerlässlich, dass die vier einander besser kennenlernten.

Als die Nudeln auf die Teller verteilt wurden, hatte ich schon erkannt, dass die vier miteinander auskommen würden. Ich war hier der Außenseiter, aber damit hatte ich kein Problem. Sie waren alle ins Gespräch vertieft, lachten und scherzten miteinander und verstanden sich ausgezeichnet.

„Ich würde heute gern noch ein paar Fotos machen“, unterbrach ich ihr Gespräch.

„Wie wäre es, wenn ich mitkomme, dann musst du keine Angst haben“, schlug Marcus vor und schaute die anderen Männer fragend an. „Ich muss die Stadt in Kürze wieder verlassen wegen des Jobs.“

„Ich auch“, meinte Zed.

Ich sah Stanley und Rob an, die zustimmend nickten. Sie waren einverstanden, dass Marcus mich bei meiner Fotosession begleitete. Das war mir sehr recht, denn ich wollte Marcus jemanden vorstellen.

„Schön, ich wollte raus zur Farm und dort ein paar Bilder machen. Ist es okay für euch, wenn Marcus und ich uns schon mal verdrücken?“

„Mach dir keine Sorgen um uns“, meinte Rob schnell. „Wir schauen uns ein Spiel an.“

Stanley nickte energisch und ich musste lachen über ihre Sportbegeisterung. Ich wusste nicht einmal, dass Stanley sich für Sport interessierte. Als wir noch zusammenlebten, hatte er davon nichts gezeigt. Aber vielleicht versuchte er auch einfach nur, eine Verbindung zu Rob und Zed aufzubauen.

„Auf gehts“, sagte Marcus mit erstaunlicher Begeisterung.

Das war wirklich zu lustig. Ich bezweifelte, dass er sich fürs Fotografieren interessierte, aber sein Eifer war süß. Und er gab sich Mühe, Zeit mit mir zu verbringen. So sehr ich unsere Nacht zu dritt auch genossen hatte, ich wollte mit jedem einzelnen eine Beziehung haben. Jede anders und einzigartig, mit allen Vor- und Nachteilen.

Die Farm lag ungefähr zwei Meilen vor der Stadt entfernt, aber es war ein schöner Abend, sodass der Spaziergang sehr angenehm war. Ein leichter Wind brachte Abkühlung, ohne wirklich kalt zu sein. Ich griff nach Marcus' Hand und hielt sie fest, während wir gingen.

Er lächelte und erwiderte den Händedruck, aber ich merkte doch, dass er so etwas normalerweise nicht tat. Sein ganzer Arm versteifte sich. Beinahe wäre es zum Lachen gewesen, wie verkrampft er war.

Hin und wieder fiel mir auf, dass er sich unauffällig nach allen Seiten umschaute. Das signalisierte mir nicht gerade, dass keine Gefahr mehr bestand. Je weiter wir uns von der Stadt entfernten, desto angespannter wurde er. Falls uns jemand erwischen wollte, saßen wir hier auf dem Präsentierteller.

Es gab an der staubigen Straße keinen Platz, um sich zu verstecken oder wegzulaufen, falls jemand sich uns mit bösen Absichten nähern wollte.

An der Farm angekommen, sprach ich schnell mit dem Besitzer. Er war erst skeptisch, als er Marcus sah, wurde dann aber milder, als er hörte, dass Marcus ein Navy SEAL gewesen war. Mr. Reynolds war ebenfalls bei der Navy gewesen, viele Jahre vor Marcus.

Die beiden Männer begrüßten einander und Mr. Reynolds nahm uns mit auf die Kuhweide. Er hatte einen Geländewagen, mit dem wir problemlos den steilen Hang zur Weide herauffahren konnten.

„Ich habe sie schon auf die Weide gelassen. Ich hoffe, das ist kein Problem?“

„Wunderbar.“

„Achtet nur darauf, dass das Tor verschlossen ist, wenn ihr wieder weggeht. Viel Spaß.“

Mr. Reynolds fuhr wieder davon und ließ uns auf dem Hügel mit seinen ungefähr einhundert Kühen allein, die friedlich um uns herum grasten. Ich fing sofort an, Fotos zu machen.

Als ich zu Marcus herübersah, stellte ich fest, dass er sich offenbar im Beschützer-Modus befand, denn er beäugte eine der Kühe misstrauisch, die auf uns zukam. Er sah aus, als wäre er bereit, sie im Ernstfall zu erschießen.

„Du musst keine Angst vor ihnen haben“, sagte ich lachend. „Sie tun uns nichts.“

„Ich habe keine Angst“, meinte er und versuchte, seine verkrampfte Haltung ein wenig zu überspielen.

Aber ich sah deutlich, dass ihn die große Anzahl Kühe nervös machte. Er war eben nicht der Typ, der viel Zeit auf einer Farm verbrachte. Erst recht nicht mit den Tieren auf einer Farm.

Ein kleines Kalb kam zu uns und ich kniete mich hin, um es zu fotografieren. Es war sehr neugierig und niedlich. Marcus rupfte etwas Gras aus und hielt es dem Kalb hin.

Ich machte ein paar Bilder von den beiden.

Der große, muskulöse Marcus beim Füttern eines kleinen Kälbchens, im Hintergrund die untergehende Sonne. Es war perfekt. Ich konnte nur hoffen, dass ich beim Entwickeln der Bilder dieses spezielle Licht beibehalten konnte.

„Das war niedlich“, sagte Marcus und sah mich an.

Ich war ein wenig besorgt, dass er wieder wütend werden könnte, weil ich ihn fotografiert hatte. Ich hoffte, er würde dieses Mal nicht verlangen, dass ich die Bilder löschte, sie waren einfach zu perfekt.

Er schaute mich an, sah dann auf die Kamera. Es war ihm anzusehen, dass er eine Entscheidung traf wegen der Bilder. Aber er sagte nichts und ich schloss daraus, dass ich die Bilder behalten durfte.

„Ja, das war süß. Wollen wir zurückgehen?“

Ich richtete mich auf und Marcus beugte sich vor, um mir Gras von den Knien zu wischen. Er hielt mich fest und küsste mich. Diese spontane Geste war ein weiterer Grund, warum ich mich mehr und mehr in ihn verliebte. Die Sanftheit seiner Lippen war ein krasser Gegensatz zu seinem muskulösen, harten Körper. Jedes Mal, wenn er mich küsste, machte mich das an. Ich konnte gar nicht verhindern, dass mein Körper auf ihn reagierte.

Er nahm meine Hand und wir gingen zurück in die Stadt. Er schien jetzt weniger verkrampft zu sein und hielt meine Hand deutlich entspannter in seiner. Vielleicht gewöhnte er sich nun an diese ganze Beziehungsgeschichte.

War es das, was wir hatten? Eine Beziehung? War er mein Freund?

Ich wusste die Antwort darauf nicht und ich würde ihn gewiss nicht fragen. Es fühlte sich an, als wären wir ein Paar, aber sicher war ich mir nicht. Vielleicht hatte ich da eine andere Wahrnehmung als er. Dies war nicht der richtige Zeitpunkt, um über solche Dinge zu reden. Und für heute hatten wir schon genug tiefschürfende Gespräche gehabt.

Der Begriff Freund war an sich nicht kompliziert, in

meinem Leben aber schon. Da ich nicht einfach so vier Männer gleichzeitig als meinen Freund bezeichnen konnte, benutzte ich das Wort in der Öffentlichkeit nie. Die Jungs waren meine Mitbewohner, Freunde, das war es schon. Aber wenn ich mit einem allein aus war, dann bezeichnete ich ihn als meinen Freund, denn das entsprach der Situation. Ich musste mir nun Gedanken machen, wie ich das zukünftig in dieser kleinen Stadt handhaben wollte in der Öffentlichkeit.

Wir bogen in unsere Straße ein und ich sah, dass die Vordertür offenstand. Ich sah Marcus an, der sofort eine schützende Haltung einnahm. Wir versteckten uns hinter einer Hausecke und beobachteten das Haus, um zu sehen, ob irgendwelche Autos in der Nähe waren. Dann öffnete er die Garage und sah sich schnell um.

„Geh in deine Dunkelkammer und schließ die Tür ab. Verstanden?"

Ich nickte und verschwand in meiner Dunkelkammer. Im Haus war keine Bewegung zu sehen und ich musste an Zed, Rob und Stanley denken. Zed war sicher ebenso gut in dem Job wie Marcus, aber auch er konnte überrascht werden. Ich war panisch vor Angst und sah Marcus zu, wie er zum Haus blickte.

Er hatte seine Waffe gezogen und nahm den verletzten Arm aus der Schlinge. Er konnte ihn bewegen, aber ich ahnte, dass es sehr wehtun musste.

„Marcus", sagte ich mit Tränen in den Augen.

„Mach dir keine Sorgen. Schließ die Tür ab. Ich bin gleich wieder da."

Meine Gedanken rasten. Warum sollte jemand in mein Haus einbrechen? Ich konnte vor Angst kaum atmen. So sehr ich mich auch versuchte zu beruhigen, ich kriegte kaum noch Luft.

Kapitel 20

Marcus blieb eine Ewigkeit weg. Ich saß am Tisch in der Ecke meiner Dunkelkammer und lauschte in die Finsternis um mich herum. Ich hörte keine Schüsse und allein dafür war ich schon dankbar. Ich wusste nicht, was ich zu hören erwartete, aber solange nicht geschossen wurde, war ich sehr froh.

Dann hörte ich ein Geräusch vor der Garage und jemand öffnete die Tür. Ich verkroch mich noch tiefer in die Ecke. Mein Herz schlug mir vor Angst bis zum Hals. Ich war mir sicher, dass mich jetzt jemand schnappen würde.

„Isabella, ich bin es“, sagte Marcus.

Was für eine Erleichterung. Ich sprang auf und öffnete die Tür der Dunkelkammer. Marcus sah vollkommen unverletzt aus. Ich atmete erleichtert auf.

„Was war los? Hatte ich einfach nur die Haustür aufgelassen?“

„Ich fürchte nicht. Wir gehen jetzt rein und holen ein paar Sachen von dir. Du musst eine Weile woanders unterkommen, während ich versuchen werde, herauszufinden, was passiert ist. Zed ist mit den anderen beiden in Stanleys Haus.“

„Was ist passiert? Haben sie sie nicht vertrieben?“

Es mochte eine naive Frage sein, aber mehr fiel mir einfach nicht ein. Wieso hatten Zed, Stanley und Rob die Eindringlinge nicht einfach bekämpft und vertrieben? Wieso verdrückte Zed sich mit den anderen beiden Männern und überließ mein Haus mit all meinen Sachen wem auch immer? Aber sofort nachdem ich es ausgesprochen hatte, merkte ich, wie falsch das klang. Ich war mehr um meine Sachen besorgt als um meine Jungs.

„Zed hatte keine Waffe dabei. Er hat das Richtige getan“, versicherte mir Marcus. „Sie hätten getötet werden können, wenn er nicht so geistesgegenwärtig reagiert hätte. Ich werde gleich mit ihm reden, aber erst holen wir dir ein paar Sachen von drüben.“

Wir kehrten zurück zum Haus und ich konnte sehen, dass die Haustür eingetreten worden war. Es kam mir merkwürdig vor, dass sie zur Vordertür reinkommen würden, wenn man bedachte, dass die Hintertür viel älter und daher viel leichter zu überwinden war. Aber ich vermutete, dass wer auch immer hier eingedrungen war sich für solche Dinge wahrscheinlich nicht interessierte.

Mein Haus war komplett auf den Kopf gestellt worden. Die Möbel waren verrückt, Teppiche waren herausgerissen, irgendjemand hatte eindeutig nach etwas gesucht.

„Wer waren die? Was haben die nur gesucht?“

„Ich war mir neulich nicht ganz sicher, aber ich glaube, als ich angeschossen wurde, waren da drei Männer in meinem Haus. Aber alles ging so schnell, deshalb konnte ich mir nicht sicher sein. Einer von denen muss entwischt sein und weiß jetzt, dass ich bei dir wohne.“

„Aber was will er denn?“

„Die Waffen, nehme ich an, aber die bekommt er nicht. Oder er will Geld. Die Waffen befinden sich bereits in Chicago und wir bezahlen auf keinen Fall noch mehr Geld dafür. Ich werde noch einmal nach Chicago zurückmüssen, um herauszufinden, was los ist.“

Mir wich alle Farbe aus dem Gesicht. Er konnte mich doch jetzt nicht allein lassen. Diese Leute wollten ihre Waffen und sie würden offensichtlich nicht zögern zu schießen, wenn sie nicht bekamen, was sie wollten. Mein Herz raste und der Raum um mich herum begann sich zu drehen.

„Ich fühle mich nicht ganz so gut“, sagte ich, bevor mir die Knie nachgaben und ich zu Boden sank.

Marcus fing mich auf und setzte mich behutsam auf einem der Stühle ab. Er schloss die Vordertür so gut es ging und brachte mir ein Glas Wasser.

„Was brauchst du denn für Sachen? Nur das Nötigste.“ Er machte sich auf den Weg zur Treppe.

„Klamotten und die Schmuckdose meiner Mutter."

Schon nach 3 Minuten war Marcus wieder da und hatte eine Tasche voll mit meinen Sachen bei sich. Er nahm mich am Arm und brachte mich hinaus zu seinem Wagen. Wir waren auf dem Weg, bevor ich überhaupt verstand, was los war.

„Oh nein, meine Kamera! Ich habe meine Kamera dort gelassen", rief ich entsetzt.

„Das ist nicht schlimm. Du kannst sie später holen. Jetzt bringe ich dich erst einmal zu Willow nach Hause."

„Ich muss sie erst anrufen und fragen, ob das in Ordnung ist", sagte ich, als ob Willow und Marv mir jemals etwas abschlagen würden, wenn ich in Schwierigkeiten war.

„Isabella, du könntest getötet werden, wenn du in deinem Haus bleibst. Es wird schon in Ordnung gehen."

Ich erklärte Marcus den Weg und er fuhr uns zu Willows Haus. Unterwegs rief er Zed an und wies ihn an, Stanley und Rob ebenfalls dorthin zu bringen. Ich hatte keine Ahnung, wie ich irgendetwas davon erklären sollte, aber von diesem Punkt an ließ sich sowieso nichts mehr verheimlichen. Ich hatte auch viel zu viel Angst, um noch etwas zu verbergen. Ich musste mich einfach wieder sicher fühlen.

„Und wo wirst du hingehen? Wie bringst du dich selbst in Sicherheit?" Ich griff nach seiner Hand.

Er hielt meine Hand einen Moment lang fest, aber dann brauchte er sie zum Fahren. Seine verletzte Schulter schien ihm ziemliche Schmerzen zu bereiten. Ich konnte sehen, dass Blut durch den Verband und durch sein Hemd gedrungen war.

„Ich gehe zurück nach Chicago. Dort muss ich klären, was passiert ist. Das muss ein Ende haben. Ich kann nicht zulassen, dass du in Gefahr bist. Das wird nicht passieren."

Ich schluckte schwer, denn ich hatte einen dicken Kloß im Hals. Wenn er dorthin zurückkehrte, brachte er sich auf jeden Fall in Gefahr.

„Was macht dich so sicher, dass die Leute, die versucht

haben dich zu töten, nicht dieselben sind, die du aus Chicago kennst?“

Marcus schien einen Moment darüber nachzudenken, antwortete aber nicht sofort. Er war mehr damit beschäftigt, in den Rückspiegel zu schauen. Auf dem Weg zu Willows Haus achtete er besonders darauf, dass niemand uns verfolgte.

Meine Antwort bekam ich nicht.

Als wir Willows Haus erreichten, raste mein Herz. Ich war nervös und ich wusste nicht, wie ich Willow alles erklären sollte. Ich sah Marcus an, als er vor dem Haus hielt. Er wirkte sehr konzentriert und hatte offensichtlich einen Plan, von dem ich keine Ahnung hatte.

Sobald der Wagen stand, sprang Marcus heraus und ging schnell zur Haustür. Er wartete nicht einmal auf mich und schaute sich auch nicht zu mir um. Marv öffnete die Tür und ich sah, wie sich beide kurz unterhielten und Marcus ihm wohl erklärte, wer er war und warum wir mitten in der Nacht vor seiner Tür standen. Mit einer Geste bedeutete mir Marcus, ihm zu folgen. Also nahm ich meine Sachen und machte mich auf den Weg zur Tür. Als ich dort ankam, küsste Marcus mich schnell und schüttelte Marv die Hand, dann verschwand er. Er konnte sich nicht mehr mit Kleinigkeiten aufhalten, er hatte keine Zeit mehr für Smalltalk. Er war einfach weg.

Ein paar Minuten später traf Zed ein, mit Rob und Stanley im Schlepptau. Offensichtlich gab es bereits einen Plan, die Stadt zu verlassen. Ich stand noch immer mit Marv und Willow vor der Tür, als die drei ankamen.

Stanley und Rob standen ein bisschen abseits, während ich mich mit Zed unterhielt. Es war das erste Mal seit unserem Dreier, dass ich mit ihm sprach. Zum Glück war es nicht peinlich und, um ehrlich zu sein, konnte Zed mich viel besser beruhigen als Marcus.

„Ihr müsst also noch einmal nach Chicago?“, fragte ich.

„Ja, Marcus und ich werden dem ein Ende bereiten. Er möchte in dieser Stadt leben und dazu muss er vorher ein paar Dinge regeln. Mach dir aber deshalb keine Sorgen. Marcus ist der Beste. Und ich bin auch nicht schlecht.“ Er grinste und zeigte seine hinreißenden Grübchen dabei.

Zed umarmte mich und das war genau das, was ich brauchte. Ich wusste nicht, wie sich die Beziehung zwischen uns entwickeln würde, aber im Moment war er derjenige, der mich beruhigen konnte. Ich fühlte mich sicher bei ihm und daher machte ich mir um ihn genau solche Sorgen wie um Marcus.

„Pass auf dich auf, okay?“, sagte ich und wollte mich nicht aus seiner Umarmung lösen.

„Aber sicher doch, Liebling. Ich komme wieder und dann verbringen wir beide eine Nacht allein miteinander. Wenn du keine Einwände hast?“

„So machen wir es. Ich möchte dich wirklich näher kennenlernen.“

„Bis bald dann. Wir melden uns. Die Jungs werden schon auf dich aufpassen, okay?“

„Okay.“

Zed winkte Rob und Stanley zu uns herüber.

„Passt gut auf unser Mädchen auf“, sagte Zed zu ihnen, bevor er in seinen Wagen stieg und davonraste.

„Was für eine irre Situation“, murmelte Rob.

„Ja, ich mag diese Jungs. Deutlich unterhaltsamer als Sam und Kirk“, meinte Stanley lachend. „Nun habe ich richtig Aufregung in meinem Leben.“

Ich stand vor dem Haus und blickte Zed nach. Ich machte mir Sorgen um die beiden. Hier konnte es um Leben und Tod gehen. Aus irgendeinem Grund ging ich davon aus, dass Zed eher einen kühlen Kopf bewahren würde als Marcus und sich daher aus der Schusslinie begeben würde. Bei Marcus war ich mir da nicht so sicher. Er schien sich eher mitten ins Getümmel zu stürzen, egal mit welchen Konsequenzen für Leib und Leben.

Ich kannte ihn erst seit wenigen Wochen, aber ich hatte mir noch nie so viele Sorgen um einen anderen Menschen gemacht.

Ich wusste, es würde nicht einfach werden, Willow und Marv alles zu erklären. Mein Leben war auf einmal so gefährlich, dass ich selber nicht glauben konnte, was los war. Ich konnte die Besorgnis auf ihren Gesichtern erkennen und ich wusste, sie würden nicht eher Ruhe geben, bis ich ihnen alles erzählt hatte.

Also tat ich genau das.

Ich erzählte einfach alles. Stanley, Rob und ich saßen in ihrem Wohnzimmer und ich erzählte ihnen, dass ich mit Marcus geschlafen hatte, von meiner Ausstellung und dass ich Marcus zum Flughafen verfolgt hatte. Ich ließ einfach nichts aus. Das einzige, was ich verschwieg, war der Dreier mit Marcus und Zed.

Dann berichtete ich von den Ereignissen der letzten Tage und davon, dass Marcus angeschossen worden war. Ich erklärte, wer Zed war, und dass die beiden zusammen arbeiteten. Ich versuchte, alles so präzise zu erklären wie möglich.

Es war einfach zu viel für mich. Das alles noch einmal zu durchleben ließ mich in Tränen ausbrechen. Heulend schilderte ich, dass in mein Haus eingebrochen worden war und Marcus nun mit Zed nach Chicago musste, um die Sache endgültig zu klären.

Willow schüttelte ungläubig den Kopf.

„Isabella, der Mann ist nicht gut für dich. Du solltest dich von ihm fernhalten“, sagte Willow.

„Nein, das sehe ich anders“, meinte Stanley. „Er hat einen riskanten Job, daran besteht kein Zweifel. Aber ich bin mir sicher, er wird alles tun, was nötig ist, damit Isabella in Sicherheit ist.“

„Das sehe ich auch so“, pflichtete Rob ihm bei.

Es war offensichtlich, dass Willow und Marv mit dieser Einschätzung nicht einer Meinung waren, aber mir gefiel es, dass die beiden so von Marcus und Zed eingenommen waren. Vielleicht gab es für mich und diese vier Männer eine glückliche Zukunft, wenn das alles hier endlich überstanden war.

„Du wirst verletzt oder gar tot enden, wenn du bei diesem Typen bleibst“, meinte Marv, der Rob und Stanley offenbar gar nicht zugehört hatte.

Es war aus seiner Sicht durchaus nachvollziehbar. Streng genommen hatte er ja nicht ganz unrecht. Marcus war kein sonderlich guter Einfluss auf mein Leben. Seit ich ihn kannte, hatte ich mich schon öfter in Schwierigkeiten gebracht. Aber ich war nicht bereit, ihn aufzugeben. Ich hegte die Hoffnung, dass alles in Ordnung kommen würde.

„Ich weiß, das klingt alles grauenvoll. Aber glaubt mir, Marcus und Zed werden das klären."

„Isabella, so geht das nicht. Du kannst dich nicht mit solchen Typen abgeben, die andere ermorden oder angeschossen werden." Willow war mit meiner Entscheidung offenbar nicht einverstanden.

„So ist das doch gar nicht. Marcus ist kein Mörder."

„Nun, streng genommen ist er das sehr wohl. Hast du nicht eben gesagt, dass er zwei Leute in seinem Haus erschossen hat?", fragte Marv.

„Technisch gesehen, ja. Aber sie haben auf ihn geschossen und wollten ihn töten."

„Isabella, du musst dich von ihm fernhalten. Du kannst hierbleiben, solange du willst. Aber das mit ihm muss aufhören. Er denkt doch nur an sich. Sieh dir doch an, wie er dich hier einfach abgeladen und sich dann verdrückt hat." Willow konnte Marcus offensichtlich nicht mehr leiden. „Stanley und Rob, die beiden werden auf dich aufpassen. Sie sind hier bei dir geblieben, um sich um dich zu kümmern."

„Ich weiß, dass es keinen guten Eindruck macht, Leute. Und ich weiß auch zu schätzen, dass ihr mich bei euch aufnehmt." Ich wollte das nicht weiter diskutieren und ich war wirklich dankbar, dass sie mir halfen. Marcus und Zed würden die Angelegenheit in Chicago zu einem guten Ende bringen und dann würden auch Marv und Willow einsehen, dass alles gut war. Ich war fast schon so weit, den beiden in gewissen Dingen recht zu geben. Mich von Marcus fernzuhalten, war im Augenblick das Sicherste.

Natürlich wollte ich vermeiden, dass mir irgendetwas zustieß. Ich wollte weder angeschossen noch getötet werden. So etwas sah meine Lebensplanung nicht vor.

Die nächsten zwei Wochen verbrachte ich bei Marv und Willow, denn ich hörte rein gar nichts von Marcus. Ich wollte hier nicht weggehen, solange ich nicht sicher wusste, dass alles wieder in Ordnung war. Rob kehrte zurück in sein Haus und in sein eigenes Leben und wir beschlossen, uns wieder zu treffen, wenn etwas Ruhe eingekehrt war. Stanley blieb bei mir in Willows Haus, um für meine Sicherheit zu sorgen. Er ging tagsüber arbeiten und verbrachte den Rest der Zeit mit mir. Es war genau das, was ich brauchte.

„Marv oder Stanley, könnte einer von euch beiden bitte mit zu meinem Haus kommen, damit ich meinen Fotoapparat holen kann?“, fragte ich eines Nachmittags.

„Bist du sicher, dass das nicht zu riskant ist?“, fragte Marv besorgt.

„Es ist schon zwei Wochen her. Wenn irgendetwas vor sich geht, dann ist es längst passiert.“

„Ich bringe dich hin“, bot Stanley an.

„Wie wäre es, wenn wir heute nur am Haus vorbeifahren, um zu sehen, ob alles normal aussieht? Und morgen fahrt ihr dann wieder hin und nehmt die Kamera mit“, schlug Marv vor.

„Klar, so machen wir es.“

Kapitel 21

Wir fuhren langsam an meinem Haus vorbei und alles wirkte vollkommen normal. Ich ließ Marv den Wagen wenden und noch einmal dran entlangfahren, um nach irgendetwas Verdächtigem Ausschau zu halten, aber mir fiel nichts auf. Stanley saß auf dem Rücksitz und suchte ebenfalls alles mit den Augen ab.

Allerdings hatte ich das vage Gefühl, dass uns jemand beobachtete oder verfolgte. Ich bat Marv, weiterzufahren, quer durch die Stadt, um sicherzugehen. Ich fühlte mich nicht sicher genug, um ins Haus zu gehen und die Kamera zu holen.

„Ich bin mir nicht sicher, Marv, es fühlte sich seltsam an. Was meinst du?"

„Mir ist nichts aufgefallen", erwiderte er. „Soll ich mit dir reingehen? Oder Stanley geht rein und ich halte draußen Wache?"

„Nein, lass uns einfach nach Hause fahren. Ich habe kein gutes Gefühl bei der Sache. Vielleicht morgen."

Ich konnte nicht den Finger drauflegen, aber da war so ein unbestimmtes Gefühl, dass etwas nicht stimmte. Ich sah mich nach allen Seiten um, ohne dass mir etwas ins Auge fiel. Vielleicht hatten mich die Ereignisse der letzten Zeit einfach zu nervös gemacht.

„Morgen habe ich den ganzen Tag zu tun. Wie wäre es, wenn wir nach der Arbeit noch einmal herkommen?", schlug Marv vor.

Marv war ein netter Kerl. Willow hatte mit ihm wirklich einen guten Fang gemacht. Ich hatte mich oft über sie lustig gemacht, dass sie zu früh geheiratet hätte, aber zu sehen, wie Marv sich um sie und die Kinder kümmerte, war schon schön. Mehr konnte man sich von einem Partner eigentlich nicht wünschen. Sie wirkten sehr glücklich miteinander und das war etwas, worauf ich mich in meinen Beziehungen freute.

Ich wusste nicht, ob Marcus dauerhaft bleiben würde.

Wenn er da war, machte er mich scharf. Eine solche Chemie hatte ich noch nie mit einem anderen Menschen gespürt. Ich konnte mir auch nicht vorstellen, dass es noch eine zweite Person geben könnte, mit der ich so schnell eine so tiefe Verbindung hätte aufbauen können. Es war anders als mit meinen anderen Männern. Ich wollte ihn nicht so schnell wieder aus meinem Leben verlieren. Daher hoffte ich inständig, die Sache in Chicago mochte gut enden.

Als Marv am nächsten Morgen zur Arbeit fuhr, entschloss ich mich, mitzufahren. Ich wollte mich umsehen, um nach verdächtigen Fahrzeugen zu suchen. Da sich sein Büro mitten in der Innenstadt befand, konnte ich von da aus bequem Leute beobachten. Und hinter den getönten Glasscheiben würde mich niemand bemerken.

Eigentlich hatte ich auch vorgehabt, ein wenig durch die Stadt zu gehen, aber dazu reichte mein Mut nicht aus. Ich hatte Angst, allein vor die Tür zu gehen, und wollte Marv nicht von seiner Arbeit abhalten, um mein Händchen zu halten. Bestimmt hielt er mich schon für verrückt, weil ich jedes einzelne Auto anstarrte, das vorbeikam.

„Das ist ein schwarzer SUV, das ist doch verdächtig, oder?“

„Nein, das ist Edwards neuer Wagen. Er ist Vater geworden und brauchte ein größeres Auto.“ Marv wurde zunehmend gereizter.

„Oh, schau dir mal den Sedan an. Den habe ich noch nie vorher gesehen.“

„Isabella, das ist der Wagen der Ehefrau des Stadtbeauftragten. Ich denke nicht, dass sie die Absicht hat, dich zu töten.“

„Aber im Ernst, Marv. Was ist mit dem Mini-Van? Den habe ich noch nie in der Stadt bemerkt.“

„Isabella, das ist der Van von Familie Johnson. Entweder du setzt dich jetzt still da hin oder ich bringe dich wieder nach Hause. Ich schaffe sonst meine Arbeit nicht. Wo ist denn Stanley? Vielleicht möchtest du den mal eine Weile von der Arbeit abhalten?“

„Ist ja schon gut, ich halte den Mund." Ich wusste, dass Stanley mich in seinem Büro nicht gebrauchen konnte.

Für den Rest des Tages saß ich stumm herum. Es fiel mir schwer, denn ich beobachtete weiterhin die Autos, die vorbeifuhren. Aber ich achtete mehr auf die Fahrer. Und die kannte ich fast alle. Eine Frau in einem Mini-Van kannte ich nicht, aber die hielt ich jetzt auch nicht unbedingt für meine Mörderin.

Marv war offenbar froh, dass ich die Klappe hielt, denn er arbeitete zügig seine Projekte ab, um früher Schluss machen zu können. Um viertel nach vier packte er seine Sachen zusammen und wir machten uns auf den Weg zu meinem Haus. Eigentlich hatten wir auf Stanley warten wollen, aber Marv war müde und wollte schnell nach Hause.

Es waren nur ein paar Blocks und ich war froh, ihn bei mir zu haben. Ich war inzwischen derart verunsichert, dass ich überall nur noch Verfolger sah. Ich wollte endlich wieder durchatmen und mich entspannen können. Aber das war erst möglich, wenn Marcus aus Chicago zurückkam.

„Ich sehe niemanden. Du?", fragte ich.

„Nein, da ist niemand, Isabella. Lauf einfach rein und schnapp dir die Kamera."

„Ich möchte auch saubere Klamotten holen. Meinst du, das ist in Ordnung?"

„Ja, beeil dich nur. Ich will hier nicht den ganzen Tag herumstehen."

Ich sprang aus dem Wagen und lief zu meiner Haustür. Aber dann bekam ich Angst und drehte wieder um.

„Ich kann nicht allein reingehen. Kommst du mit?"

„Ach Mensch, Isabella. Geh einfach rein. Da hockt niemand seit zwei Wochen hinter der Tür und wartet darauf, dass du vielleicht mal irgendwann reinschaust. Los jetzt."

Ich stand neben seinem Wagen und schüttelte den Kopf. Natürlich war es albern, aber ich hatte einfach zu viel Angst. Ich brauchte Marcus an meiner Seite. Aber da er nicht hier war, musste Marv eben reichen.

„Bitte, Marv, ich weiß, ich benehme mich furchtbar. Aber ich habe Angst, allein reinzugehen.“

Marv schaltete den Motor ab und stieg aus seinem Auto. Er wirkte ziemlich verärgert, als er mit mir zur Tür ging. Ich steckte den Schlüssel ins Schloss, aber sie ließ sich nicht öffnen. Offenbar hatte Marcus sie mit irgendetwas versperrt, nachdem man sie eingetreten hatte.

„Gehen wir hinten rum“, sagte ich und machte mich auf den Weg ums Haus.

Das machte Marv noch genervter, aber er erwies sich als guter Freund und kam mit. Inzwischen bereute ich es, nicht auf Stanley gewartet zu haben. Ich hätte auch Rob anrufen können, damit er mir half. Mit allen drei Männern hier hätte ich mich auf jeden Fall bedeutend sicherer gefühlt.

Ich schloss auf und wartete auf Marv.

„Gehst du zuerst?“, fragte ich und blieb in der Ecke der Küche stehen.

„Mann, Isabella, dafür schuldest du mir aber was.“

Marv ging langsam durch das Haus, während ich in der Küche darauf wartete, ob die Luft rein war.

„Ist alles in Ordnung?“, rief ich, als er zur Treppe ging.

„Ja, jetzt hol endlich deine Sachen.“

Ich eilte die Treppe hinauf in mein Schlafzimmer. Dort holte ich eine Tasche aus dem Schrank und packte ein paar Klamotten ein. Ich hätte gern noch viel mehr mitgenommen, aber ich wusste, das würde Marv nicht gefallen. Also nahm ich nur ein Paar Schuhe und meine liebsten Klamotten mit.

„Ich warte unten im Wagen auf dich“, sagte Marv und ging die Treppe runter. „Es ist alles in Ordnung. Nimm einfach deine Sachen und dann hauen wir wieder ab.“

„Nein, nein, nein, ich komme ja schon! Lass mich nicht

allein hier.“ Ich beeilte mich, so sehr ich konnte.

„Mach dir keine Sorgen, Isabella. Alles ist gut. Nimm deine Sachen und komm.“ Ich hörte ihn unten auf der Treppe und dann an der Hintertür. Ich sah ihn durch das Fenster zu seinem Auto gehen und den Motor starten.

Ich fühlte mich albern, so ein Fass aufzumachen. Aber nach allem, was geschehen war, hatte ich einfach Angst in diesem Haus. Ich wusste nicht, ob ich die je wieder ablegen würde.

Irgendwie gab ich Marcus die Schuld dafür, auch wenn ich es nicht wollte. Wäre er nie nach Bain gekommen, wäre mir all das auch nicht passiert. Andererseits vermisste ich ihn und Zed. Was für ein Durcheinander. Ich wollte wissen, wie es den beiden ging, aber das war unmöglich. Diese Sorge verstärkte meine Paranoia nicht unerheblich.

Ich packte weiter meine Sachen ein und bemühte mich, die Nerven zu bewahren. Ich sah mich schnell noch einmal um, dann ging ich nach unten. Mir zitterten die Hände von dem Adrenalinschub und ich wäre beinahe die Treppe runtergefallen.

„Nicht schreien“, sagte eine mir vertraute Stimme, als ich am Fuß der Treppe angekommen war.

Eine Hand legte sich auf meinen Mund, mein Kopf wurde zur Seite gedreht. Zed. Er sah verändert aus. Seine hübschen Grübchen wurden von einem Bart bedeckt und er sah aus, als hätte er nicht mehr geduscht, seit ich ihn zuletzt gesehen hatte.

„Zed, was tust du hier?“, fragte ich und versuchte, meine Nerven zu beruhigen.

Er benahm sich anders als sonst, das machte mich erst recht nervös. Ich wollte auf einmal nicht mehr allein mit ihm sein. Mein Bauch sagte mir, dass etwas nicht stimmte.

„Sag deinem Freund, dass er fahren kann. Du wirst nicht mit ihm gehen.“

„Es war abgemacht, dass ich bei ihm bleibe, bis Marcus wieder da ist.“

„Sag es ihm jetzt!“, schrie Zed mich an.

Irgendetwas stimmte ganz und gar nicht, aber ich wollte lieber gar nicht wissen, was es war. Zed war süß und nett zu mir gewesen, aber jetzt benahm er sich grob und hektisch.

Auf einmal kam mir der Gedanke, dass Zed nicht zu den gleichen Leuten wie Marcus gehörte. Vielleicht war er eine Art Doppelagent, der in Wirklichkeit für die Gegenseite arbeitete. Hatte Marcus wirklich konkret gesagt, dass Zed denselben Job hatte wie er? Ich erinnerte mich nicht.

Marcus hatte erzählt, dass er so tat, als sei er einer von den Bösen. Vielleicht war Zed wirklich einer von denen und hatte es auf Marcus abgesehen? Vielleicht wollte er mich kidnappen oder mir wehtun, um so an Marcus heranzukommen?

Ich konnte mich Zed jedoch nicht widersetzen. Sein Blick verriet mir, dass er das nicht zulassen würde. Also ging ich hinaus zu Marvs Wagen und gab meine beste Vorstellung als Schauspielerin.

„Hey, Marv, tut mir leid, dass ich mich so angestellt habe. Ich fühle mich schon viel sicherer und werde hierbleiben.“ Damit drehte ich mich um und kehrte zurück ins Haus.

Ich hegte die Hoffnung, dass Marv mir das abgekauft hatte und einfach heimfahren würde. Auf dem Weg zum Haus blickte ich mich nicht noch einmal nach ihm um. Zed stand in der Tür, mit meiner Tasche.

„Ich brauche auch meine Kamera“, sagte ich.

„Nein, auf gehts.“

In dem Moment kam Marv um die Ecke und sah Zed. Marv schlug sofort auf ihn ein, aber Zed wich mühelos aus. Mit einem einzigen Gegenschlag setzte er Marv außer Gefecht.

„Zed!“, rief ich und eilte zu Marv.

Ich sah, dass er noch atmete, aber es hatte ihn ziemlich mitgenommen. So bald würde er nicht wieder zu Bewusstsein kommen.

„Warum hast du das getan?“, fragte ich.

Ich spürte, wie ich wütend wurde, aber das würde ich Zed nicht zeigen. Ich hatte keine Ahnung, für welche Seite er arbeitete. Bei so vielen Unbekannten in der Gleichung behielt man seine Karten besser für sich. Ich musste erst einmal abwarten, was hier vor sich ging, bevor ich mich einem Mann widersetzte, der mich mit Leichtigkeit außer Gefecht setzen konnte.

„Er hat versucht, mich zu schlagen. Wieso fragst du da nach dem Warum? Steig in den SUV.“ Zed packte mich am Arm, die Tasche in der anderen Hand, und zog mich zum Auto. Er schob mich auf den Rücksitz und ich bemerkte, dass die Tür in der Innenseite keinen Griff zum Öffnen hatte. Außer uns beiden befanden sich zwei weitere Männer vorn im Wagen.

Zed beobachtete mich im Rückspiegel. Ich saß ziemlich im Schlamassel.

„Isabella, du hast keine Ahnung, was los ist. Aber versuche doch, dich daran zu erinnern, was Marcus dir über seinen Job gesagt hat. Hör mir einfach zu und tu, was ich dir sage.“

Meine Gedanken rasten, während ich versuchte, die Puzzleteile zusammenzusetzen. Zed gehörte doch zu den Guten, wieso behandelte er mich dann so rüde? Warum hatte er Marv geschlagen?

Als wir losfuhren, blickte ich mich zum Haus um und sah, wie Marv mühevoll wieder auf die Beine kam. Das erleichterte mich immerhin etwas. Nun musste ich mir vor allem um mich selbst Sorgen machen.

Nützte es irgendetwas, um Hilfe zu schreien? Wie hätte ich erklären sollen, dass Zed sich nicht wie er selbst benahm? Oder überhaupt, was vor sich ging? Alles, was ich in den letzten Wochen für wahr gehalten hatte, entpuppte sich als Irrglaube. Ich konnte auf mein eigenes Urteil nicht länger vertrauen. Nichts schien mehr richtig und ich fühlte mich nirgends mehr sicher.

Zed hatte sich um mich gekümmert, nachdem Marcus angeschossen worden war. Ich dachte, er wäre nett. Aber ich wusste über ihn noch weniger als über Marcus. Und sein jetziges Verhalten machte mir Angst. Er wirkte arrogant, das hatte ich vorher nie an ihm bemerkt.

Nach ein paar Meilen stieg Zed hinten zu mir in den Wagen und einer der anderen Männer übernahm das Steuer. Ich musterte alle drei unauffällig. Ich wollte mir ihre Gesichter einprägen, ohne dass es zu auffällig war. Aber dann fiel mir ein, dass sie mir ihre Gesichter vielleicht gar nicht zeigen würden, wenn sie die Bösen waren.

Es sei denn, sie planten, mich nicht am Leben zu lassen. Dann konnte es ihnen egal sein, ob ich ihre Gesichter gesehen hatte. Vielleicht tat Zed nur so, als wenn er zu den Bösen gehörte. War er gerade undercover? Marcus kannte ihn doch, er konnte sich nicht so sehr in ihm getäuscht haben. Ich versuchte mich zu entspannen. Zed spielte den Bösen für die beiden anderen Männer. So musste es sein.

Der Gedanke, dass die beiden anderen Männer im Wagen mich ohne zu zögern töten würden, machte mich wiederum mehr als nervös. Bis vor wenigen Wochen hätte ich mir nicht einmal vorstellen können, in so einer Situation zu sein. Mein ganzes Leben war auf den Kopf gestellt. Normal gab es nicht mehr.

„Wohin fahren wir?“, fragte ich schließlich.

Niemand antwortete. Niemand nahm überhaupt Notiz von mir. Als ob ich gar nicht da wäre. Ich blickte hinaus aus dem Fenster auf die Landschaft, an der wir vorbeikamen. Wir fuhren eine holprige Landstraße entlang, deutlich schneller als erlaubt.

Ich hielt mich fest und zog den Gurt enger. Solche Straßen waren gefährlich. Aber das schien den drei Männern nichts auszumachen.

Ich wollte erneut fragen, wohin wir fuhren, aber ich sparte mir den Atem. Stattdessen war ich so aufmerksam wie nur möglich. Wir fuhren nach Nordwesten und sie wussten genau, wohin sie wollten. Sie brauchten weder ein Navi noch eine Straßenkarte. Der Fahrer kannte den Weg.

Der Mann kam mir bekannt vor. Breite Schultern und blondes Haar. Ich glaubte mich zu erinnern, dass er auch im Haus war, als Marcus angeschossen wurde. Ich war mir ziemlich sicher, dass er einer der Männer gewesen war, die Marcus aus dem Haus getragen hatten. Den anderen Mann im Wagen kannte ich nicht. Aber ich prägte mir das rötliche Haar und die Sommersprossen ein. Er war ebenso muskulös wie die anderen beiden, wirkte aber weniger abweisend. Er schaute mich hin und wieder an und lächelte.

Zed schien sich ein wenig beruhigt zu haben, was wiederum auch mich etwas ruhiger atmen ließ. Alle schienen sich ein wenig zu entspannen, je weiter wir uns von meinem Haus entfernten.

Sicher würden Marv und Willow sich Sorgen um mich machen. Ich hatte ihnen ja alles erzählt, was vorgefallen war. Sie wussten, dass eine unbekannte Gefahr drohte. Natürlich würden sie sich um mich sorgen. Aber wie hätte ich ihnen mitteilen sollen, dass es mir aktuell gut ging? Ich musste erst einmal abwarten, was mich erwartete.

Ich lehnte mich ein wenig zurück und schloss die Augen. Ich war so erschöpft, dass ich ein wenig einschlief. Als ich erwachte, waren wir weit weg von Bain. Wir befanden uns auf dem Interstate Highway von Chicago. Es war schon mitten in der Nacht, ich musste mehrere Stunden geschlafen haben.

„Gibt es etwas zu trinken?“, fragte ich Zed.

Er reichte mir eine Flasche Wasser. Ich stürzte den Inhalt runter und bereute es sofort. Wir befanden uns seit ungefähr acht Stunden im Auto, ich musste dringend aufs Klo. Nach der Flasche Wasser erst recht. Lange würde ich nicht mehr durchhalten.

„Halten wir demnächst mal an? Ich muss ganz dringend.“

„Wir haben vor einer Stunde gehalten. Da hast du geschlafen. In einer Stunde sind wir am Ziel. Kannst du bis dahin warten?“, fragte Zed.

Ich dachte ernsthaft darüber nach. Die Vorstellung machte mich sofort unruhig.

„Nein, ich glaube nicht.“

Ich sah Mitgefühl in Zeds Blick. Das war der Mann, den ich kannte, mit dem ich geschlafen hatte. Meine Antwort schien ihn auch nicht zu verärgern. Er beugte sich zum Fahrer vor und flüsterte ihm etwas ins Ohr.

Kurz darauf fuhren wir bei einer Tankstelle vor, Zed stieg aus und begleitete mich zum Klo. Als ein Ehepaar an uns vorbeikam, nahm er meine Hand und hielt mich fest, als seien wir ebenfalls ein Paar. Ich versuchte vergeblich, mir nicht anmerken zu lassen, wie überrascht ich davon war. Sobald das andere Paar wieder außer Sichtweite war, ließ er meine Hand wieder los.

Ich verstand nicht, was er damit bezweckte. War das Tarnung? Oder befürchtete er, ich würde weglaufen und anfangen zu schreien, dass man mich entführt hätte? Während ich auf dem Klo war, wartete Zed davor, dann kehrten wir zurück zum Wagen und befanden uns bald darauf wieder auf dem Highway.

Ich bemühte mich, mir möglichst viele Details unterwegs zu merken. Im Zweifelsfalle konnte mir das bei einer Flucht nützlich sein.

Kapitel 22

„Kannst du mir nicht sagen, wohin wir fahren? Bitte“, flehte ich Zed an.

Er schaute mich schließlich an, antwortete aber nicht. Offenbar war unser Ziel ein Geheimnis. Was auch bedeutete, dass ich niemandem sagen konnte, wo ich war, selbst wenn sich die Gelegenheit ergeben hätte.

„Wir sind bald da“, meinte Zed und lächelte mich an. Es war das erste Mal, dass er sich eher so benahm wie der Mann, mit dem ich intim gewesen war.

Er tätschelte mir die Hand und das war dann endgültig zu viel für mich. Ich fing an zu heulen. Die letzten Wochen hatten mich emotional ziemlich mitgenommen. Die gesamte Situation, mit diesen drei Männern hier unterwegs im Nirgendwo, überforderte mich einfach. Ich konnte nicht mehr.

Was war nur los mit meinem Leben? Es war immer ruhig und langweilig gewesen. Ich restaurierte mein Elternhaus und machte ein paar Fotos. Und auf einmal war ich mitten in einer Geschichte aus Mord und Totschlag gelandet. Ja, ich mochte Marcus und ich wollte, dass es ihm gut ging. Aber alles andere wollte ich nicht. Das war zu viel für meinen Gemütszustand, das alles musste dringend ein Ende haben. Auf einmal war die Tatsache, dass ich mit mehreren Männern gleichzeitig eine Beziehung führte, noch das normalste und harmloseste in meinem Leben. Welch Ironie.

Zed griff nach meiner Hand und drückte sie sanft. Er sagte nichts und auch die anderen Männer schwiegen weiterhin. Aber die zärtliche Geste gab mir ein wenig mehr Zuversicht, dass er doch zu den Guten gehörte. Er wollte mich wirklich etwas trösten und mich beruhigen.

Außerdem hassten doch alle Männer, wenn Frauen heulten. Sie liebten ihre Frauen, aber zu emotional durfte es bitte nicht werden, denn das entzog ihnen die Kontrolle.

Ich atmete einige Male tief durch und bemühte mich, ruhiger zu werden.

„Tut mir leid“, sagte ich, als der Tränenfluss versiegt war.

Ich wollte keine dieser Heulsusen sein, ich wollte stark sein. Nach Michaels Tod hatte ich mich verändert, die letzten Wochen hatten viele Erinnerungen wieder an die Oberfläche gebracht. Ich hatte gelernt, mit vielen Dingen besser klarzukommen.

„Ist schon gut“, meinte Zed und nahm seine Hand weg.

Ich vermutete, wir waren inzwischen nördlich von Chicago und verließen den Highway. Wir fuhren durch ein paar Seitenstraßen und dann wieder auf eine Landstraße. Noch immer war der Fahrer sich seiner Sache sehr sicher. Die Geschwindigkeitsbegrenzung auf den holprigen Wegen störte ihn auch nach wie vor nicht.

Schließlich bogen wir in eine Einfahrt eines großen, viktorianischen Hauses. Es stand mitten im Nirgendwo. Am Tor stand *Sweet B & B* und das kam mir doch sehr seltsam als unser Ziel vor.

Wir hielten vor dem Haus und der Fahrer stieg aus. Er ging zum Eingang und winkte uns, um zu folgen.

„Wir sind da“, sagte Zed und stieg ebenfalls aus.

Ich wartete einen kurzen Moment, dann öffnete ich die Tür. Zögernd folgte ich den Männern ins Haus. Ich war offenbar keine Gefangene, denn keiner achtete darauf, dass ich mir alles genau anschaute, bevor ich mitkam. Zed wartete an der Tür auf mich, als ich nervös eintrat.

Ich atmete tief durch und folgte ihm hinein.

Es sah aus wie ein altes Bed & Breakfast, alles wirkte veraltet und heruntergekommen. Hier wurden aktuell keine Gäste empfangen und bewirtet, so viel war klar. Im Eingangsbereich war eine Tapete mit Blumenmuster angebracht, aus dem zweiten Stock baumelte ein Kronleuchter herab. Treppen wanden sich hinauf in die nächste Etage.

Ich blieb stehen und sah mir alles genau an. Dann spürte ich, dass mich jemand beobachtete. Ich drehte mich um und bemerkte jemanden in einer Art Wohnzimmer sitzend. Er sah vertraut aus, aber mein Hirn brauchte einen Moment, um die Lage zu erfassen.

Er trug alte Klamotten, zotteliges braunes Haar und einen buschigen Bart. Wir sahen einander an, dann grinste er und ich erkannte ihn.

„Marcus!“, rief ich, rannte zu ihm und fiel ihm um den Hals.

Er küsste mich. Der raue Bart kratzte mich. Ich hatte noch nie einen Mann mit Vollbart geküsst, das war ein ganz neues Gefühl. Ich versuchte, ihm auszuweichen, während ich ihn küsste und unsere Zungen miteinander spielten. Dann erst wurde mir bewusst, dass vier weitere Männer sich im Zimmer befanden. Sie bemühten sich, uns nicht anzustarren, waren aber peinlich berührt von unserem Geknutsche.

„Hey, Babe“, sagte er, nahm meine Hand und ging mit mir in eines der anderen Zimmer.

Er sah müde aus, geradezu ausgezehrt, erschöpft. Es war offensichtlich, dass er viel zu tun gehabt hatte, daher sparte ich mir die Frage, ob er die Angelegenheit hatte klären können.

„Ich habe mir solche Sorgen um dich gemacht. Und dann hat Zed Marv niedergeschlagen und mich gezwungen, mit ihm zu kommen. Ich habe gar nicht verstanden, was los war.“

„Ich hatte erfahren, dass jemand das Haus beobachtete und nach mir suchte. Ich wollte nicht, dass dich jemand anderes erwischt, also habe ich Zed losgeschickt, mit einigen Jungs. Tut mir leid, falls dir das Angst gemacht hat.“

„Marv hat versucht Zed anzugreifen und hat sich eine eingefangen. Bestimmt hat er längst die Polizei informiert. Er muss doch annehmen, dass ich entführt wurde.“

„Mach dir deshalb keine Sorgen, wir klären das. Jetzt muss ich mich erst mal ein wenig ausruhen. Ist das okay für dich?“

Ich konnte wohl kaum mit ihm darüber streiten. Er sah

aus, als hätte er seit Wochen nicht mehr geschlafen. Er hielt meine Hand und wir gingen gemeinsam die Treppe hinauf in eines der Zimmer, wo seine Sachen sich befanden. Es sah aus, als sei er auch gerade erst hier eingetroffen und hatte noch nicht einmal ausgepackt.

Ich sah eine Tür, die zum Badezimmer führte, eine weitere zu einem Wandschrank. Gewohnheitsmäßig öffnete Marcus beide und schaute nach dem Rechten. Dann schlug er die Bettdecke zurück.

Er wollte sich hinlegen, aber ich hielt ihn an der Hand zurück. Er war schmutzig und hatte ganz offensichtlich seit längerem weder geschlafen noch geduscht. Ich wusste, er würde sich nach einer Dusche besser fühlen. Also zog ich ihn hinter mir her ins Bad. Zögernd folgte er mir.

Seine normalerweise überlegene Haltung war vollständig verschwunden. Stattdessen hatte ich einen sanften, freundlichen Mann vor mir. Er hatte nicht mehr die Kraft, den harten Kerl zu spielen. Er ließ es zu, dass ich ihm die Hose öffnete und sie ihm auszog.

Dann zog ich ihm das Shirt über den Kopf und entledigte ihn seiner restlichen Kleidung. Er sprach nicht und wartete nur darauf, dass ich die Dusche anstellte. Ich öffnete die Kabine und schob ihn hinein. Das Wasser im Abfluss färbte sich braun.

Ich entkleidete mich ebenfalls und gesellte mich zu ihm. Dann nahm ich etwas Shampoo und wusch ihm damit Haare und Bart. Anschließend fuhr ich mit meinen seifigen Händen über seinen Körper und wusch den Dreck ab, so gut es eben ging.

Marcus stand da, die Augen geschlossen, und überließ sich meinen Händen. Ich drehte ihn um und wusch auch seinen Rücken und die Beine. Dann nahm ich seinen Schwanz in die Hand. Ich hörte, wie er geräuschvoll ausatmete und sich an der Wand der Duschkabine abstützte.

Aber ich holte ihm keinen runter, sondern wusch ihn einfach gründlich, dann spülte ich die Seife ab. Während ich ihn am ganzen Körper säuberte, wurde ich mir erneut seiner enormen Muskeln bewusst. Er hatte nicht ein einziges Gramm Fett am Leib. Selbst seine Arschmuskeln waren perfekt und rund. Ich fuhr mit meinen Händen über seinen Rücken und dann nach vorn.

Plötzlich drehte er sich um und küsste mich.

Die Leidenschaft in seinen Augen ließ mich dahinschmelzen. Marcus drängte mich gegen die Wand der Dusche und fuhr nun seinerseits mit den Händen über meinen Körper. Seine Finger spielten mit meinen Brustwarzen, er packte meinen Hintern und zog mich an sich. Der Stress der letzten Wochen hatte ihm wirklich zugesetzt. So viel angestaute sexuelle Energie, die musste er jetzt loswerden. Danach würde er sich besser fühlen, das wusste ich.

Ich spürte, wie er hart wurde. Instinktiv legte ich meine Hand um seinen Schwanz und rieb ihn genussvoll.

Auch meine Erregung wuchs dadurch. Das warme Wasser war angenehm auf der Haut, seine Hände waren sanft und zärtlich auf mir. Ich schloss die Augen und genoss den Moment.

Mit neuem Tatendrang stellte Marcus die Dusche ab und öffnete die Kabine. Er nahm ein Handtuch und wickelte es sich um die Hüfte, dann hob er mich aus der Dusche. Tropfend trug er mich zum Bett. Er legte das Handtuch ab, breitete es auf dem Bett aus und platzierte mich darauf.

Seine Augen verschlangen mich geradezu, als er auf mich herabschaute. Der triebhafte Blick war mehr, als ich verkraften konnte. Ich musste den Blick abwenden.

Marcus stieg zu mir ins Bett und ich stellte mich darauf ein, von ihm genommen zu werden. Ich wollte verzehrt werden, wollte seinen harten Schwanz tief in mir drin spüren. Ich wollte stöhnen vor Lust mit jedem seiner Stöße.

Er legte sich auf die Seite und zog meinen Hintern zu sich. Ich spürte seinen steifen Schwanz in meiner Arschritze. So lagen wir da, mit seinen Armen um mich. Die Erschöpfung musste wohl doch etwas viel für ihn gewesen sein, denn er küsste meinen Nacken und zog die Decke über uns beide.

Ich liebte es, dass er genug Kraft hatte, zu warten. Aber ich war mir sicher, dass eine schnelle Nummer ihm geholfen hätte. Anstatt nur beiläufig zu vögeln, zog er es vor, neben mir zu liegen und zu schlafen. Das war bewundernswert und ich bezweifelte, dass viele Männer so gehandelt hätten.

Es machte mir nichts aus, keinen Sex zu haben. Es fühlte sich wunderbar an, in seinen Armen zu liegen. Er hielt mich ganz fest und ich kam mir winzig vor zwischen den muskelbepackten Armen. Aber vor allem fühlte ich mich sicher. Was auch immer die Zukunft bringen mochte, hier und jetzt fühlte ich mich sicher, und darauf allein kam es an.

Ich schloss die Augen und wollte ebenfalls etwas schlafen, aber ich fand einfach keine Ruhe. Marcus schlief unruhig und ich fragte mich, was er wohl träumte. Sein Körper wand sich und war die ganze Nacht ständig in Bewegung, was mich jedes Mal weckte, wenn ich eingenickt war. Vielleicht kämpfte er in einem Albtraum gegen die Bösewichter.

Ich fragte mich, was an seinem Undercover-Job wohl so dreckig war. Wieso konnte er tagelang nicht schlafen oder duschen? Ich wollte für ihn da sein, ihm helfen, sich besser zu fühlen. Ich verliebte mich in ihn und wollte an seiner Seite sein.

Endlich schlief ich doch ein. Ich war auch erschöpft und brauchte dringend die Erholung.

Ich erwachte von einem harten Stoß und wurde vom Bett geschubst. Ich schrie erschrocken auf und schlug mir die Hände vor den Mund. Es dauerte einen Moment, bis ich erfasste, was los war. Ich lag auf dem Boden neben dem Bett. Irgendetwas hatte mich hart im Gesicht getroffen.

Ich blickte auf und sah, dass Marcus von meinem Schrei erwacht war.

Es dauerte einen Moment, bis wir erkannten, was passiert war. Er hatte einen Albtraum gehabt und mit den Armen um sich geschlagen. Dabei hatte er mich gestoßen und im Gesicht getroffen.

Es schmerzte höllisch, aber ich verkniff mir die Tränen. Ich war noch nie geschlagen worden. Der Schmerz war völlig neu für mich. Irritiert blickte ich Marcus an, während ich mir vorsichtig das Gesicht hielt.

Er sprang vom Bett und kam zu mir.

„Bist du okay? Ich hatte einen Albtraum. Es tut mir so leid."

„Ist schon in Ordnung. Hat mich nur erschreckt. Ich werde schon nicht daran sterben."

Marcus wirkte aufrichtig schockiert. Er zog mir die Hand vom Gesicht und schaute sich den Schaden an. Zum Glück hatte er mich nur unbewusst und im Schlaf getroffen. Mit voller Kraft hätte ich mehr gehabt als nur eine rote Wange.

„Mein Gott, Isabella! Es tut mir so leid."

„Du hast geschlafen. Ist schon in Ordnung. Wovon hast du geträumt?"

„Keine Ahnung. Jemand hielt mich fest und ich konnte mich nicht bewegen. Ich habe versucht meine Arme zu befreien und zappelte damit herum. Dabei muss ich dich getroffen haben. Ich kann es nicht fassen."

Marcus legte mir behutsam eine Hand auf die Wange und schaute mich entsetzt an.

Mir wurde bewusst, dass er nie eine Frau geschlagen hatte. Weder aus Wut noch aus Versehen. Er wirkte am Boden zerstört.

Ich wollte nicht, dass er sich deswegen elend fühlte. Mir ging es gut, er musste sich keine Sorgen um mich machen.

„Mir geht es gut, es ist alles in Ordnung", sagte ich und nahm sein Gesicht in meine Hände.

Der Bart kitzelte unter den Fingern. Ich zog daran, als wir uns küssten. Das weckte seine Leidenschaft und er hob mich auf das Bett. Auch die wenigen Stunden Schlaf hatten schon gereicht, um ihn mit neuer Energie zu versehen. Er war beinahe schon wieder ganz er selbst.

Er hatte wieder diesen Glanz in den Augen, der meine Lust entfachte und mich zum Lächeln brachte. Die prickelnde Energie zwischen uns war wieder da.

Er schlang seine Arme um mich und blickte mir tief in die Augen. Ich spürte die Intensität und wollte ihn in mir haben. Ich griff nach seinem Schwanz und rieb ihn, bis er steif war. Ich genoss unsere Nacktheit. Die Chemie zwischen uns war perfekt, es war wie nach Hause kommen, wenn wir zusammen waren.

Ich rubbelte ihn einige Male, dann zog Marcus meine Hand von seinem Schwengel.

Er würde mir nicht die Kontrolle überlassen und hielt meine Hände über meinem Kopf fest. Mit den Lippen zog er an meiner Brustwarze und saugte daran, bis ich jegliche Kontrolle verlor. Mein ganzer Körper begann zu prickeln, ich hatte das so sehr vermisst. Die kurze Zeit ohne ihn war zu lange gewesen, unsere Leiber brauchten einander. Ich wollte mehr. Ich brauchte mehr. Ich brauchte Marcus jede Nacht. Ich wollte nie wieder von ihm getrennt sein.

Ich wand mich aus seinem Griff und begann, mit meinen Händen seinen Körper zu erkunden. Ich wollte seine Haut spüren, mich an alles an ihm erinnern.

„Du hast mir gefehlt", flüsterte ich, während meine Hände durch sein Haar glitten.

Marcus antwortete nicht, sondern nahm erneut meine Hände und hielt sie über meinen Kopf. Der intensive Blick verriet mir aber, dass er mich auch vermisst hatte. Außerdem musste er dringend Erlösung finden und ich wusste genau, was er dazu brauchte.

Sein harter Schwanz kam näher, neckte mich, zog sich wieder zurück. Ich folgte ihm mit meinem Becken, wollte ihn berühren, aber er ließ es nicht zu. Er brauchte die Kontrolle über die Situation und gab mir nicht die Befriedigung, nach der ich so sehr verlangte.

Wieder kam er mir näher, ließ seine Schwanzspitze ein kleines Stück in mich gleiten und brachte mich zum Aufstöhnen. Ich wollte mehr von ihm, aber er zog sich erneut zurück. Er liebte es, diese Macht auszuspielen und genoss es, mich warten zu lassen.

Unsere Blicke trafen sich und er schenkte mir ein Lächeln

durch den dichten Bart. Er wusste, wie sehr ich ihn wollte, und das machte es für ihn nur noch vergnüglicher, mich zu necken.

Wir spielten dieses Spiel eine Weile. Immer wieder drang er ein Stück in mich ein. Ich wollte alles von ihm in mir drin, aber er entzog sich mir. Auch als ich versuchte, ihn zu küssen, lehnte er sich zurück.

Dann drang er ganz plötzlich mit einer einzigen Bewegung tief in mich ein. Ich schrie auf und schloss meine Augen, um mich ganz dem Gefühl hinzugeben. Es war wundervoll, so von ihm ausgefüllt zu sein. Sein dicker Schwanz passte perfekt. Davon konnte ich nie genug bekommen. Ich brauchte mehr von Marcus.

„Aufmachen“, befahl er.

Ich verstand erst nicht, was er meinte, aber dann öffnete ich die Augen und schaute ihn an. Das hatte er gewollt. Ich sollte ihm in die Augen sehen, während er mich fickte.

Anfangs war es ein wenig unangenehm, das Ausmaß der Intimität war neu und erregend. Er hielt nichts zurück, sondern stieß mit aller Kraft in mich. Ich stöhnte und wollte meine Arme befreien, aber er ließ es nicht zu. Jedes Mal, wenn ich den Blick abwandte, befahl er mir, ihn wieder anzuschauen.

„Sieh mich an, Isabella“, sagte er mit verführerischer Stimme.

Seine Stimme war weich wie Samt und ich wurde davon erregt. Er sah mich voller Begehren an und ich verstand, dass er mehr als nur einen schnellen Fick wollte. Da war mehr zwischen uns. Er war ganz und gar bei mir.

Er ließ meine Arme endlich los und sofort umschlang ich ihn damit. Ich hielt mich an ihm fest, während unsere Körper sich aneinander rieben. Mit jedem Stoß näherte ich mich schneller meinem Höhepunkt. Ich schloss die Augen, um mich auf dieses Gefühl zu konzentrieren.

Marcus legte mir zärtlich eine Hand auf die Wange, dort wo er mich aus Versehen erwischt hatte.

„Lass sie auf, ich möchte deine Augen sehen, wenn du kommst“, bat er.

Seine Stimme war voller Sehnsucht. Mir beim Orgasmus in die Augen zu schauen, erregte ihn. Also tat ich ihm den Gefallen. Ich schob meine Unsicherheit beiseite und blickte ihm fest in die Augen.

Ich hielt seinen Blick fest mit jedem Stoß, der mich dem Orgasmus näherbrachte. Ich biss mir auf die Lippen, als ich das vertraute Kribbeln überall spürte. Ich rieb mein Becken an seinem und verlangte nach mehr. Ich wollte die Explosion in mir fühlen, mit dem Blick auf Marcus gerichtet, damit er mir dabei zusehen konnte, wie ich kam.

Schneller, härter, immer heftiger vögelten wir einander. Er stieß in mich und ich schrie auf vor Lust. Es kostete mich Mühe, die Augen geöffnet zu halten, es machte den Orgasmus noch viel intensiver. Ich hielt mich an ihm fest, während er noch einige Male in mich stieß und mir dabei zusah, wie ich erbebte.

Ich bäumte mich ihm entgegen und erschauderte. Ich wollte immer noch mehr, ließ mein Becken kreisen. Marcus antwortete mit heftigen Stößen und ich erlebte den intensivsten Orgasmus, den ich je hatte.

Ich ließ ihn los und sank erschöpft zurück auf das Bett. Endlich schloss ich die Augen und spürte seinen Mund auf meinen Lippen und meiner Wange.

Marcus glitt von mir herunter und legte sich neben mich. Seine Finger fuhren über die Kurven meines Körpers, während ich noch immer von den Schockwellen meines Höhepunkts geschüttelt wurde. Ich wollte ihn anschauen, aber meine Augen waren so müde.

Ich fühlte seine Arme um mich und wusste, ich war endlich in Sicherheit. Ich musste mir keine Sorgen mehr um Marcus machen und konnte endlich einschlafen und mich meiner Erschöpfung hingeben.

Kapitel 23

Ich wusste nicht, wie lange ich geschlafen hatte, aber als ich hinunterging, machte Marcus gerade Frühstück und die anderen Männer waren alle verschwunden. Das Haus wirkte recht idyllisch, erst recht mit uns beiden als einzigen Bewohnern. Mein erster Eindruck gestern, dass es sich um ein verlassenes Bed & Breakfast handelte, war vielleicht falsch. So wie Marcus in der Küche hantierte, machte es einen sehr geschäftigen Eindruck.

Das Gefühl, wir seien zwei Liebende, die in dieser Abgeschiedenheit ihren Urlaub verbrachten, gefiel mir außerordentlich gut. Ich lächelte glücklich über den Anblick von Marcus in der Küche und den schönen Sommertag, der uns erwartete.

„Guten Morgen, meine Schöne“, sagte Marcus, während er die Pfannkuchen in der Pfanne wendete.

Er trug nichts als eine Jeans, die sich perfekt an seinen muskulösen Hintern anpasste. Ich hätte ihn stundenlang angucken können. Er sah aus, als hätte ihn ein wahrer Künstler erschaffen.

„Guten Morgen, Marcus“, sagte ich und setzte mich an den Tisch.

Ich sah ihm zu, wie er weiter am Herd hantierte. Er schien zu wissen, was er tat. Ich fand es sehr sexy, wenn ein Mann sich in der Küche auskannte. Er mischte den Teig, schnippelte Erdbeeren klein und schüttete mir Orangensaft ein. Seine Hände waren geschickt, aber das wusste ich ja ohnehin schon aus Erfahrung.

„Hast du gut geschlafen?“, fragte er.

„Himmel, ja. Als hätte ich eine ganze Woche lang gepennt.“

Marcus brachte das Essen und den Saft zu mir an den Tisch. Wir aßen schweigend. Ich konnte mich nicht daran erinnern, wann ich überhaupt das letzte Mal etwas gegessen hatte. Wahrscheinlich vor zwei Tagen, als ich noch bei Willow und Marv war. Ich stopfte mir Pfannkuchen und Erdbeeren in den Mund wie ein Gefangener, der seit Wochen nichts zu essen gekriegt hatte.

An den Anblick von Marcus' Bart hatte ich mich inzwischen gewöhnt. Frisch gewaschen stand er ihm eigentlich ganz gut. Außerdem sah er so aus, als hätte er ihn gestutzt, als ich noch geschlafen hatte. Der Bart betonte seine kantige Unterkieferpartie.

Während er aß, sah er mich hin und wieder an und lächelte. Ich brauchte das zur Beruhigung. Da ich immer noch nicht recht wusste, was eigentlich los war, wurde ich die innere Unruhe auch nicht los, auch wenn ich versuchte, mir nichts davon anmerken zu lassen. Ich war hier bei Marcus, alles andere würde sich finden.

Die Schussverletzung an seiner Schulter war inzwischen verheilt, aber er hatte eine Narbe behalten. Ich fuhr mit den Fingern darüber und schaute ihn an.

Ich erinnerte mich noch sehr lebhaft an den Moment, als es passierte. An seine Kollegen, die ihn aus dem Haus trugen, daran, dass ich dachte, er wäre tot. Ich erinnerte mich daran, ihn angesprochen zu haben, ohne eine Reaktion von ihm. Der ganze Horror jener Nacht war noch sehr lebendig in meinem Kopf und ich war mir sicher, dass ich das nicht so schnell vergessen würde.

„Tut es noch weh?“, fragte ich.

„Nein, es geht schon.“

„Sollte ich wohl Willow und Marv anrufen? Sie machen sich bestimmt Sorgen.“

„Ich habe Sheriff Thomson informiert, dass du bei mir bist. Er wird es sie wissen lassen.“

Marcus war sehr effizient, was solche Dinge anging. Dass er wusste, wer Sheriff Thomson war, beeindruckte mich. Marcus war clever und schien gedanklich allen anderen immer zehn Schritte voraus zu sein. Ich konnte mir das für mich kaum vorstellen, dafür lebte ich zu sehr für den Augenblick.

„Das ist gut. Ich möchte nur nicht, dass sie sich sorgen. Wie lange werden wir hierbleiben? Kann ich Stanley und Rob

Bescheid geben?“

„Ich fände es gut, wenn du hierbleiben könntest. Allerdings muss ich noch mal weg. Außerdem habe ich Stanley bereits angerufen, er wird Rob informieren. Ich hoffe, das war okay?“

„Ja, absolut. Aber wieso musst du noch mal weg? Ist der Job nicht erledigt?“

„Noch nicht erledigt“, bestätigte er.

Panik überkam mich bei dem Gedanken, allein in diesem Haus zu bleiben. Wir waren zwar weit entfernt von den Leuten, die Marcus überfallen hatten, aber ich wollte nicht schutzlos hier zurückbleiben.

„Wird Zed hierbleiben? Oder einer der anderen Männer?“

„Nein, ich brauche sie an meiner Seite für den Job. Du wirst hier schon klarkommen. Außer den Besitzern weiß niemand, dass wir hier sind.“

„Ich fühle mich nicht sicher hier“, sagte ich mit gebrochener Stimme.

„Du bist hier aber sicher. Andernfalls würde ich dich bestimmt nicht hier allein wohnen lassen.“

Mein Atem ging unregelmäßig, als eine Welle von Panik mich erfasste. Ich durfte nicht allein bleiben, das ging auf gar keinen Fall.

„Ich werde mit dir kommen. Wohin gehst du denn?“

„Schätzchen, du kannst nicht mitkommen. Ich werde unten in Chicago diese fiesen Typen richtig aufmischen. Du musst hierbleiben.“

Auf einmal hatte ich das Gefühl, blutleer zu sein, und mir wurde schwindelig. Gleich würde ich in Ohnmacht fallen. Um mich herum fing alles an, sich zu drehen.

„Ich kann nicht allein bleiben“, sagte ich. Mir zitterten die Hände.

Marcus nahm sie und hielt sie fest. Dann blickte er mir tief in die Augen. Er verurteilte mich nicht wegen meiner Angst, sondern zeigte Verständnis. Das half mir ein wenig, wieder runterzukommen.

„Ich kann dir eine Waffe geben, wenn du möchtest."

Ich dachte einen Moment darüber nach. Ich hatte noch nie in meinem Leben geschossen, aber der Gedanke, eine Waffe in Reichweite zu haben, beruhigte mich ein wenig.

„Wirst du mir zeigen, wie man damit umgeht?"

„Aber sicher. Nach dem Frühstück gehen wir hinter das Haus und ich zeige es dir. Ich werde aber auch nur ein oder zwei Tage weg sein, mach dir also keine Sorgen. Es wird alles gut, versprochen."

Ich konnte trotzdem keinen Bissen mehr herunterkriegen und wartete nur darauf, dass er mit dem Frühstück fertig wurde, damit er mir das Schießen beibringen konnte. Es gab mir ein gutes Gefühl, dass ich mich im Notfall würde verteidigen können. Allerdings hoffte ich doch sehr, dass es nicht dazu kam. Waffen hatten mich bisher immer nervös gemacht und der Gedanke, selber schießen zu müssen, war nicht gerade beruhigend. Allerdings war es mir lieber, ich würde die Bösewichter erschießen, als die mich.

Das kalte Metall fühlte sich sexy an. Ich hob die schwere Waffe und versuchte, sie auf das Ziel am anderen Ende des Gartens zu richten, das Marcus mir genannt hatte. Das Gewicht der Waffe machte es schwer, die Arme ausgestreckt und gerade zu halten. Meine Muskeln waren an eine solche Haltung nicht gewöhnt.

Ich entspannte die Arme und richtete die Waffe auf den Boden. Ich hatte keine Ahnung, welcher Typ von Pistole das war. Sie war an den Seiten abgeflacht und man lud ein ganzes Magazin von unten in den Griff. Ich wollte wissen, wie man sie abfeuerte. Ich wollte mich sicher fühlen, auch wenn Marcus nicht da war. Ich konnte mich selbst schützen, wenn es darauf ankam.

Marcus zeigte mir, wie man den Sicherheitsriegel einrasten ließ.

„Das musst du machen, wenn du sie nicht benutzt. Das ist ganz wichtig. Vergiss es niemals.“

Die Ernsthaftigkeit, mit der er das sagte, ließ mich nicht daran zweifeln, dass es wirklich wichtig war. Ich würde mir Mühe geben, es nicht zu vergessen. Ich hasste Waffen und hätte im Leben nie damit gerechnet, mal lernen zu wollen, wie man damit umging. Aber in meinem Leben hatte sich in den letzten Wochen ohnehin einiges verändert, von daher war auch das Schießen keine so große Überraschung mehr.

Der Gedanke, dass mit dem Schießen auch eine große Verantwortung verbunden war, behagte mir erst recht nicht. Es bedeutete, dass ich im Ernstfall jemandem das Leben nehmen könnte. Natürlich würde ich das nur tun, wenn mein eigenes Leben ansonsten in Gefahr wäre, aber dennoch bestand bei meiner geringen Erfahrung damit das Risiko, jemanden zu verletzen, der unschuldig war. Das konnte ich nicht auf die leichte Schulter nehmen. Ich hegte meinen Zweifel, ob ich es überhaupt über mich bringen würde, abzudrücken. Dennoch musste ich einfach wissen, wie das Ding im Notfall zu benutzen war.

Wir verbrachten ein paar Stunden damit im Garten und ich versuchte immer wieder, das Ziel zu treffen. Vergeblich. Die Waffe war zu schwer, um sie hochzuhalten und gründlich zu zielen. Ich brauchte mehr Übung. Und ich musste meine Arme mehr trainieren.

Mein Leben bestand daraus, das alte Haus zu restaurieren und Fotos zu knipsen. Ich ging nicht ins Fitnessstudio und ganz sicher trainierte ich nicht. Ich ging spazieren, wenn ich auf der Suche nach guten Motiven war. Und das Restaurieren war auch körperlich anstrengend manchmal. Aber für den Muskelaufbau war das alles nicht geeignet.

„Ich werde das Ding niemals abfeuern können“, klagte ich frustriert.

„Vertrau mir. Wenn es darauf ankommt, wirst du es können. Das kommt dann ganz von allein.“

Er nahm mir die Waffe ab, ließ den Sicherheitsriegel einschnappen und legte sie auf den Tisch. Dann zog er mich an sich und küsste mich heftig auf den Mund. Das fühlte sich an wie nach Hause kommen. Wenn er seine Arme um mich schlang, dann war ich an dem Ort, wo ich sein sollte.

Es fiel mir schwer, es zuzugeben, aber ich fühlte mich mit Marcus besser als jemals mit Michael. Vielleicht, weil ich älter war und in mir selber ruhte. Aber vielleicht passten wir auch einfach besser zusammen. Was auch immer der Grund dafür war, ich war ganz ich selbst mit Marcus. Mit ihm an meiner Seite konnte ich ganz ich selbst sein, so wie ich gern sein wollte.

Es waren nicht nur seine starken Arme, in denen ich mich sicher fühlte. Es war der ganze Mann. Die Art, wie er sich mir widmete, wenn wir zusammen waren. Er wollte, dass ich mich sicher fühlte, er wollte, dass ich es schaffte, ein paar Tage allein zurechtzukommen. Es war eindeutig, dass ich ihm wichtig war und er sich um mein Wohlbefinden sorgte. Das Gefühl war stark und brachte uns näher zusammen.

Unser Kuss war intensiv und wir erkundeten einander genauer. Seine starken Hände glitten über meinen Leib und ließen mich vor Lust erschauern. Es fühlte sich himmlisch an, von ihm berührt zu werden.

Seine Finger fuhren unter mein T-Shirt und dann meinen Rücken hinauf und hinab, während er mich noch enger an sich zog. Mir wurden die Knie weich. Selbst nachdem wir schon einige Male miteinander intim gewesen waren, empfand ich jede seiner Berührungen immer noch schockierend intensiv. Sofort wurde ich feucht. Ich wollte ihn. Immer wieder. Selbst wenn ich zornig auf ihn war, begehrte ich ihn. Es ließ sich einfach nicht leugnen.

Ich ließ meine Hände über seine Haut gleiten und spürte, dass er Gänsehaut bekam. Es machte mich glücklich zu sehen, dass meine Berührungen auch ihn nicht kalt ließen. Er war ein schweigsamer Mann, der seine Gefühle normalerweise nicht offen zeigte, aber die Reaktion seines Körpers konnte er nicht verbergen, wenn ich bei ihm war. Das gefiel mir.

Wenn er so auf mich reagierte, dann wollte ich stets mehr. Ich wollte wissen, was ich noch alles mit ihm anstellen konnte.

Er musste einen ähnlichen Gedanken gehabt haben, denn er öffnete meine Shorts und ließ sie zu Boden gleiten. Wir waren noch immer hinten im Garten und ich sah mich schnell um, ob jemand in der Nähe war.

Das Bed & Breakfast war mitten im Grünen und es kamen meilenweit keine anderen Häuser. Hin und wieder hörte man ein Auto vorbeifahren. Ich wusste nicht, warum ich mir Sorgen machte, dass uns jemand sehen könnte. Es war meilenweit niemand hier außer uns.

Als nächstes zog Marcus mir mein Spitzenhöschen aus. Seine Hand streichelte zärtlich über meinen Hintern, dann drehte er mich um zum Picknicktisch. Er drückte meinen Kopf nach vorn auf den Tisch, ließ seine Hose runter und holte seinen Schwanz raus. Mein Arsch lag wie auf dem Präsentierteller im hellen Sonnenlicht.

Ich lag voller Erwartung da, während seine Finger mit mir spielten, um sicherzustellen, dass ich feucht genug war für ihn. Die Erregung in mir wuchs. Ich hatte noch nie so im Freien Sex gehabt. Das war aufregend.

Sein Schwanz drang in mich ein und ich atmete geräuschvoll aus. Er füllte mich gänzlich aus, wir passten perfekt ineinander und bewegten uns im Einklang. Mit jedem Stoß wurde er noch härter und ich noch erregter.

Die kühle Brise auf meiner erhitzten Haut ließ meinen ganzen Körper vor Erregung kribbeln. Meine Brustwarzen verhärteten sich und rieben über das harte Holz des Tisches unter mir. Das alte Holz war ein starker Kontrast zu meiner samtweichen Haut. Ich empfand all diese neuen Eindrücke über die Maßen intensiv und bewegte mich rasend schnell auf meinen Orgasmus zu.

Jeder Stoß war noch intensiver als der davor. Meine Knie wurden weich, ich war dankbar, dass ich halb auf dem Tisch lag. Allein hätte ich mich nicht mehr auf den Beinen halten können.

Marcus hielt meine Hüften fest und stieß ein letztes Mal in mich, bevor er sich in mich ergoss. Dann griff er um mich herum und rieb mit dem Daumen über meine Klitoris, während er mich weiterhin fickte. Er blieb hart genug, um mich ebenfalls zum Höhepunkt zu bringen. Es war anders als alles, was ich bisher erlebt hatte. Die Befriedigung war in jeder einzelnen Faser meines Körpers spürbar. Ich hatte Verspannungen abgebaut, von denen ich nicht einmal gewusst hatte, dass sie da waren.

„Das war doch mal nett“, meinte Marcus, drehte mich zu ihm um und küsste mich.

Ich war noch immer nicht glücklich über den Gedanken, dass er mich hier zurücklassen würde, aber ich wusste, er würde nichts tun, was mich in Gefahr brachte. Wenn er also davon ausging, dass ich hier sicher war, dann musste ich darauf vertrauen, dass er recht hatte.

Nur wenig später packte er ein paar Dinge in einen alten Truck und ich stand da und sah ihm zu. Es erschien mir so unsinnig, dass er mich allein lassen würde, nachdem es so ein Aufwand gewesen war, mich herzubringen.

„In zwei Tagen bin ich wieder da. Mach dir bis dahin keine Sorgen.“

„Berühmte letzte Worte“, sagte ich lächelnd.

„Ganz im Ernst, entspann dich. Genieß die Ruhe an diesem Ort. Schlaf dich aus, mach eine Haarkur oder was auch immer Frauen so machen, wenn sie allein sind.“

Marcus versuchte, die Situation auf die leichte Schulter zu nehmen, aber ich fand das unpassend. Ich hatte Angst und das konnte er sehen. Nichts, was er sagte, würde es besser machen. Aber er musste weg. Die Sache in Chicago musste endgültig erledigt werden. Ich sehnte mich nach dem Moment, wenn wir endlich wieder vereint und in Sicherheit bei mir daheim waren.

Ich legte ihm meine Arme um den Nacken und zog ihn an mich. Ich musste ihn noch einmal nahe bei mir spüren als Bestätigung, dass alles gut ausgehen würde. Mit ihm an meiner Seite fühlte ich mich sicher, ich war noch nicht bereit, ihn gehen zu lassen. Ich wollte die Unsicherheit des Alleinseins jetzt noch nicht.

Er hielt mich fest, als wollte er mich niemals loslassen. Ich wusste nicht, ob er sich Sorgen um den bevorstehenden Job machte, oder mir nur ein gutes Gefühl geben wollte. Aber es war schön, ihn so nahe zu spüren.

Marcus küsste mich ein letztes Mal und stieg in den Truck.

Er nahm meine Hand, drückte sie, zog sie an seine Lippen und küsste sie. Der raue Bart kratzte auf der Haut, aber seine Lippen waren zart und weich.

Ich blickte dem Wagen nach, bis er aus der Einfahrt war und die Straße entlangfuhr. Sie führte über viele Meilen geradeaus und ich blieb in der Einfahrt stehen, bis ich ihn nicht mehr sehen konnte.

Ich war allein.

Seit Jahren hatte ich alles nur Erdenkliche getan, um nicht allein zu sein. Ich hatte mir einen Harem an Männern zugelegt, damit ich niemals allein war. Und nun stand ich hier, mitten in der Wildnis, ohne Zed, Stanley oder Rob.

Aber obwohl ich Angst hatte, ahnte ich auch, dass mir diese Situation helfen würde. Ich musste lernen, allein zurechtzukommen. Woher sollte ich wissen, ob ich damit klarkam, wenn ich es nie versuchte? Glücklicherweise war es ja nur für ein paar Tage.

Die Sonne schien hell und wärmte mich. Für den Augenblick fühlte ich mich weniger ängstlich, als ich befürchtet hatte. Vielleicht, weil Marcus gerade erst gefahren war oder weil die Sonne schien, aber ich hatte das Gefühl, es könnte vielleicht doch nicht ganz so schlimm werden.

Ich kehrte ins Haus zurück. Dabei fiel mein Blick auf die Waffe auf dem Tisch. Der Sicherheitsriegel war eingerastet, alles war gut. Ich würde sie einfach genau da liegen lassen und erst mitnehmen, wenn ich ins Bett ging, um sie auf dem Nachttisch zu platzieren.

Als ich allein im Haus meiner Großeltern gelebt hatte, war ich nie ängstlich gewesen. Meistens hatte ich nicht einmal die Türen abgeschlossen. Aber seit Marcus nebenan eingezogen war, hatte sich einfach alles geändert. Ich fühlte mich nicht mehr sicher. Nun kannte ich die Gefahren, an die ich vorher nie einen Gedanken verschwendet hatte. Ich konnte nicht mehr ignorieren, dass es wirklich Menschen gab, die auf andere Menschen schossen.

Ich war nicht so naiv, dass ich das bisher nicht gewusst

hatte. Aber ich hatte nie für möglich gehalten, dass es mich mal betreffen könnte. Wie hätte mein Leben mit solchen Dingen in Berührung kommen sollen? Ich war eine harmlose Fotografin in einer kleinen Stadt in Missouri, ich hatte niemals jemandem wehgetan und führte kein Leben, das andere beeinträchtigte, auf welche Weise auch immer. Je länger ich darüber nachdachte, desto absurder erschien es mir, dass ich in Gefahr sein sollte.

Marcus war derjenige, hinter dem sie her waren. Warum zur Hölle sollten sie sich die Mühe machen, mich zu schnappen? Ich kannte diese Leute nicht und wusste auch nichts über die Dinge, die vor sich gingen. Ich hatte keine wichtigen Informationen für irgendjemanden. Es gab also keinen Grund, mir etwas anzutun, es sei denn, es erschien ihnen nützlich, um an Marcus heranzukommen. Aber dazu mussten die erst einmal wissen, dass Marcus etwas an mir lag.

Mein Gehirn war mit den Geschehnissen der letzten Wochen etwas überfordert. Ich wollte keine Angst haben. Und je länger ich jeden Aspekt drehte und wendete, desto mehr beruhigte ich mich. Ich sollte wirklich die Gelegenheit nutzen und ausspannen. Ich wünschte, ich hätte meine Kamera dabeigehabt, das hätte den erzwungenen Urlaub perfekt gemacht. Die alten Möbel hätten gute Motive abgegeben für eine neue Fotoserie.

Ich überlegte mir, was alles in diese neue Serie passen könnte. Alte verlassene Gebäude und die Schönheit des Verfalls war eine gute Idee. Ich machte mir eine geistige Notiz, mich mit dem Thema näher zu befassen.

Aber jetzt würde ich erst einmal lernen müssen, mich zu entspannen, so wie andere Menschen das auch taten. Ich würde mich einfach hinsetzen und die Ruhe des Augenblickes genießen. Ich trug einen Stuhl nach draußen auf die vordere Veranda, legte die Füße hoch und nahm eines der Bücher, die ich auf einem Regal entdeckt hatte.

Seit Jahren hatte ich nicht mehr einfach allein entspannt und gelesen. Das war eigentlich schade, denn ich las sehr gern. Aber meistens verbrachte ich meine freie Zeit mit dem Fotografieren. Die Suche nach dem richtigen Motiv war sehr zeitaufwändig. Daher hatte ich andere schöne Dinge vernachlässigt, die mir früher immer Spaß gemacht hatten.

In der warmen Sonne fiel ich bald in einen angenehmen Schlummer. Erst als die Sonne unterging, erwachte ich. Das Buch lag auf meiner Brust und es war kaum noch etwas in der Dämmerung auszumachen.

Ich beeilte mich, ins Haus zu kommen. In der Dunkelheit fühlte ich mich deutlich unwohler als noch im hellen Sonnenschein. Ich verriegelte die Tür und zog die Vorhänge zu. Das gab mir ein wenig das Gefühl von Sicherheit. Nicht, dass jemand sich von Vorhängen hätte aufhalten lassen, wenn er ins Haus wollte.

Ich machte mir Spaghetti und aß in der Küche. Das alte Haus brachte eine Menge unvertraute Geräusche mit sich. Ständig hielt ich inne und lauschte. Das würde eine lange Nacht werden.

Als ich zu Bett ging, schob ich die Kommode vor die Tür. Das gab mir ein gutes Gefühl und ich bekam tatsächlich ausreichend Schlaf.

Ich erwachte, als das Sonnenlicht ins Zimmer fiel. So gut erholt hatte ich mich lange nicht mehr gefühlt. Es war schon fast zehn Uhr, also stand ich auf und ging hinunter, um zu sehen, ob alles in Ordnung war. Ich blickte durch alle Fenster, um zu sehen, ob etwas nicht stimmte, aber alles war so, wie es sein sollte.

Schließlich setzte ich mich wieder vorn auf die Veranda. Ich nahm das Buch vom Vortag wieder auf und las. Ich hatte in meinem Leben nur wenige so entspannte Tage wie diese.

Über den Tag verteilt fuhren ein paar Autos vorbei, aber keiner der Insassen schenkte mir überhaupt Beachtung. Es standen keine Wagen in der Einfahrt und man konnte mich vielleicht nicht einmal sehen von der Straße.

Nach einem kleinen Snack entschloss ich mich, die Umgebung zu erkunden. Hier und da machte ich mir eine geistige Notiz, später wiederzukommen und zu fotografieren. Falls ich je wieder herkommen würde.

Ich durchstöberte einen alten Schuppen und beschäftigte mich mit dem Krempel, der dort herumlag. Es wirkte wie Zeug aus einer anderen Welt, nichts davon wurde heutzutage noch auf einer Farm benutzt.

Als die Sonne unterging, kehrte ich ins Haus zurück und verriegelte die Tür. Ich kontrollierte alle Türen und Fenster und ging hinauf ins Schlafzimmer.

Erst da wurde mir bewusst, dass ich die Waffe den ganzen Tag auf dem Nachttisch hatte liegen lassen.

Ich lächelte. Offenbar hatte ich mich sicher genug gefühlt, sonst hätte ich ja wohl daran gedacht, sie mitzunehmen. Marcus würde morgen wieder da sein und dann war sein Job hoffentlich endgültig erledigt.

Ich schob die Kommode wieder vor die Tür und schlief ein. Auch diese Nacht war sehr erholsam. Die Geräusche des Hauses störten mich nicht mehr, nichts machte mir wirklich Angst.

Am nächsten Morgen erwachte ich voller Vorfreude. Marcus müsste heute eigentlich zurückkommen.

Ich duschte und rasierte mir die Beine, dann befasste ich mich mit der Haarpflege. Ich wollte mich schön machen und freute mich darauf, Marcus wiederzusehen.

Dann machte ich ein wenig sauber im Haus und fühlte mich beinahe schon heimisch hier. Außerdem sollte alles ordentlich aussehen, wenn Marcus kam. Nach zwei Tagen harter Arbeit würde er das sicher zu schätzen wissen, wenn es gemütlich war.

Nachdem ich damit fertig war, setzte ich mich wieder auf die Veranda und wollte das Buch zu Ende lesen. Aber ich war zu aufgeregt und schaute bei jedem Wagen, der vorbeifuhr, auf, ob es sich um Marcus handelte.

Ich nahm einen schnellen Imbiss ein und kehrte wieder zurück auf meinen Posten auf der Veranda. Ich wollte ihn frühzeitig sehen, wenn er kam. Aber als die Dämmerung einsetzte und er noch immer nicht da war, kehrte ich ins Haus zurück. Auch dieses Mal ging ich das komplette Ritual durch, verschloss alle Türen und Fenster, aber ging nicht ins Schlafzimmer hinauf, sondern wartete im Wohnzimmer auf Marcus.

Als ich am nächsten Morgen bei hellem Sonnenlicht erwachte, verstand ich erst gar nicht, was los war. Marcus hatte doch gesagt, er würde in ein oder zwei Tagen wieder da sein. Jetzt war schon der dritte Tag. Ich hatte keine Möglichkeit, mit irgendjemandem Kontakt aufzunehmen. Es gab keinen Telefonempfang, ich konnte nicht einmal Stanley oder Rob erreichen.

Auch Marcus oder Zed konnte ich nicht kontaktieren. Ich wusste nicht einmal, wo genau ich war. Ich glaubte, nördlich von Chicago zu sein, aber das konnte auch hundert Meilen außerhalb bedeuten. Es war unmöglich zu sagen.

Ich bemühte mich, mich nicht von der Sorge überwältigen zu lassen, sondern ging meinem üblichen Tagesablauf nach. Lesen, essen, putzen, mehr lesen, essen und dann das Haus verriegeln.

Tagelang ging das so, ohne dass Marcus auftauchte. Eine Woche, nachdem er weggefahren war, wusste ich nicht mehr, was ich tun sollte. Es gab reichlich Vorräte im Haus, darüber musste ich mir keine Gedanken machen. Aber ich wollte nicht für Wochen oder gar Monate hier festsitzen. Falls Marcus und seinem Team etwas zugestoßen war, wusste niemand, wo ich war. Ich würde hier für immer und ewig hocken.

Ich wollte entweder wissen, was mit Marcus war, oder wenigstens nach Hause zurückkehren. Eines von beiden musste drin sein. Stanley war bestimmt inzwischen krank vor Sorge, Marv und Willow sicher auch. Marcus hatte sie alle zwar informiert, dass er mich zu sich geholt hatte, aber bestimmt machten sich inzwischen alle Sorgen um mich.

Also packte ich am Vormittag des achten Tages einen Rucksack voll mit Nahrungsmitteln, Wasser und der Waffe, die Marcus mir dagelassen hatte. Ich machte mich auf den Weg, die Landstraße hinunter, in die Richtung, die ich für Süden hielt. In ein paar Meilen würde ich auf eine Hauptstraße treffen, daran erinnerte ich mich, und von da aus würde ich per Anhalter bis nach Chicago fahren.

Was ich tun sollte, wenn ich erst einmal in Chicago war, wusste ich noch nicht. Vielleicht würde ich versuchen, von da aus einfach nach Hause zu kommen. Ich wusste nur, ich wollte nicht länger in diesem verlassenen alten Haus hocken und verschimmeln. Ich musste herausfinden, was mit Marcus passiert war, und das ging nicht, wenn ich da einfach nur herumsaß und nichts tat.

Kapitel 24

Nachdem ich zwei Stunden die Straße entlang gegangen war, fing ich an, diese Entscheidung zu bereuen. Im Bed & Breakfast hatte ich Shampoo, Essen, Wasser und ein Bett gehabt. Ich hatte alles, was ich für ein paar Monate gebraucht hätte. Stattdessen latschte ich eine staubige Landstraße entlang, bei 32 °C, und wartete darauf, dass mich jemand auflesen und mit nach Chicago nehmen würde.

Ich fühlte mich von der Hitze ausgezehrt und musste doch mein Wasser einteilen. Dennoch trank ich mehr, als ich geplant hatte, und hoffte, irgendwo an der Strecke auf eine Tankstelle zu treffen, wo ich mich wieder bevorraten konnte.

Ich hatte keinerlei Erfahrung mit Wandertouren und hätte wahrscheinlich etwas länger darüber nachdenken sollen, was man zu solchen Gelegenheiten einpackt, bevor man sich auf den Weg macht.

Ich machte mir inzwischen große Sorgen um Marcus und auch um seine Leute. Er hätte mich nie absichtlich im Ungewissen gelassen, also musste ich davon ausgehen, dass etwas passiert war.

Ein paar Autos fuhren auf der Landstraße an mir vorbei, aber alle in die falsche Richtung. Ich wollte nach Süden, nach Chicago. Aber hier kamen nur wenige Autos entlang und sie alle waren sicher auf dem Weg zur Arbeit, morgens um zehn.

Die Landschaft um mich herum war wunderschön. Das Getreide stand hoch auf den Feldern, die Bauern fingen bereits mit der Ernte an. Ich genoss den Anblick, während ich in gleichmäßigem Tempo daran vorbei wanderte.

Ich erinnerte mich vage, dass es irgendwo in der Nähe eine Hauptstraße geben musste, nur nicht mehr genau, wie weit es bis dahin war.

Als es immer heißer wurde, geriet meine Entschlossenheit, Marcus zu finden, ziemlich ins Wanken. Ich hatte nur eine Flasche Wasser mitgenommen und bemühte mich, diese einzuteilen. Ich hatte wirklich gedacht, ich würde deutlich eher auf jemanden treffen, der mir weiterhalf, als es nun der Fall zu sein schien.

Als ich es nicht mehr aushielt, suchte ich mir im Schatten unter einigen Bäumen ein Plätzchen. Ich war inzwischen schweißgebadet. Ich hatte die Sache nicht gut durchdacht.

Hier im Schatten ließ es sich einigermaßen aushalten und ich ruhte mich ein wenig aus. Ein laues Lüftchen machte die Pause angenehm. Ich erwog ernstlich, nur ein kleines Nickerchen zu machen und dann umzukehren, aber dann entschied ich mich doch dagegen.

Ich trank noch mehr Wasser und aß einen der Äpfel, die ich eingepackt hatte. Ich hätte vielleicht besser trainieren sollen, bevor ich mich auf einen solchen Gewaltmarsch einließ. Ich war wahrlich nicht gut in Form, das wurde mir nun nur allzu deutlich vor Augen geführt.

Während ich so da im Schatten saß, fuhr ein alter grüner Mini-Van an mir vorbei Richtung Norden, der mir vage bekannt vorkam, aber ich konnte nicht genau sagen woher. Aber so etwas passierte mir öfter, daher dachte ich mir nichts dabei.

Etwa zwanzig Minuten später fühlte ich mich gestärkt genug, um meinen Weg fortzusetzen. Ich hoffte, früh genug eine Mitfahrgelegenheit nach Chicago zu finden, bevor es dunkel wurde. Ich wusste nicht, wo ich übernachten sollte, falls sich keine Gelegenheit ergab. Ich musste einfach fest daran glauben, dass ich jemanden finden würde.

Als ich aufstand, schmerzten meine Füße und ich ging sehr langsam wieder los. Irgendwann musste doch mal jemand in meine Richtung fahren. Als ich auf der Veranda gesessen hatte, waren doch schließlich auch Autos an mir vorbeigekommen, die nach Süden fuhren. Allerdings wusste ich nicht mehr genau, zu welcher Tageszeit das gewesen war.

Ich band mir eines meiner T-Shirts zu einem Kopftuch um, damit mir die Sonne nicht so auf den Schädel brannte. Sonnenschutzmittel hatte ich natürlich auch nicht mitgenommen. Das würde ich sicher noch bereuen. Ich hatte jetzt schon den Eindruck, dass meine Haut verbrannt war und im hellen Sonnenlicht schmerzte.

Hinter mir hörte ich endlich ein Fahrzeug. Ich sah mich um. Der grüne Mini-Van, der eben noch in die andere Richtung an mir vorbeigefahren war, kam nun wieder zurück. Im Wagen saßen ein Mann und eine Frau. Sie hielten neben mir. Vielleicht machten sie sich Sorgen, was ich allein hier an der Landstraße tat. Die meisten Leute waren wohl nicht dumm genug, sich in der Mittagshitze auf eine solche Wanderschaft zu begeben.

„Sollen wir dich mitnehmen?“, fragte die Frau und lehnte sich aus dem Fenster des Wagens.

„Ja, das wäre nett.“

Es war mir schon fast egal, wie weit sie mich mitnehmen konnten. Alles wäre mir zu dem Zeitpunkt recht gewesen. Daher reagierte ich geradezu überschwänglich.

„Wohin willst du denn?“, fragte der Mann.

Die Frau stieg aus und öffnete die Hintertür. Ich warf meinen Rucksack rein und stieg ein. Die Klimaanlage fühlte sich himmlisch an, ich war einen Moment lang von dem angenehmen Gefühl komplett abgelenkt.

Mir war heiß, viel zu heiß. Die kühle Luft war eine echte Wohltat.

„Im Idealfall nach Chicago, aber alles in die Richtung wäre auch in Ordnung“, meinte ich.

Wenn sie mich bis in die nächste Stadt nehmen könnten, war das auch schon eine große Hilfe, ich war da im Augenblick nicht wählerisch. Ich würde dort eine Möglichkeit zur Übernachtung finden und konnte dann Marv und Willow anrufen. Ich wäre vielleicht auch in der Lage, Geld vom Konto abzuheben und mich auf den Heimweg zu machen.

„Wir wollen in den Süden von Chicago. Wir können dich bis dahin mitnehmen. Wohin genau willst du denn?“

Ich hatte kein direktes Ziel und wusste nicht recht, was ich sagen sollte.

„Navy Pier wäre großartig“, sagte ich mit möglichst viel Überzeugung.

Ich hatte keine Ahnung, wie ich nach Marcus oder Zed suchen sollte. Ich erinnerte mich von früheren Ausflügen in die Stadt an die Seebrücke und wollte von da aus weitersehen.

„Kein Problem, lehn dich zurück und entspann dich, wir bringen dich hin“, sagte die Frau.

Sie lächelte mich an und ich fühlte mich sofort besser.

Es war ein komisches Gefühl, mit Menschen in einem Auto zu sitzen, die ich nicht kannte. Ich war noch nie per Anhalter gefahren und hätte auch nicht gedacht, dass es je nötig sein würde. Aber mit diesem Paar erschien es mir erstaunlich wenig unangenehm. Sie hatten einen Kindersitz hinten im Auto und die Frau las während der Fahrt ein Buch. Ich konnte das Cover nicht erkennen, aber ich vermutete, es war ein Liebesroman.

Der Mann war etwa Mitte dreißig. Er wechselte ständig die Radiostationen, bis er endlich eine gefunden hatte, die ihm gefiel. Er schien sich nicht darum zu scheren, dass eine fremde Person mit im Wagen saß, und ich fragte mich, ob die beiden vielleicht zum allerersten Mal einen Anhalter mitnahmen.

Es gefiel mir besonders, dass sie mich nicht mit Fragen löcherten. Ich war total erschöpft und mir fehlte die Kraft, um irgendwelche Einzelheiten zu erklären, warum ich unbedingt nach Chicago wollte. Selbst wenn ich nicht so müde gewesen wäre, hätte ich es wahrscheinlich nicht erklären können oder wollen.

Irgendwann schlief ich sogar ein. Das hatte ich eigentlich nicht vorgehabt, in einem Auto mit zwei Fremden. Aber die Anstrengung und die angenehme Kühle im Wagen hatten mich einfach überwältigt. Als wir über eine Brücke in die Stadt fuhren, war ich auf einmal schlagartig wieder wach.

Ich blickte aus dem Fenster und versuchte mich zu orientieren. Ich kannte mich nicht sonderlich gut in Chicago aus, daher machte ich mir keine allzu großen Sorgen, dass mir rein gar nichts vertraut vorkam. Ich blickte einfach raus auf die Umgebung, während wir durch die Stadt fuhren.

„Habt ihr vielleicht Wasser dabei?“, fragte ich, als mir bewusst wurde, wie lange ich schon nichts mehr getrunken hatte. Vielleicht war das auch der Grund gewesen, warum ich so lange geschlafen hatte. Die Frau reichte mir eine Flasche Wasser und ich trank sie zügig aus.

Sobald die beiden mich irgendwo absetzen würden, hoffte ich, ein Hotel für die Nacht zu finden. Auf keinen Fall wollte ich in einer Obdachlosenunterkunft enden.

Noch immer kam mir rein gar nichts bekannt vor. Hin und wieder sah ich große Docks und Schiffscontainer an einer Seite der Straße, also nahm ich an, dass wir in Hafennähe waren.

Als wir in die Richtung eines Hafens abbogen, wurde ich nervös. Das hier war nicht der Weg zum Navy Pier und es gab eigentlich keinen Grund, zu so später Stunde in ein altes Hafengebiet einzubiegen.

„Wo sind wir?", fragte ich.

Beide antworteten mir nicht. Irgendetwas war ganz und gar nicht in Ordnung. Sie ignorierten mich einfach und fuhren in den Hafen. Ich sah mich nach einer Fluchtmöglichkeit um. Sobald der Mann langsamer fuhr, würde ich aus dem Wagen springen und weglaufen.

Dann fiel mir mit Entsetzen auf, dass der Türgriff innen fehlte. Er war abmontiert worden. Wieso war mir das bisher nicht aufgefallen?

Ich sah hoch zum Fahrer. Er beobachtete mich im Rückspiegel und wusste sofort, dass ich etwas bemerkt hatte. Er gab der Frau ein Zeichen und sie fing an, in ihrer Handtasche zu wühlen.

„Kein Grund zur Sorge. Es gibt da nur jemanden, der gern mit dir reden möchte", erklärte der Mann und schaute mich weiterhin im Rückspiegel an.

Ich sah die beiden nacheinander an. Sie wirkten so normal!

Mir kam der Gedanke, dass Marcus die beiden geschickt haben könnte, um mich zu holen. Sie waren vielleicht auf dem Weg zum Bed & Breakfast gewesen, als sie mich unterwegs auf der Landstraße gesehen haben. War der Gedanke logisch? Ich wollte, dass es so war. Aber tief in mir sagte eine Stimme, dass dem nicht so war. Die Art, wie der Fahrer mich anschaute, war trügerisch.

Diese beiden wollten mir nicht einfach einen Gefallen tun.

Wir bogen in einen Weg zwischen zwei lang gezogenen Lagerhallen. Adrenalin pumpte durch meinen Körper. Ich bemühte mich, die Ruhe zu bewahren, und atmete einige Male tief durch, während ich die Umgebung nach etwas Hilfreichem absuchte.

Der Weg zurück führte diesen langen Weg entlang. Man würde mich die ganze Zeit sehen und konnte auf mich schießen. Ich wollte hier nicht sterben, also wartete ich. Ich musste eine günstige Gelegenheit abwarten.

Dann plötzlich griff der Fahrer nach hinten und stach mir mit einer Nadel in den Oberschenkel.

„Au!“, schrie ich.

Ich sah auf mein Bein, dann auf den Fahrer. Erst dachte ich, er hätte mir Drogen verabreicht. Ich hatte keine Ahnung von solchen Dingen. Aber dann fühlte ich mich auf einmal schwindelig, alles war verschwommen und mir wurde sehr warm. Ich zog die Nadel heraus und ein kleines Rinnsal Blut lief an meinem Bein herunter.

Die Kraft in meinen Händen ließ rapide nach und ich konnte nicht einmal mehr die Nadel halten. Sie fiel zu Boden und landete auf der weichen Fußmatte des Vans. Alles schien in Zeitlupe abzulaufen.

Schon bald konnte ich das Gesicht des Fahrers nicht mehr richtig erkennen. Ich musste die Augen schließen. Das Gefühl der Übelkeit wurde überwältigend.

Ich verspürte den Drang, mich hinzulegen. Aufrecht sitzen zu bleiben war unmöglich. Ich musste schlafen. Nur einen kleinen Moment.

Ich lag da mit geschlossenen Augen und konnte mich nicht mehr bewegen. Für den Fahrer und die Frau musste es so aussehen, als schliefe ich bereits tief und fest. Ich war aber noch einigermaßen bei Bewusstsein, daher konnte ich ihr Gespräch mit anhören.

„Meinst du, sie kann den Maulwurf entlarven?“, fragte die

Frau.

„Auf jeden Fall. Wer immer es auch ist wird nicht zulassen, dass man ihr Schmerzen zufügt. Er wird sich verraten und dann wird Rudy demjenigen eine Kugel durch den Kopf jagen.“

Marcus war in Gefahr und ich musste ihn warnen. Das war der letzte klare Gedanke, den ich noch fassen konnte.

Ich spürte, dass ich an Armen und Beinen gefesselt war, noch bevor ich die Augen wieder aufmachte. Ich war festgezurrt an einem Metallstuhl. Mein Kopf war nach vorn auf die Brust gesackt, als ich langsam wieder zu Bewusstsein kam. Langsam hob ich den Kopf und versuchte die Augen zu öffnen. Ich sah zunächst nur verschwommene Farben und konnte um mich herum nichts richtig erkennen.

Ich hörte Stimmen mehrerer Männer in meiner Nähe, aber sie ignorierten mich. Vielleicht hatten sie auch noch gar nicht mitbekommen, dass ich wach wurde. Als meine Gedanken wieder etwas klarer wurden, achtete ich darauf, mich möglichst langsam zu bewegen. Vielleicht konnte ich so noch eine Weile verbergen, dass ich wach war und sie belauschen.

Drei Männer waren in meiner Nähe, sie trugen alle dichte Bärte und hatten Waffen dabei. Zumindest glaubte ich das zu erkennen. Meine Sicht war noch etwas verschwommen. Zwei der Männer standen mit dem Rücken zu mir, der dritte schien ihr Anführer zu sein.

Ich hörte, wie sie davon sprachen, einen Maulwurf unter den anderen Männern zu entlarven. Ich hielt die Luft an. Das hatten die anderen beiden im Auto auch schon gesagt. Ich musste unbedingt einen Weg finden, Marcus zu warnen. Dies war eine Falle und sie würden ihn töten. Da war ich mir absolut sicher.

Ich öffnete vorsichtig die Augen ein wenig mehr, um mir die drei Männer besser ansehen zu können.

Sie waren alle drei groß und sehr kräftig gebaut, sie wirkten sehr durchtrainiert. Dass einer von ihnen ein Anführer war, bemerkte ich daran, wie die anderen beiden ihn ansahen, wenn er sprach. Das musste dieser Rudy sein, der Marcus töten würde, wenn er ihn als Verräter entlarvt hatte.

Die Gesichter der beiden anderen Männer konnte ich leider nicht erkennen, da sie noch immer mit dem Rücken zu mir standen. Sie hatten dunkles Haar und trugen schwere Waffen, als sei das vollkommen normal für sie.

„Holt alle zusammen. Ich will ihre Reaktion sehen", sagte Rudy zu den beiden.

Die beiden Männer verließen den Raum und ich war mit Rudy allein. Er bemerkte, dass ich wach war und kam zu mir herüber. Ich musste die ganze Zeit auf die Waffe starren, die er sich umgehängt hatte.

„Junge Dame, möchtest du ein wenig Wasser?"

„Nein."

„Du würdest dich dann aber besser fühlen. Das Wasser spült dir die Drogen aus dem Körper. Trink das hier." Er hielt mir eine Flasche Wasser an die Lippen.

Ich trank. Ich befand mich wahrlich nicht in einer Lage, in der ich das hätte verweigern können. Außerdem kam ich fast um vor Durst und das Wasser schmeckte himmlisch, als ich es gierig trank. Ich war so durstig.

Er war ein großer Mann, der viel Macht ausstrahlte. Er war selbstsicher und überlegen. Kein Wunder, dass andere ihm folgten. In einer anderen Welt hätte er vielleicht ein Unternehmen geleitet. Aber hier war er der Anführer einer kriminellen Vereinigung.

„Danke", sagte ich, als er die Flasche wegzog.

Schließlich sah ich ihm in die Augen. Ich weiß nicht, was ich erwartet hatte. Vielleicht eine hässliche Fratze, Narben, keine Ahnung. Aber er sah vollkommen normal aus.

Ich hielt ihn für italienischer Herkunft. Eigentlich sah er ganz gut aus. Der Bart war ordentlich gestutzt und er trug ein weißes, kurzärmeliges Hemd. Das Material sah leicht und weich aus.

„Tut mir leid, dass ich dir solche Unannehmlichkeiten bereiten musste, Schätzchen. Aber einer meiner Männer betrügt mich und ich muss ihn ausfindig machen und töten. Es sei denn, du möchtest mir helfen und mir seinen Namen nennen?“

Ich blickte den Mann mit großen Augen an, während ich hektisch nach einer Lösung suchte. Was wusste er? Was durfte ich sagen? Worüber musste ich lügen? All diese Gedanken schossen mir gleichzeitig durch den Kopf. Ich hatte keine Ahnung, was ich ihm antworten sollte.

„Ich bin doch nur ein harmloses Mädchen aus Missouri“, sagte ich schließlich mit Tränen in den Augen.

Meine Angst schien ihn zu amüsieren. Mir wurde bewusst, dass er mich ohne zu zögern töten würde. Er schien geradezu erfreut, dass er mich in solche Angst versetzt hatte.

In diesem Moment betrat eine Gruppe von Leuten über eine Treppe die Lagerhalle. Es mussten an die Hundert sein. Sogar ein paar Frauen entdeckte ich zwischen all den Männern.

Ich suchte die Menge ab, in der Hoffnung, Marcus irgendwo zu entdecken, während sie auf uns zukamen. Ich wusste nicht, wie ich ihn hätte warnen sollen, aber das war nun auch gar nicht mehr nötig. Sobald er mich hier im Stuhl sitzen sah, würde er wissen, was los war.

„Willkommen. Schön, dass ihr bei der Show dabei sein wollt“, sagte Rudy und wedelte mit einem Arm in der Luft herum wie ein Zirkusdirektor in der Manege.

Ich konnte Marcus nirgends entdecken. Alle Männer trugen Bärte und sahen so aus, als hätten sie seit Tagen nicht geduscht. Es war unmöglich, Marcus in dieser gleichförmigen Menge zu erkennen.

„Es ist mir zugetragen worden, dass einer meiner lieben Freunde in dieser Halle in Wirklichkeit für die Regierung arbeitet“, fuhr Rudy fort. „Wie ihr euch sicher vorstellen könnt, macht mich das ein wenig unglücklich.“

Die Leute schauten einander an und fingen an zu tuscheln. Einer der Männer am Rand der Gruppe kam mir bekannt vor. Aber noch immer war ich ein wenig von den Drogen benommen und konnte mir nicht ganz sicher sein.

Zed!

Mir sackte das Herz in die Hose, als ich feststellte, dass der Mann dort am Rand Zed war. Ich starrte ihn an und er schüttelte kaum merklich den Kopf. Er sah ungepflegt aus. Ich wollte rufen, aber ich wusste, das durfte ich nicht.

Ich schaute weg.

Falls Rudy mich genau beobachtet hatte, war es schon zu spät. Mein Blick zu Zed war verräterisch gewesen. Ich suchte mit den Blicken die Menge weiter ab. Wenn Zed hier war, dann musste Marcus doch auch dabei sein.

Ein weiteres Gesicht erschien mir vertraut, aber es war nicht Marcus. Dieser Mann war im Bed & Breakfast gewesen, am Tag, als ich dort ankam. Er war danach verschwunden, aber er kannte Zed und Marcus definitiv. Er saß im Wohnzimmer, als ich Marcus geküsst hatte, gleich nach meiner Ankunft.

Auch ihn sah ich nicht mehr an.

Ich suchte weiter in der Menge nach vertrauten Gesichtern. Wie groß war Rudys Imperium wohl wirklich? Und wie viele der hier Anwesenden arbeiteten in Wirklichkeit für die Regierung? Rudy konnte unmöglich ahnen, wie viele seiner angeblichen Männer gar nicht seine waren. Und ich durfte sie auf gar keinen Fall verraten.

Rudys beide Schergen schoben die Leute immer näher in meine Richtung, während Rudy selber direkt vor mir stand. Ich hatte bereits zwei weitere Leute aus Marcus' Team entdeckt und noch immer suchte ich mit den Blicken nach ihm.

Er war nicht da. Wenn ich ihn gesehen hätte, wäre mir bedeutend wohler gewesen. Ich hätte gewusst, alles kommt irgendwie in Ordnung. Marcus würde uns schon aus dieser Lage befreien. Er würde Rudy töten und mich retten, da war ich sicher. Ich musste ihn nur entdecken.

„Seht ihr diese wunderschöne Frau hier? Sie möchte keinen qualvollen Tod sterben. Oder, Schätzchen?“

Rudy machte einen Schritt zur Seite und sah mich an. Ich spürte seinen heißen Blick auf mir. Er machte einen Schritt auf mich zu und legte eine Hand auf meine Schulter. Dann schaute er die Menge an. Er quetschte meine Schulter und ich hatte das Bedürfnis zu antworten. Also schüttelte ich energisch den Kopf und sah ihn an.

„Dieses süße Ding hier weiß genau, wer von euch der Verräter ist. Derjenige hat die Kleine verdorben und sie in diese korrupte Welt geführt. Ihr hübsches blondes Haar wird mit seinem Blut getränkt."

Rudy ging auf die Menge zu. Er trat nacheinander vor jeden seiner Leute und blickte jedem einzelnen in die Augen. Einige hielten dem Blick stand, andere sahen zu Boden. Es war offensichtlich, dass alle ihn fürchteten.

„Wenn du dich stellst, werde ich das Mädchen am Leben lassen. Aber wenn ich sie foltern muss, damit du dich stellst, dann wird sie sich wünschen, lieber zu sterben."

Meine Hände fingen an zu zittern und Tränen liefen mir über das Gesicht. Es kostete mich unmenschliche Anstrengung, nicht Zed oder einen der anderen Regierungsbeamten anzuschauen. Ich wollte nicht einmal mehr in der Menge nach Marcus suchen, aus Angst, meine Blicke könnten ihn verraten.

„Ich lasse dir bis morgen früh Zeit, dich zu stellen. Falls nicht, werde ich diesem Mädchen unfassbare Schmerzen bereiten und ihr alle werdet zusehen, bis der Verräter das Maul aufmacht."

Meine Gedanken kreisten um nichts anderes als die Frage, was er wohl alles mit mir anstellen würde, um ein Geständnis zu erpressen. Aber Marcus war doch gar nicht hier. Hatte man mich hergebracht, um weitere Verräter aufzuspüren? Ich verstand nicht, was hier vor sich ging, aber ich brauchte dringend einen Retter, das war mal sicher.

Immerhin blieb mir noch bis zum nächsten Morgen, das erleichterte mich ein wenig. Bis dahin würde Marcus mit seinen Leuten doch wohl etwas zu meiner Rettung eingefallen sein. Ich wusste nicht, wie gut sie auf solche Situationen vorbereitet waren, aber bestimmt konnten sie Geiseln befreien. Ich war zuversichtlich, dass sie so etwas trainiert hatten.

Mein Blick glitt über die Menge und blieb an Zed hängen.

Er sah mich voller Mitgefühl an, dass es mir schwerfiel, wegzuschauen. Zed war so ein anständiger Mensch, so freundlich. Ich wusste, er würde niemals zulassen, dass man mir etwas antat.

„Kyle, du scheinst die Kleine ja mächtig ins Auge gefasst zu haben“, meinte Rudy und ging zu Zed hinüber.

„Nein, Sir“, erwiderte der.

Kyle war offensichtlich Zeds Undercover-Identität. Ich bemühte mich, die beiden nicht anzuschauen, während sie miteinander sprachen, sondern blickte zu Boden und hoffte inständig, dass Rudy Zed nicht töten würde.

„Skinner, binde das Mädchen los und bring sie her“, befahl Rudy einem seiner Schergen, die sich hinter mich gestellt hatten.

Skinner ging auf die Knie und löste meine Fesseln, erst an den Knöcheln, dann an den Handgelenken. Ich schaute ihn an. Mein Herz setzte aus. Marcus!

Er schaute mich nur einen winzigen Moment an, dann packte er mich unsanft am Arm und zerrte mich zu Rudy hinüber. So grob, wie er mich behandelte, dachte ich für einen Moment, ich müsste mich geirrt haben. Vielleicht stand ich immer noch zu sehr unter dem Einfluss der Drogen? Vielleicht sah der Typ Marcus einfach nur ähnlich.

„Sieh mich nicht an und sprich nicht mit mir“, flüsterte er mir ins Ohr, als wir zu Rudy und Zed hinübergingen.

Keine Frage, es war Marcus. Das erleichterte mich immens. Ich hatte noch immer Todesangst, aber immerhin bestand nun noch Hoffnung. Aber Rudy konnte jederzeit einfach seine Waffe ziehen und mich erschießen.

„Junge Dame, kennst du diesen Mann?“, fragte Rudy mich.

Ich schaute Rudy an und schüttelte den Kopf. Ich konzentrierte mich darauf, Zed nicht anzuschauen, sondern blickte zu Boden.

„Kyle scheint ein Auge auf dich geworfen zu haben. Vielleicht sollte ich ihm gestatten, sich hier und jetzt mit dir zu vergnügen. Als Beweis, dass er nicht der Verräter ist.“

Ich gab mir so viel Mühe, Zed nicht anzusehen, aber mein Blick huschte automatisch zu ihm und sofort war Rudy alarmiert.

„Auf die Knie!“, schrie er und richtete seine Waffe auf Zeds Kopf.

Zed kniete sich sofort hin. Er verhielt sich genau so, wie jeder von Rudys Leuten es in dieser Situation getan hätte. Ich sah zu Marcus auf, in der Hoffnung, dass er etwas unternehmen würde. Aber der schaute mich nicht einmal an, sondern beobachtete genau, was zwischen Zed und Rudy vor sich ging.

„Kennst du dieses Mädchen“, fragte Rudy Zed.

„Nein, Sir. Aber sie sieht scharf aus. Deshalb habe ich sie so angestarrt. Tut mir leid, Sir. Ich nehme sie gleich hier vor den Augen aller anderen, um zu beweisen, dass ich sie nicht kenne.“

Rudy musterte mich langsam und gründlich von Kopf bis Fuß. Unsere Blicke trafen sich kurz, dann wanderten seine Augen zu meinen Brüsten.

„Mmmm, süßes Mädchen“, sagte er und fuhr mit den Händen über meine Brüste. „Dann steh auf“, schrie er Zed an.

Zed erhob sich und vermied es, mich anzuschauen, sondern hielt den Blick fest auf Rudy gerichtet. Der hatte sich zu einem der anderen Männer in der Reihe begeben.

„Willst du sie ficken?“, fragte er den Mann.

„Nicht mein Typ. Ich mag Frauen mit einem anständigen Hintern“, witzelte der Mann.

Alle lachten verkrampft. Das war es sicher, was Rudy von ihnen erwartete. Niemand hatte hier das Recht, frei zu sprechen. Rudy befragte noch ein paar andere Männer und bot mich ihnen an. Was er nicht wusste, war, dass mindestens drei dieser Männer zu den Leuten von Marcus gehörten. Ich kannte nicht alle aus der Truppe, es mochten sogar noch mehr von ihnen anwesend sein.

Ich erinnerte mich daran, was Marcus mir über seine Arbeit erzählt hatte. Er musste schon viele Jahre für Rudy arbeiten, um sich dessen Vertrauen zu erschleichen als seine rechte Hand. Das war ziemlich beeindruckend, aber auch beängstigend.

Als ich ihn das erste Mal getroffen hatte, oben ohne, dachte ich, er wäre eines dieser Muskelpakete, ein Polizist, der nichts im Sinn hatte, als ins Fitnessstudio zu gehen und Frauen aufzureißen. Ich hatte mich auf jeden Fall geirrt.

Kapitel 25

Rudy machte endlos so weiter. Jeder einzelne der Anwesenden wurde von ihm befragt auf der Suche nach seinem Spitzel. Seine Entschlossenheit war fast schon bewundernswert. Ich persönlich war der Ansicht, dass sich unter seinen Leuten einige fragwürdige Gestalten befanden, die alle gut und gern der Verräter hätten sein können. Allerdings wusste ich ja, wer es in Wirklichkeit war.

Marcus hielt mich fest und zog mich wie befohlen hinter Rudy her. Der wollte auf einmal, dass ich auf die Knie ging.

„Knie dich hin, Schlampe!“, schrie Marcus mich an und drückte mich an der Schulter energisch nach unten.

Das kam sehr überraschend und ich stürzte zu Boden. Marcus war sehr überzeugend in seinem Job, kein Wunder, dass Rudy bei ihm keinen Verdacht schöpfte. Ich wusste ja, dass es glaubwürdig sein musste, wenn wir auch nur die geringste Chance haben wollten, hier lebend herauszukommen.

„Kein Grund, beleidigend zu werden, Skinner“, tadelte Rudy ihn. „Sie verdient es, mit Respekt behandelt zu werden. Bis ich sie leider irgendwann werde foltern müssen.“

Er sah mich kurz an und setzte dann seine Befragungen fort. Ich zitterte vor Angst und konnte seine Worte kaum noch hören, weil mir das Blut in den Adern rauschte. Ich war panisch und mein Körper schaltete gerade auf Notstrom um.

Aber Marcus riss mich vom Boden hoch und zwang mich auf die Füße.

Ich war so wackelig auf den Beinen, dass ich gleich wieder umzufallen drohte. Die Angst überwältigte mich beinahe. Ich hielt es nicht länger aus. Marcus ließ mich los und ich fiel erneut zu Boden.

„Himmel, Skinner, warum hast du sie nicht aufgefangen?“ Rudy kam zu uns. „Bist du in Ordnung?“, fragte er freundlich, was irritierend war, da er mich doch foltern und töten wollte.

Ich starrte ihn einfach an. Ich hatte meinen Körper nicht mehr unter Kontrolle. Ich konnte weder stehen noch sprechen vor lauter Angst. Ich blickte Rudy nur an und konnte ihm nicht antworten.

„Skinner, bring das Mädchen da hinten in den Raum und lass sie ein wenig ausruhen“, befahl Rudy und deutete auf eine alte Bürotür an der Seite der Lagerhalle.

Marcus packte mich grob am Arm und zog mich hinter sich her zu dem Büro. Er war nicht sanft oder hilfsbereit, sondern ungeduldig und rüpelhaft. Wenn ich ins Stolpern geriet, riss er mich am Arm wieder hoch.

„Au!“

„Skinner“, meinte Rudy, „bemüh dich doch ein wenig, nett zu sein.“

„Ja, Sir“, erwiderte Marcus.

Er schubste mich in das Zimmer und ich stolperte gegen einen alten Metalltisch, der sich darin befand. Marcus schlug mit der Hand kräftig auf den Tisch, so dass der Knall laut durch das Gebäude schallte.

„Skinner, das klang aber gar nicht nett“, rief Rudy aus der Halle.

„Sorry, Chef.“

Ich blieb einfach auf dem Boden sitzen und lehnte mich gegen den Tisch. Es war mir unmöglich, mich noch zu bewegen. Angst und Adrenalin waren einfach zu viel für meinen Körper. Nicht mehr mit Rudy im selben Raum zu sein, brachte nur geringe Erleichterung.

„Es tut mir so leid“, sagte Marcus leise. „Es ist bald vorbei und ich werde nicht zulassen, dass dir etwas passiert.“ Marcus verließ den Raum und warf die Tür hinter sich zu.

Ich ließ meinen Kopf nach hinten gegen den Tisch sinken, schloss die Augen und atmete einige Male tief durch. Ich musste die Kontrolle über meinen Körper zurückgewinnen. Aber wie sollte ich die Angst loswerden? Ich musste mich dringend entspannen.

Rudy und seine Leute blieben noch eine gute halbe Stunde in der großen Lagerhalle. Dann hörte ich die Menge gehen und Rudys Stimme wurde direkt vor meiner Tür hörbar.

„Kann ich mich darauf verlassen, dass du auf sie aufpasst und sie nicht tötest?“, fragte er.

„Solange sie nicht zu fliehen versucht, töte ich sie auch nicht“, antwortete Marcus. „Ich muss sie aber nicht füttern oder so was?“

„Das klingt unterhaltsam. Nein, musst du nicht. Gib ihr Wasser zu trinken und bring sie zum Klo, wenn sie muss. Mehr nicht. Ich werde runtergehen und mich dort noch mit einigen Arschlöchern unterhalten, um den verdammten Verräter aufzuscheuchen. Morgen früh bringe ich ein paar Leute rauf und dann kannst du ihr weh tun. Mal schauen, ob das ein Geständnis aus irgendjemandem herausbringt.“

„Darauf freue ich mich jetzt schon. Vielleicht kann ich ihr auch noch anderes antun? Du weißt schon, was ich meine“, sagte Marcus mit lüsternem Grinsen und einer eindeutigen Hüftbewegung.

Seine Stimme klang fremd. Als schien er sich wirklich an meinen Schmerzen zu erfreuen. Mir lief es eiskalt den Rücken herunter. Marcus war als rechte Hand von Rudy wirklich sehr überzeugend. Kein Wunder, dass er es in der Hierarchie so weit gebracht hatte.

„Meinetwegen, aber heute Nacht lass sie in Ruhe. Keine Folter bis morgen Früh und bis dahin fickst du sie auch nicht, kapiert?“, fragte Rudy streng.

„Ja, Sir.“

Ich saß da und wartete darauf, dass Marcus durch die Tür kommen würde, nachdem Rudy gegangen war. Er würde reinkommen und mir helfen zu fliehen. Ich starrte die Tür an und wartete. Mir gingen verschiedene Szenarien durch den Kopf, wie wir fliehen könnten, ohne dass man es sogleich bemerkte.

Aus dem Fenster klettern und an einem Regenrohr runterrutschen. Oder die Treppe runterschleichen und rennen, was das Zeug hielt. Ich dachte an jeden Gangsterfilm, den ich je gesehen hatte, und wie dort die Leute ihren Mördern entkommen konnten. Sicher würden Marcus und ich das auch hinkriegen.

Nach ein paar Minuten wurde mir klar, dass Marcus nicht die Absicht hatte, in das Büro zu kommen. Ich hörte, wie er einen Stuhl hinter sich herzog und neben der Tür abstellte. Ich wollte nicht schreien, aus Angst, dass jemand anderes da draußen bei ihm war und zuhörte.

Im Laufe der Nacht forderte die Müdigkeit ihren Tribut. Ich nahm einen Kittel vom Haken an der Wand und rollte mich damit auf dem Boden zusammen. Mein Körper war erschöpft von der Angst und dem Stress des Tages. Ich schloss die Augen in der Hoffnung, ein wenig Schlaf zu finden.

Ich atmete tief durch und schickte ein Stoßgebet gen Himmel. Ich wollte nicht, dass Marcus oder einer seiner Leute erschossen wurden, und ganz sicher wollte ich nicht von Marcus oder sonst irgendjemandem gefoltert werden.

Ich hoffte einfach, dass Marcus eine Möglichkeit fand, mich zu retten und uns beide aus dieser misslichen Lage zu befreien.

„Bist du okay?“, fragte Marcus plötzlich leise an meinem Ohr.

Ich öffnete die Augen. Marcus kniete vor mir auf dem Boden. Ich setzte mich schnell auf und sah ihn an. Er legte mir einen Finger auf die Lippen und gebot mir leise zu sein.

„Es geht mir gut“, wisperte ich. „Wo sind die anderen?“

„Alle sind unten.“

„Können wir verschwinden?“ Ich wollte nur noch raus aus diesem Warenhaus.

Ich versuchte aufzustehen, aber Marcus legte mir eine Hand auf mein Bein und hielt mich zurück.

„Noch nicht. Wir müssen bis morgen früh warten, dann rückt Verstärkung an."

Bei diesen Worten wurde mir eiskalt. Ich hatte all meine Hoffnung darangesetzt, dass er mich sofort retten würde. Der Gedanke, hier noch die ganze Nacht zu verbringen und darauf zu warten, gefoltert zu werden, machte mich fertig. Wir mussten hier weg, raus aus dem Gebäude, bevor Rudy und seine Männer aufwachten und mich quälten. Verstand Marcus denn nicht den Ernst der Lage? Er musste doch sehen, dass es für mich böse ausgehen konnte.

„Wir könnten uns jetzt einfach wegschleichen", meinte ich voller Hoffnung. „Hol Zed und die anderen Jungs. Wir laufen einfach weg."

„Nein, Schatz, das geht nicht. Unten bei den anderen sind auch drei meiner Leute dabei. Ich habe Jahre darauf hingearbeitet, Rudy dingfest zu machen. Er muss unschädlich gemacht werden und vor Gericht kommen. Und das liegt in meiner Verantwortung."

Ich musste das hinnehmen. Marcus war entschlossen, die Nacht noch hier zu verbringen, und ich hatte keine Wahl. Mir fehlte die Kraft, es allein zu versuchen, also war ich ihm ausgeliefert. Ich musste darauf vertrauen, dass er wusste, was er tat.

„Hast du Hunger?", fragte er und reichte mir ein Sandwich.

Ich sah mich um, ob noch jemand in der Nähe war, da Rudy ihm befohlen hatte, mir nichts zu essen zu geben.

„Mach dir keine Sorgen. Alle schlafen unten. Auch Rudy."

Ich aß schnell das Sandwich auf und trank eine Flasche Wasser, die er ebenfalls mitgebracht hatte. Es war ein gutes Gefühl, etwas im Magen zu haben. Marcus begleitete mich zum Klo und ich spritzte mir etwas Wasser ins Gesicht. Aber ich fühlte mich dennoch elend.

„Wie lautet denn der Plan?", fragte ich.

„In ein paar Stunden wird diese Halle von einem Einsatzkommando hochgenommen. Sie werden kurz vor

Sonnenaufgang hier sein. Wir müssen also nur noch ein paar Stunden den Ball flach halten. Das sollte uns gelingen, da ja alle schlafen. Das Kommando wird sie wecken, Rudy wird verhaftet und das alles, bevor jemand weiß, wie ihm geschieht."

Marcus wirkte ruhig und gelassen. Ich verstand nicht, wie er das hinkriegte in diese Lage. Ich lehnte mich an ihn und ließ meinen Kopf an seine Brust sinken. Hier fühlte ich mich sicher. Obwohl ganz in der Nähe Dutzende von Leuten waren, die uns hätten töten können, fühlte ich mich hier und jetzt gut behütet.

Marcus setzte sich neben mich und zog mich an sich. Er sah auf meinen Arm, der vom Gezerre grün und blau war. Er beugte sich vor und küsste den Bluterguss.

Er war sehr zärtlich, offenbar hatte er ein schlechtes Gewissen, dass er so grob gewesen war, wenn auch nicht freiwillig. Ich wollte ihm sagen, dass es nicht so schlimm war, dass ich es verstand, weil er eine Rolle zu spielen hatte. Stattdessen nahm ich sein Kinn und hob es an meine Lippen.

Wir küssten uns leidenschaftlich, während ich mit den Fingern durch seinen Bart fuhr.

Marcus packte meine Hüfte und hob mich auf seinen Schoß, so dass ich rittlings auf ihm saß. Das war mir inzwischen so vertraut, dass ich mich sicher und ruhiger fühlte. Ich wollte nie woanders sein als in seinen Armen.

Meine Hand glitt über seine Brust und wir küssten uns weiterhin voller Verlangen. Seine weichen Lippen bildeten einen seltsamen Kontrast zu dem kratzigen Bart. Seine Hände rieben über meinen Rücken und machten mich heiß.

Er versuchte, mit den Fingern unter meine Shorts zu kommen, um mit meinen Arschbacken zu spielen, aber die Hose saß zu eng.

Dann öffnete er den Knopf meiner Hose, danach seine eigene, während wir uns immer noch küssten.

Ich stand schnell auf und zog mir die Shorts aus, meinen Blick fest auf seinen harten Schwanz gerichtet, den er auspackte. Mir lief das Wasser im Mund zusammen, als ich sah, wie erregt er schon war.

Mit gespreizten Beinen ließ ich mich auf ihn herab. Ich küsste ihn, während er langsam in mich eindrang. Leise stöhnte ich auf als er mich ganz ausgefüllt hatte und sich in mir bewegte.

Seine Hände kehrten zu meinem Arsch zurück und er schaukelte mich hin und her, während ich mich auf und ab bewegte. Die Intensität, mit der ich ihn in mir spürte, war himmlisch.

Ich wollte nichts weiter, als den angestauten Stress loszuwerden. Wenn ich schon nicht fliehen konnte, wollte ich wenigstens hier mit Marcus vereint sein. Es würde mir helfen, die Nacht zu überstehen.

Wir waren so leise wir möglich. Verkniffen uns Stöhnen und Keuchen, so gut es ging. Das war sexy und führte dazu, dass ich dafür mehr auf andere Reaktionen meines Körpers achtete. Jeder Zentimeter meiner Haut, die in Kontakt mit seiner Haut kam, war spürbar. Es fühlte sich anders an als sonst, intensiver.

Seine Hände zwangen mich, schneller und energischer auf ihm zu reiten. Er stieß mit dem Becken nach oben, um mich härter zu ficken, gleichzeitig küsste er mich gierig.

Mit seinem Mund auf meinem wurde mein Stöhnen gedämpft, das ich nicht länger zurückhalten konnte, während sich in mir der Orgasmus ankündigte. Wir rieben uns schneller und heftiger aneinander, die Lust war zu groß, als dass ich noch still hätte sein können.

Marcus legte mir eine Hand auf den Mund, während wir uns dem Höhepunkt entgegen fickten.

Wir vögelten geradezu wild, irgendwann musste uns jemand hören. Marcus stieß ein letztes Mal in mich und ich erschauerte vor Lust und Ekstase. Es war zu riskant, was wir taten, hier und jetzt zu ficken. Aber es war auch perfekt.

Kapitel 26

In Marcus' Armen fühlte ich mich sicher und schlief ein. Als ich jedoch aufwachte, war es vorbei mit dem Gefühl der Sicherheit. Irgendwo unten knallte etwas und ich hörte Geschrei.

Unten wurde geschossen. Marcus öffnete die Tür des Büros und blieb einen Moment stehen. Er sah mich an, dann schaute er zur Treppe auf der anderen Seite der Lagerhalle.

„Kriech unter den Schreibtisch und bleib da“, sagte er, schloss die Tür und setzte sich wieder auf den Stuhl davor.

Erst dachte ich, es wäre schon Morgen und das Einsatzkommando sei gekommen. Aber dazu wurde zu wenig geschossen. Ich tat, was Marcus gesagt hatte, krabbelte unter den Tisch und wartete.

„Wo ist das Mädchen?“, schrie Rudy quer durch die Lagerhalle.

„Im Büro“, sagte Marcus ruhig.

„Hol sie.“

„Was ist los?“

„Ich habe den Verräter gefunden. Ich werde sie jetzt töten.“

Marcus antwortete nicht. Stattdessen wurde die Tür geöffnet, aber ich blieb unter dem Tisch und bewegte mich nicht. Ich hatte keine Ahnung, wie ich hier noch lebend rauskommen sollte. Es war noch nicht Morgen, vom Rettungstrupp war nichts zu sehen, sie würden nicht mehr rechtzeitig kommen.

„Kein Foltern?“, fragte Marcus, in der geöffneten Tür stehend.

„Ich habe Ed getötet, als ich ihn dabei erwischte, wie er sich zur Hintertür rausschleichen wollte. Er muss der Spitzel gewesen sein“, meinte Rudy.

Marcus stand immer noch in der Tür, während er mit Rudy sprach. Ich konnte es nicht fassen. Ich war mir nicht sicher, aber ich glaubte, Ed wäre der rothaarige Mann aus Marcus' Team gewesen. Wieso hätte er sich wegschleichen sollen? Dann fiel mir wieder ein, dass ich vor wenigen Stunden noch genau dasselbe vorgehabt hatte.

„Denkst du, er war der einzige?“, fragte Marcus.

Rudy schwieg einen langen Moment und dachte offenbar darüber nach. Ich verstand nicht, wieso Marcus ihn noch mit der Nase drauf stoßen musste, um erneut Leute unter Verdacht zu bringen.

„Möglich wäre es“, meinte Rudy schließlich. „Hol sie raus, ich will mit ihr reden.“

Marcus kam ins Zimmer, zog den Stuhl vor dem Tisch weg und beugte sich zu mir herunter.

„Beweg deinen süßen kleinen Arsch da raus“, sagte er.

„Oh, versteckt sie sich etwa unter dem Tisch? Clever“, meinte Rudy lachend.

„Stimmt, als ob wir sie da auf keinen Fall finden würden“, stimmte Marcus lachend zu.

Es war beängstigend, wie schnell Marcus die Rolle wechseln konnte, vom Mann, den ich liebte, zu dem gefährlichen Irren, der für Rudy arbeitete. Mir blieb nichts anderes übrig, als unter dem Tisch hervorzukommen und in die Lagerhalle zu gehen.

„Also schön, Schätzchen. War Ed der Mann, den du kanntest?“, fragte Rudy.

Ich sah ihn an und schüttelte den Kopf. Ich wusste nicht, was ich sagen oder tun sollte. Vielleicht hätte ich ja sagen sollen, Ed war nun schon tot. Aber vielleicht war es auch klüger, nein zu sagen. Ich wusste es einfach nicht. Als ich Marcus ansah, kam von ihm keinerlei Reaktion. Ich hatte nicht einmal den Eindruck, dass es Marcus war, der neben mir stand. Er war Skinner und dem war ich egal. Seine Haltung, sein Blick, das war nicht der Mann, den ich kannte.

„Dann kennst du also noch jemanden von meinen Leuten?“, fragte Rudy.

Wieder schüttelte ich den Kopf.

Rudys Hand schoss nach vorn, packte mich an der Kehle und drückte mich gegen die Wand. Es geschah so schnell, dass ich nicht reagieren konnte. Ich wollte seinen Arm packen und ihn von mir wegziehen.

„Hör mir zu, Schlampe, ich werde dich töten. Hast du das kapiert?“

Ich nickte.

„Dann erzähl mir jetzt endlich, wen du von meinen Leuten kennst.“

„Vielleicht sollten wir sie mit nach unten nehmen, damit sie ihn uns zeigen kann“, schlug Marcus vor.

Ich nickte erneut.

Marcus wirkte so ruhig und unbeeindruckt. Es schien ihn nicht zu stören, dass Rudy mich würgte. Er machte keinerlei Anstalten, mir zu helfen. Es war verstörend.

Ich wusste nicht, wen ich Rudy hätte ausliefern sollen. Alles, woran ich denken konnte, war seine Hand an meiner Kehle. Ich bekam langsam keine Luft mehr. Sein Griff um meinen Hals tat weh und mir wurde schwindelig, da ich nicht genug Sauerstoff einatmen konnte.

Mein Blick ging zwischen Rudy und Marcus hin und her. Marcus schien es nicht zu stören, dass ich gerade abgemurkst wurde. Er blieb gelassen und konzentrierte sich ganz auf Rudy.

„Ja, nehmen wir sie mit runter und lassen sie auf den Typen zeigen. Ich wette, inzwischen ist sie etwas williger zu kooperieren“, sagte Marcus und bewegte sich kaum merklich auf Rudy zu.

Vielleicht hätte er wirklich etwas unternommen, wenn Rudy nicht aufgehört hätte, mich zu würgen. Zum Glück ließ der Mann mich aber nun los.

Ich rutschte an der Wand hinunter und schnappte gierig nach Luft. Ich rieb mir den Hals und atmete tief durch. Meine Lunge schmerzte bei jedem Atemzug.

„Keine Spielchen, Schlampe“, drohte Rudy und ging zur Treppe.

Nun verstand ich, warum ihn alle fürchteten. Der Mann tötete, ohne viel darüber nachzudenken. Seine anfängliche Freundlichkeit mir gegenüber war reine Show gewesen. Ich suchte in Marcus' Blick nach Hilfe oder Verständnis, aber er packte mich nur unsanft am Arm und zog mich auf die Füße.

Einen winzigen Moment lang glaubte ich, den wahren Marcus zu sehen, aber dann war da nur noch Skinner, der mich grob hinter sich her zur Treppe zog.

„Wir müssen noch ungefähr zwanzig Minuten durchhalten. Bleib tapfer. Ich verspreche, ich passe auf dich auf“, flüsterte Marcus, während wir die Treppe heruntergingen.

Das war der echte Marcus. Jetzt musste ich nur noch einen Weg finden, zwanzig Minuten lang einen Killer aufzuhalten.

Als wir unten ankamen, schlief niemand mehr. Ich sah Eds Leiche am Boden liegen. Es war tatsächlich der Rothaarige aus der Truppe von Marcus. Ich wusste seinen richtigen Namen nicht. Er lag neben der Tür und hatte ein Loch im Kopf. Schnell wandte ich meinen Blick ab. Jetzt war nicht der richtige Zeitpunkt, um ihn zu trauern. Das würde warten müssen.

„Lass sie antreten“, befahl Rudy dem Mann neben Marcus.

Alle stellten sich viel schneller auf, als ich gehofft hatte, und machten sich für Rudys Vortrag bereit. Marcus hielt mich noch immer fest, während Rudy die gleiche Nummer wie beim letzten Mal abzog.

„Es ist aus. Ich werde das Mädchen töten, wenn derjenige sich nicht meldet“, sagte Rudy und musterte seine Leute.

Ich sah Zed, der erst mich anschaute, dann Marcus. Ich war sehr erleichtert, dass er nicht der Tote war. Ich wusste auch nicht, wer noch alles undercover hier war. Wie sollte ich denn jetzt noch zwanzig Minuten überbrücken?

Marcus schob mich vor die Reihe der Mitarbeiter, direkt neben Rudy. Der packte mich und hielt mich grob am Arm fest, so wie Marcus auf der anderen Seite.

Ich hatte mich noch nie so in Lebensgefahr gefühlt.

Rudy scherte sich einen Dreck um mein Leben. Auch nicht um das aller anderen hier. Er wollte einfach nur den Polizeispitzel aus der Reserve locken.

Er packte mir ins Haar und zerrte mich zur ersten Person in der Reihe. Mir blieb fast die Luft weg, als Schwindel und Übelkeit mich überkamen. Der kalte Schweiß brach mir aus und ich blickte nervös auf den Mann vor mir.

„Kennst du ihn?“, fragte Rudy.

Ich schüttelte den Kopf.

Wir gingen zum nächsten Mann. Er verlor wirklich keine Zeit. Ich war in Panik, dass das hier viel zu schnell ging, so dass das Einsatzkommando von Marcus nicht mehr rechtzeitig eintraf.

„Kennst du den?“, fragte Rudy.

Wieder schüttelte ich den Kopf.

Wenn er jeden einzelnen so abfragte, würde die Zeit vielleicht doch noch reichen. Ich musste einfach bei jedem nur den Kopf schütteln.

Aber damit war mein Glück auch schon aufgebraucht. Nach etwa zehn Leuten verlor Rudy die Geduld und er schubste mich zu Boden.

„Sag mir jetzt endlich, wen von diesen Männern du kennst“, schrie er mich an.

Marcus und ein anderer Mann hoben mich hoch. Ich blickte sie verzweifelt an. Länger hielt ich es nicht mehr aus. Das konnte ich nicht durchziehen, bis endlich die Rettung kam.

„Ich kenne sie“, sagte Zed am anderen Ende der Schlange und machte einen Schritt nach vorn.

Sein Blick war voller Bedauern und er tat mir so unendlich

leid. Zed war ein so liebenswürdiger Mann, der sich hier bereitwillig für mich opfern wollte. Der Einsatz war ihm egal, er wollte einfach nur mein Leben retten.

Ich sah ihn alarmiert an. Warum brachte er sich selbst in Lebensgefahr, wenn er doch wusste, dass das Einsatzkommando bald hier sein würde?

Ich entzog mich Marcus' Griff und versuchte, Unruhe in die Situation zu bringen. Aber Rudy reagierte schnell, packte mich wieder am Haar und zog mich an sich. Ich fiel hin, er riss mich hoch und hielt mich fest.

Sein Gesicht war nur wenige Zentimeter von mir entfernt, ich konnte seinen Atem riechen. Er war ekelerregend. Ich musste irgendetwas machen, um Zeit zu schinden.

„Du bist in wenigen Minuten tot, Schätzchen. Zum Weglaufen ist es jetzt zu spät.“

Seine Augen waren kalt und emotionslos. Die Angst drohte mich erneut zu lähmen. Was sollte ich nur tun? Die Vorstellung, dass er Zed töten würde, war zu viel für mich. Ich schloss die Augen und spürte, dass Marcus und ein zweiter Mann mich wieder am Arm packten und festhielten.

Das war es dann wohl. Gleich war alles aus. Er würde Zed erschießen, dann auch mich. Mir blieb nichts mehr zu tun.

Rudy zog seine Waffe und ging zu Zed hinüber. Ich schloss die Augen, denn ich wollte es nicht mit ansehen.

Plötzlich ließ der zweite Mann mich los und legte seinen Arm um Rudys Hals. Marcus entriss ihm die Waffe und gab sie Zed, der sie auf die Reihe der Männer richtete.

Der Schock auf ihren Gesichtern war enorm. Nicht nur war ihr Boss unschädlich gemacht worden, nein, ausgerechnet seine beiden Vertrauten hatten das getan. Diejenigen, von denen es am wenigsten zu erwarten war, hatten sich gegen ihren Boss gestellt.

Glücklicherweise war keiner von ihnen mit einer Waffe hier erschienen. Da Rudy sie alle unter Verdacht gehabt hatte, musste er ihnen die Waffen wohl abgenommen haben. Einige der Männer sahen so aus, als hätten sie wohl versuchen wollen, ihren

Boss zu befreien, aber dazu war keine Zeit mehr.

Auf einmal wimmelte es überall vor Spezialbeamten, die die Türen eintraten und schreiend in die Halle stürmten. Ich blieb einfach stocksteif stehen, während um mich herum geschrien und gerannt wurde. Männer wurden gepackt und zu Boden gerissen, alle riefen durcheinander.

„Hände hoch“, schrie jemand, „alle auf die Knie, Hände über den Kopf!“

Ich sah Marcus und den anderen Mann an, der mich festgehalten hatte. Sie hatten Rudy noch immer im Griff und drückten ihn zu Boden. Ich machte ein paar Schritte zurück und starrte auf die Szene, die sich vor mir entwickelte.

Es war das reinste Chaos. Jeder einzelne wurde zu Boden gedrückt und gründlich durchsucht. Alle schrien gleichzeitig irgendetwas. Es wurde viel und laut geflucht, einige von Rudys Leuten wehrten sich vehement gegen ihre Verhaftung.

Weiter und weiter ging ich zurück, bis ich am anderen Ende der Halle war. Dann rutschte ich an der Wand hinunter und fing an, unkontrolliert zu zittern. Es war vorbei.

Ich zog die Knie gegen meine Brust und vergrub mein Gesicht in den Händen, als meine Gefühle mich zu überwältigen drohten.

Plötzlich hob mich jemand hoch. Ich blickte auf und sah Marcus, der mich auf seinem Arm hielt und mich aus dem Lagerhaus trug. Ich dachte, er brächte mich nur raus auf den Parkplatz, aber er ging daran vorbei.

„Wohin bringst du mich“, fragte ich lachend, während wir uns immer weiter von der Lagerhalle entfernten.

„An einen schönen Ort“, meinte er.

Es schien ihm nichts auszumachen, mich zu tragen. Das erinnerte mich an unsere erste gemeinsame Nacht, als er mich vom Wald den ganzen Weg nach Hause getragen hatte. Ich legte meinen Kopf an seine Schulter und ließ mich von diesem schrecklichen Ort forttragen. Je näher wir der Stadt kamen, desto weniger hörte man die Polizeisirenen hinter uns.

Als die Sonne aufging, setzte Marcus mich auf einer Bank im Hafen ab. Ich konnte hinter mir Chicago sehen und vor mir den schönsten aller Sonnenaufgänge, den ich je erlebt hatte.

„Ich wünschte, ich hätte meine Kamera dabei", flüsterte ich und blickte über das Wasser.

Marcus beugte sich zu mir herab und küsste mich. Es war ein sanfter, liebevoller Kuss. Er hatte den schwersten Job seines Lebens überstanden.

„Es gibt Augenblicke, an die erinnert man sich auch ohne Foto", sagte er. „Kommst du?", schrie er in die andere Richtung.

Ich blickte auf und sah Zed auf uns zu rennen. Es war wirklich überstanden.

Zed schaute sich gemeinsam mit uns den Sonnenaufgang an. Ich war in diesem Moment einfach nur glücklich.

Epilog

„Isa, beeil dich. Ich muss wirklich dringend“, rief Marcus durch die geschlossene Badezimmertür.

Ich hielt kurz inne, bevor ich wieder wie ein Duracell-Häschen vor dem Waschbecken auf und ab lief. „Einen kleinen Moment noch!“

„Ist alles in Ordnung bei dir?“, fragte Marcus.

Das werden wir gleich sehen, dachte ich, während ich erneut auf den Schwangerschaftstest blickte, auf den ich vor wenigen Minuten gepinkelt hatte. Noch verriet das Display nichts.

„Isa? Muss ich die Tür aufbrechen?“ Ich hörte, wie sich leichte Besorgnis in Marcus‘ Stimme legte. „Isa, ich zähle jetzt bis drei. Eins... zwei... dr“

Kurz vor drei schwang ich die Tür auf und Marcus fiel vornüber in meine Arme. Wir taumelten wie ein betrunkenes Tanzpaar über die Fliesen, bevor wir das Gleichgewicht wieder gewannen. Er hielt mich eng umschlungen und blickte mir tief in die Augen, bevor er sprach:

„Hey, wolltest du mir einen Schrecken einjagen, oder was?“, setzte Marcus zu einer nicht ganz ernst gemeinten Schimpftirade an. „Ich glaube dafür muss ich dir den Hintern...“

Als sich meine Augen mit Tränen füllten, hielt er sofort inne. „Isa? Was ist los verdammt?“

„Sieh selbst“, kam mir über meine vor Freude zitternden Lippen, während ich ihm die zwei Striche auf dem Schwangerschaftstest zeigte.

Marcus‘ Gesichtsausdruck war filmreif. „Heißt das...“, begann er.

„... wir bekommen ein Baby“, vollendete ich seinen Satz.

Es dauerte einige Sekunden, bis es bei ihm Klick machte,

dann wirbelte er mich freudestrahlend durch die Luft, bevor er mich wieder fest in seinen Armen hielt. „Ich werde Vater“, sagte er mit bebender Stimme. „Es ist doch von mir, oder?“

Ich musste sofort grinsen und boxte ihn kräftig gegen seine Schulter. „Blödmann!“

„Ich mein ja nur...“

Ich wusste, dass er es nicht böse meinte, doch ich war mir ganz sicher. Marcus war der einzige, mit dem ich ungeschützt geschlafen hatte.

„Hundertprozentig, Daddy.“

„Ich liebe dich, Isa.“

„Ich liebe dich auch, Marcus. Und ich weiß auch schon, wie wir das am besten feiern können.“

***

„Ich mache Pfannkuchen“, rief ich am nächsten Morgen die Treppe hinauf, um Marcus zum Frühstück zu animieren.

„Ich verstehe nicht, wie er immer so lange schlafen kann“, meinte Zed lachend und verteilte Teller auf dem Tisch.

„Na ja, ich weiß, warum Marcus lange schläft“, kicherte ich. „Daran bin ich schuld. Habe ihn die halbe Nacht wachgehalten.“

„Davon will ich nichts hören.“

„Tut mir leid.“ Ich umfasste Zed an der Hüfte und griff spielerisch nach seinem Schwanz. „Du weißt, dass du uns gerne mal wieder Gesellschaft leisten kannst.“

„Das sollten wir hinkriegen.“

Zed war der einzige gewesen, mit dem Marcus und ich das Bett geteilt hatten, seit wir wieder da waren. Er mochte Dreier offenbar sehr gern und ich fand auch zunehmend Gefallen daran.

Aber trotzdem war Zed unabhängig von uns und konnte tun und lassen, was er wollte.

„Warum habe ich immer das Gefühl, dass in diesem Haus sexuelle Spannungen in der Luft liegen“, klagte Stanley, als er die Küche betrat.

„Eifersüchtig?“ Zed hob sein Shirt und ließ seine Bauchmuskeln spielen, um Stanley zu ärgern.

Nein, das war er nicht – das wusste ich mit Sicherheit. Stanley hatte mittlerweile eine neue Frau kennengelernt. Jenna. Ich hatte sie einmal kurz getroffen, als ich mit Marcus in der Stadt gewesen und Stanley über den Weg gelaufen war. Sie schien wirklich nett zu sein. Ich gönnte es Stanley, denn er war nach wie vor einer meiner besten Freunde.

„Wann müsst ihr beide wieder los?“, fragte Stanley.

„Heute Nacht. Du musst dann auf Isa aufpassen“, sagte Marcus, der gerade die Treppe hinunterkam.

„Marcus, ich dachte, ihr reist erst morgen ab?“, fragte ich.

„Ist verschoben worden“, mischte sich Zed ein.

„Mach dir keine Sorgen, Baby.“ Marcus nahm mich in den Arm und küsste mich leidenschaftlich. „Wird nicht lange dauern. Ist nur eine Nachbesprechung des letzten Einsatzes.“

„Keine Gefahr“, fügte Zed hinzu.

„Oha“, machte Stanley mit dramatischer Geste. „Ich bin allein für Isabella verantwortlich?“

„Nur im Notfall“, grinste Marcus. „Und auch nur für nicht-sexuelle Angelegenheiten.“

Wir alle lachten, bevor wir gemeinsam frühstückten.

„Was ist eigentlich mit Rob?“, fragte Stanley irgendwann.

„Er muss beruflich für längere Zeit ins Ausland“, antwortete ich. „Wir haben vor seinem Abflug kurz telefoniert. Ich glaube, dass er selbst auch gemerkt hat, dass diese Konstellation hier nicht ideal für ihn war.“

Als wir fertig mit dem Essen waren, war es an der Zeit, mich fertig zu machen. Ich stand auf und küsste einen nach dem anderen auf die Wange, nur Marcus bekam einen richtigen Kuss. „Ich werde jetzt ein paar Fotos schießen. Ihr beide passt auf euch auf", sagte ich zu Marcus und Zed.

„Ihr beide auch", flüsterte Marcus mir ins Ohr und berührte leicht meinen Bauch, ohne dass die anderen beiden etwas davon mitbekamen. Wir hatten abgemacht, uns kleines Geheimnis vorerst für uns zu behalten.

Ich nahm meine Kamera und blickte vom Eingang noch einmal zurück auf die Männer, die wieder angefangen hatten, sich zu unterhalten. Mein Leben mochte unkonventionell sein, aber das da war meine Familie. Es war besser, als ich je erhofft hatte.

Selbst Willow und Marv hatten das letztendlich akzeptiert. Marv gefiel es eigentlich ganz gut, dass immer jemand in der Nähe war, mit dem er sich über Sport oder andere Dinge unterhalten konnte. Und Willow sah, dass ich wirklich glücklich war. Das war nicht gestellt. Ich musste es nicht extra betonen. Alles, was ich dieser Tage tat, strahlte mein Glück aus.

„Keine Sorge, wir sind in zwei Tagen wieder da", fügte Zed lachend hinzu. „Und ich bin derjenige, der auf Marcus aufpasst."

Auch das war ein Running Gag geworden. Marcus und Zed sagten immer, dass sie in zwei Tagen wieder da sein würden. Auch wenn es auf jeden Fall länger dauerte.

„Ich liebe euch, Jungs", sagte ich und verließ dann das Haus Richtung Wald, um dort zu fotografieren. Ich hatte bald wieder eine Ausstellung und brauchte noch viele Motive. Außerdem gab es in nicht allzu ferner Zukunft ein Kinderzimmer, das dekoriert werden wollte.

Ende

Liebe Leser,

vielen Dank für das Lesen meines Buches, ich hoffe sehr, dass euch die Story gefallen hat! ;-)

Ohne begeisterte Leser wie euch wäre es für mich nicht möglich, meinen Traum zu leben und meine Fantasien in diese Romane zu packen.

Falls ihr einen kurzen Moment Zeit habt, so würde ich mich sehr freuen, wenn ihr mir eine kurze Rezension auf Amazon gebt. Da ich nicht die Werbemittel eines großen Verlages habe, bin ich auf Empfehlungen meiner Leserschaft angewiesen ;-)

Herzlichen Dank,

Sarah

Über Sarah

Sarah schreibt seit ihrem sechzehnten Lebensjahr und hat schon mehrere Bestseller auf Amazon veröffentlicht. Egal, ob die Männer in ihren Büchern Milliardäre, Bad Boys oder beides sind - sie liebt es über heiße Kerle zu schreiben, die gleichzeitig ihre Liebste beschützen und herausfordern; ebenso wie über die Frauen, nach denen sie sich sehnen. Ihre unterhaltsamen Geschichten sind immer heiß und aufregend, mit vielen Wendungen und einem garantierten Happy End - genau so, wie es auch nach einem wilden Ritt im Schlafzimmer sein sollte, wenn du verstehst, was ich meine ;-)

Kontaktiere Sarah direkt auf Facebook und erhalte den Liebesroman "Die Rückkehr des Milliardärs" gratis!

www.facebook.com/sjbrooksoffiziell

31572122R00141

Printed in Poland
by Amazon Fulfillment
Poland Sp. z o.o., Wrocław